U0839396

·文脉中国散文库·

烟花三月下扬州

华干林 / 著

中国文联出版社

图书在版编目（CIP）数据

烟花三月下扬州 / 华干林著．-- 北京：中国文联出版社，2018. 3（2023. 3 重印）

ISBN 978 - 7 - 5190 - 3546 - 4

Ⅰ. ①烟… Ⅱ. ①华… Ⅲ. ①散文集—中国—当代 Ⅳ. ①I267

中国版本图书馆 CIP 数据核字（2018）第 046971 号

著　　者　华干林
责任编辑　闫　洁
责任校对　乔宇佳
装帧设计　中联华文

出版发行　中国文联出版社有限公司
地　　址　北京市朝阳区农展馆南里 10 号　　邮编　100125
电　　话　010 - 85923025（发行部）　　85923091（总编室）
经　　销　全国新华书店等
印　　刷　三河市华东印刷有限公司

开　　本　710 毫米×1000 毫米　1/16
印　　张　15. 5
字　　数　300 千字
版　　次　2023 年 3 月第 1 版第 3 次印刷
定　　价　75. 00 元

——序　明月好同三径夜，绿杨宜作两家春

华学诚

干林在花甲之年出版首部散文集，这是我翘首期待很久的，值得庆贺！往大处说，这部书对扬州文化建设是贡献，往小处说，这部书对他自己的努力是小结，很有意义。他命我写序，我很乐意，而且认为此活儿非我莫属。

1957 年，我和干林生于同一村庄——江苏里下河地区的华庄，但童稚时并不相识，因为我周岁时即和家人一起，随任职邻村支书的父亲离开了衣胞之地。1966 年冬季，家父作为“走资派”遭遇批斗，宁折不弯的父亲愤而挂印，带着家人回到了老家。干林的父亲其时作为华庄的“当权派”也正遭受活罪，具有同样家庭际遇的两个“官二代”就这样自然而然地走到了一起。我和干林相识、订交并成就了令人钦羡的袍泽之谊，掐指算来，倏忽已逾半个世纪。关于干林，我要说、能说的自然很多，当然也很权威，以后有机会撰写回忆录再放开说吧，现在借着撰写序言的机会，略述一二。

我和干林虽然同岁，但从相识那天起，他就像长兄一样处处护着我，这一护竟至护了大半辈子，看来还得护下去。我有一个姐姐，还有三个妹妹，自幼无忧无虑，在家骄公子，在外孩子王，旷课闯祸，家常便饭。全家刚撤回华庄时，家境极为艰难，年年“超支户”，桌上不见肉；华庄对我而言完全陌生，没有一个认识的大人，更没有一个玩伴。本来活泼骄横的十岁男孩子，突然陷入孤独而没安全感的状态时，究竟是一种什么感觉，只有我自己知道！来年开春之后，我在华庄小学认识了干林，而干林一开始就自动充当了我的保护伞：带我进入他的朋友圈，有好吃的与我分享，一起做炮子枪之类的玩具，晚上跟他一组参与战斗游戏，还带我去认识正挨批的“黑权威”华岳先生，逢打架必定拉偏架甚至直接出手。干林这种侠肝义胆，成了我一直以来的习惯性依靠，每遇困难，他都会无条件帮助，大事不说，举一小事即可证明：我俩自幼习酒，长成而能酒且好酒，讲究酒风、酒品，酒友很多，故事也很多；但有一点是规律，只要我俩同桌，就没人能灌得了我的

酒，因为干林必定冲在前面帮我扛酒，不管他自己已经喝到了什么程度。

干林乐观积极，坚毅果敢，能吃苦能耐劳，无论遇到什么困难，都满怀希望，决不放弃，所以他能够取得后来一系列成就。干林读书的经历一波三折，最能体现上述品性。小学阶段他就辍学了一年，那时年纪小，也不明就里，不能也不会去体会他的感受，只是觉得不能在一起读书很无奈，但我们的友谊没有因此中断，包括比我俩年长的华永兵，比我俩年幼的华松俊，始终诚挚相处，互相帮助。后来在唐刘中学，我俩又相遇了，而且同样因为语文成绩突出而受到名师华岳先生、孔沁梅先生的青睐，非常开心。虽不是同一年级，却常常互串教室，后来听说曾惹得好几位女生心生情愫。但就在我高中毕业的那年，他再次被迫辍学，这次辍学只有半年，他就毅然决然地说服了父亲，重返校园。高中毕业后，他干过农民，当过工人，做过“工作队”准干部，因而也越发成熟了，但大学课堂一直让他梦萦魂绕。“文革”后恢复高考的第一场，他没有能够参加，看到我考上之后，立即放下一切，包括已经初露曙光的当官之路，而选择了便于边工作边学习的代课教师。高考的路并不平坦，一次次落榜，但屡败屡战，1980 年第三次高考终于让他梦想成真，我们在扬州师范学院再次相遇，而且是同一个系，都读中文。

干林天资聪颖，开腔能口吐莲花，下笔则妙笔生花，既会吹拉弹唱，又能粉墨登场，如此横溢才华，干什么都会风生水起。干林语文一直好，从小学到高中，语文老师都最宠他。在唐刘中学，我亲眼见到的是，在他们班级的墙报上、在学校两排教室夹道山墙上的板报上，他的文章总是篇幅最大、位置最显眼，应该类似于报纸的头版头条吧。近几年稍得闲暇竟文思泉涌，确实是有慧根的。写作能力当然反映思维能力，但毕竟有慢慢琢磨的机会，而即兴口头表达能力更能显示思维真功夫。干林的能言善辩有口皆碑，中学时表演快板就在县里得过奖，据说现在扬州最能侃的导游见到他都不敢开腔。大学毕业后，在学校办公室既做文字又管接待，可谓口笔两健，不可多得。他的领导协调能力也很了得，记得十年前的某一天突然接到他的长途电话，说艺术学院缺书记，学校点他的将，问我何如，我当然竭力支持。事实证明，在扬州大学管理工作的这最后一站，他如鱼得水，干得非常漂亮、非常成功，他自己也因此得到了很好的提升。这些美文能够撰成，应与这一时期的经历密不可分。

大学毕业之后，干林一直在高校从事管理工作，岗位变化多次，经历了学校历史性改制并参与了新的建设，然而工作内容不管怎么变，兴趣广泛、酷爱读书、勤于思考、擅长笔耕则一直是他的不变。退居二线之后，才情激活，新作迭出。不知道这些年他到底撰写了多少文章，估计单是演讲录就能单独结集。但是，他选择结集的第一部是散文集，取名《烟花三月下扬州》。

这部集子共收入28篇文章，其中有近20篇是直接写扬州名胜古迹、历史文化的，自然能直接诠释书名，另外几篇与书名似乎有些游离，其实不然。《诗情画意江南春》由扬州至宜兴的沿途风光，贯串起颗颗晶莹剔透的文化珍珠；《四季吟》以故乡之春、夏日凌霄、钓台秋风、亭林风雪，呈现了扬州周边的四季写意。如果说书中的扬州是一座主峰，这两篇则是烘托主峰的层峦叠嶂。还有几篇回忆录或游记，是干林站在扬州这块文化历史堆积层上所做的自我追问和拓展：我从哪里来，怎样圆梦于扬州，我都做了些什么。总之，我以为，这部散文集的核心与灵魂是扬州，是灿烂无比的扬州历史文化。1976年，干林被选拔进入扬州地委“农业学大寨”工作队，与扬州结缘始于此时，这段经历影响了他后来的选择，以至一生，读大学选择了扬州，毕业后工作定居在扬州。因此，干林热爱扬州、欣赏扬州、理解扬州并能精读扬州、研究扬州。当他的人生终于赢得闲暇时，宣讲扬州、抒写扬州就成了水到渠成的事情，他的第一部散文集以扬州为核心，书名径题《烟花三月下扬州》，还难理解吗？

干林的散文，写景写物写人，文字优美，然而最为突出的是，他的美文中所蕴含的历史文化竟至如此丰厚，特别耐看并引人深思，阅读他的散文不仅有美的享受，更能在愉快的阅读体验中接受历史文化的熏陶。从某种意义上甚至可以这样说，这部集子就是扬州历史、扬州文化的散文书写。通观全书，历史文化篇篇隽永：远到吴王挥锹开邗沟始建城，近到当代江河巨变沧海桑田；上到皇亲国戚文人骚客，下到市井百姓村姑贩夫；宏大的载入正史可改天换地，细微的出自传说则趣味无穷。干林书写历史文化时常常显示不俗的学识，难能可贵，比如徐园的祀主徐宝山是不是“亲袁”的保皇派，“烟花三月”之“烟花”当作何解，干林所论均持之有据，能成一家之言。干林美文里的历史文化信息到底有多少，我没有统计，但不妨由文章所涉历史人物窥见一斑：比如《扬州好，第一是虹桥》中有李白、费轩、杜甫、苏轼、陆游、宋祁、史可法、康熙帝、欧阳修、王士禛、蔡邕、王羲之、谢安、孙绰、金农、乾隆帝、黄履昴、卢见曾、郑燮、高凤翰、汪士慎、汪沆、赵翼；《春风杨柳万千条》中有王士禛、隋炀帝、白居易、罗隐、刘禹锡、李商隐、沈括、杜牧、姚合、杜荀鹤、欧阳修、苏轼、乾隆帝、李白、王维、郑谷、江上青、贺知章、冯延巳、杜甫、韩翃、志南和尚、陆游……

干林的散文，辞藻绚丽，古人诗词名句随手拈来，自然融洽，凸显飘逸中难学的厚重，结构上纵横捭阖，收放自如，现实与历史的穿越如履平地。然而最令人感动的则是，他的字里行间总有力透纸背的真情。干林重情重义，做人如此，撰文亦如此，这一点在他书写人物时流露得最为充分：历史人物，褒贬分明；生活人物，善恶有辨。然而最为深沉、最为诚挚的爱，干林都献给了扬州。直抒胸臆时，文字激扬：“我喜欢在乍暖还寒的早春徜徉于虹桥之野，听莺啼桃花，燕剪细柳；我喜欢在黄叶飘萧的晚秋，徘徊于虹桥之滨，寻几分天籁，握一把苍凉！我时常会在朝曦初露的清晨，伫立于虹桥之脊，眺望湖上那无边烟柳与一色楼台。”融入其中时，言辞婉约：“而或细雨蒙蒙，撑一把雨伞在柳中徜徉，雨丝和着柳丝编织成一道道绿色的网，将人的视觉紧紧定格在一重又一重的绿意中。那绿，绿得淡雅，嫩嫩的，柔柔的，绝没有泼墨重彩的浓郁和张扬；那绿，绿得轻灵，浅浅的，薄薄的，更没有深山密林的涩滞和沉重。雨水刷过的柳丝，呈现在眼前鲜亮亮，飘柔柔，直给人以翩翩欲舞的感觉。”就是写块扬州的石头，千林的笔触也是如此深情：“有些石头可以当书读”，有字的当然可以，没字的应该不行，但是扬州“有些也可以当书读，比如小金山前的那块石头。它本是产于广西溶洞中的一块钟乳石，因其形状如船，故名‘船石’。据说，它是宋代花石纲的遗物，因此它本身就是一本书、一段史……”

写了千林，写了本书，现在扯上一句闲篇。我与千林自幼订交，同在扬州完成大学学业，但我没有他幸运，漂泊成为常态。人生难得两甲子，年届花甲常深思：心灵向往何方，残生安置何处，千林还会护着我吗？白居易有《欲与元八卜邻，先有是赠》诗，颇合我意，录以结束本文：

平生心迹最相亲，欲隐墙东不为身。
明月好同三径夜，绿杨宜作两家春。
每因暂出犹思伴，岂得安居不择邻。
何独终身数相见，子孙长作隔墙人。

丁酉仲春于京华成府路之潜斋

目　录

第一辑

湖上风来

扬州好，第一是虹桥

一

三十年前，我默诵着李白的“烟花三月下扬州”，来寻找二十四桥边那二分明月的梦境。幸运的是，我就读的大学就在风景秀丽的瘦西湖畔。后来读到了清代扬州一位词人吟咏虹桥的诗句，不禁拍案叫绝。这位词人叫费轩，如果将他的名字与李白、杜甫、苏轼、陆游等中国顶级诗词名家们放在一起，他确实很不起眼；但如果掩去他的名字，将这首《梦香词·调寄望江南》混杂于唐宋诗词之中，恐怕也是难分轩轾的。

扬州好，第一是虹桥，
杨柳绿齐三尺雨，
樱桃红破一声箫，
处处系兰桡。

宋代词人宋祁，曾有咏春名句，“绿杨烟外晓寒轻，红杏枝头春意闹”，因得“红杏尚书”之誉。照我看，费轩的“杨柳绿齐三尺雨，樱桃红破一声箫”，丝毫不比“红杏尚书”的诗句逊色。而费轩吟咏的便是扬州城极富诗情画意的一座桥——大虹桥。

大虹桥的历史不算悠久，但桥下的河道却有些岁数了。此河原为唐代扬州官河，北宋时为西护城河。宋、明之后，扬城南移，今瘦西湖一带渐成郊野之地。明崇祯年间，此处乃建木板桥一座，以通津渡。桥建得很特别，桥上有亭，桥身涂以红漆，故曰“红桥”。不难想象，在绿树成荫、绿水涟漪的万绿丛中，有一座红桥横跨水上，自然会令文人骚客生出许多诗情画意来的。然而，此桥“出生年月”偏偏是在明朝末年，此时的大明王朝气数已尽，及至南明小朝廷，扬州更成烽火前沿之地。清兵的大炮轰开了千年城池，也击碎了绿杨城郭曾作为大唐第一都市的那份遥远矜持。兵部尚书史可法“知其不可为而为之”，死守城池，最终城破人亡。可怜红桥，只落得“桥自孤怜水自流”的空寂与落寞！

二

然而，扬州，毕竟曾经是大汉广陵潮涌的风云际会之地，毕竟曾经是盛唐春江花月的流光溢彩之都，历史注定她不甘寂寞，也不会寂寞。当康熙帝南巡的龙舟停泊在扬州港湾时，曾经一度淤塞的古运河又浩浩荡荡地流过这座千年古城，流过两岸的绿树芳草和红楼粉墙，还有那掩映于绿杨深处的红桥。此时的扬州渐渐复苏着她生命的活力，东关古渡边的帆樯林立，运司衙门里的衣冠楚楚，小巷青楼上的风情万种，还有红桥两岸的急管繁弦，一同演绎着这个城市的再度繁华与风雅。尤其是文人，更喜欢在此时来扬州凑热闹。扬州本来就是中国文化的温情旅馆，诗词管弦的歌吹之都，文人到了扬州，当然要写诗，不仅要写，还要写出花样来，比如欧阳修在平山堂上演绎的那些“坐花载月”之类的风流佳话，被一代代扬州文士奉为圭臬。于是，康熙元年，在红桥水滨，由一位别号叫渔洋山人的官员王士禛起头，邀集了一批文人墨客，玩起了“修禊”的传统游戏。

“修禊”，乃古之习俗，周代即已流行。汉代文学家蔡邕对“修禊”作了明白的解释，“禊，洁也，春日万物生长蠢动，易生病，时于水上洗濯，防病疗病”。故修禊之事在汉代已固定成为除灾祈福的仪式。历史上最著名的修禊活动，要数晋代书法家王羲之于永和九年在浙江会稽山下举行的“兰亭修禊”。参加修禊的有谢安、孙绰等当时名流四十余人，引曲水以流觞，饮醇醪而赋诗，共得诗三十七首，结成诗集，王羲之兴高采烈，文思泉涌，挥笔而成《兰亭集序》。此文因文辞华采、书体隽秀，而被誉为“天下第一行书”。兰亭雅集的风流故事，使修禊这一活动备受后世文人雅士的青睐，成为诗文兴会的盛大节日。

回过头来说说领衔首届“红桥修禊”的那位王士禛，此人乃山东人氏，生于明崇祯七年（1634）。康熙元年司理扬州，“司理”者，断狱是也。他的正式官衔是扬州推官，干的是正经八百的法律工作，可骨子里淌着的却是文人雅士的风流血脉。他是清初诗坛上一位明星式的人物，十五岁便有个人诗集《落笺堂初稿》问世。同时，他还是一个资深的“修禊”活动家，早在来扬州工作之前，他在山东老家大明湖畔就组织过一次规模宏大的诗会，一时轰动大江南北。来到扬州这千古“歌吹之乡”，他怎能甘于寂寞？史载他“昼了公事，夜接词人”。白天一本正经地在公堂断案，华灯初上之时，便奢华地享受着诗酒人生。一个暖意融融的日子，王大人雅兴郊游，宝马轻车，一路向西，行至红桥之境，他被眼前的美景惊呆了！马上组织了一批文友名士，搞了一次红桥修禊，他自己作《浣溪沙·红桥》三首，第一首中的“绿杨城郭是扬州”，不仅与李白“烟花三月下扬州”一样，传唱成千古丽句，而且成为扬州最环保的一张名片！

此次修禊活动大获成功，然而渔洋山人意犹未尽。两年之后，即康熙三年（1664），他再度组织修禊活动，并即席赋《冶春绝句》十二首，其中“红桥飞跨水当中，一字阑干九曲红。日午画船桥下过，衣香人影太匆匆”，成为传诵一时的经典之作。此次活动，不仅有诗文酒会，而且建立了一个诗会组织，这就是在扬州享有盛誉的“冶春诗社”，其诗风流韵三百余载。

三

红桥越来越热闹了，热闹得有如红桥岸边的三月桃花四月柳，红一阵绿一阵的。文人来舞文弄墨倒也罢了，扬州城里的那些盐商也来附庸风雅，所谓“商翁大半学诗翁”。某年某月某日，一个春意盎然的日子，柳树的嫩绿与夭桃的红艳相映成趣，几个文人和几个喜欢舞文弄墨的盐商，相聚在红桥水滨。其中有“扬州八怪”中的重量级人物金农，此人本三吴都会的钱塘人士，生于富饶之家，但因家道中落，晚年流寓扬州，以卖字鬻画为生，常有寄人篱下之窘。此次雅集，以“飞红”为酒令，题目既出，一盐商即抢先吟诵“柳絮飞来片片红”。此语一出，众人面面相觑，继而便哈哈大笑，并诘问盐商：柳絮何以是红色的耶？盐商大窘，一时语塞。此时，一直沉默不语的金农则在一旁慢条斯理地说道：“诸位休得笑话，其实此公吟诵的乃是元人咏平山堂之诗句也。”众人目光唰地集中到金农身上，等待他的下文。金农将山羊胡子一捋，抑扬顿挫地吟道：“廿四桥边廿四风，凭栏犹忆旧江东。夕阳晚照桃花坞，柳絮飞来片片红。”其实这是金农当时即兴而作的一首绝句。这是一个在扬州流传了百年的文人逸事，借用朱自清的话说，虽“雅得有点俗”，但透过这则故事，我们可以窥见“红桥修禊”盛况之一斑。此时的扬州西北郊，已不仅仅是柳浪闻莺、红桥映水的清静与雅致，更增添了“两堤花柳全依水，一路楼台直到山”的秀丽与繁华。繁华得红桥不堪重负了，虽然累经修葺，但木结构的桥梁终于不能承受太多游人踩踏之痛，红桥摇摇欲坠！这怎生了得，眼瞅着当今皇上乾隆爷就要来扬视察了，总不能让皇上看一座破桥吧，即使你们这些穷酸文人丢得起这脸，咱商人也丢不起呀！于是有“四大元宝”之称的黄氏盐商四兄弟之一的黄履昴慷慨解囊，一掷万金，出资重建红桥，将木质桥建成了单孔石桥。桥身高大坚固，如长虹卧波，而原先之“红桥”已不复存在，故此桥便更名为“虹桥”。改建之后的虹桥，虽不如昔日红桥之灵巧雅致，却多了几分雍容华贵的风度，坚固的花岗岩栏杆、高大的拱形桥洞，彰显了康乾盛世扬州的繁华与富足。更重要的是，从此皇上高大的龙舟可由此桥下畅行而过，荡漾着瘦西湖旖旎的绿波，披拂着两岸嫩绿的柳条，直抵平山堂下。

果然，乾隆皇帝乘龙舟穿过大虹桥时非常高兴，便也诗兴大发。本来乾隆皇帝对诗的创作就很勤奋，据统计，他一生共留下四万多首诗，除以他活着的年龄，平均每年要写五百多首。在他六次南巡的过程中，留在扬州的诗有百首之多，其中就有描写大虹桥的：“绿波春水饮长虹，锦缆徐牵碧镜中。真在横披图里过，平山迎面送香风。”

四

皇帝一高兴，政客盐商们就更来劲了，文人墨客就更疏狂了。乾隆二十二年（1757）春天，一次空前的而且到目前为止还是绝后的超大型“修禊”活动在虹桥再度上演。这次的主持者是别号雅雨山人的卢见曾。此公也是山东人氏，生于官宦世家，自幼饱读诗书，十五岁便成秀才，入仕之后，曾两度担任两淮盐运使，也两度受盐案所牵，最终老死于扬州狱中。但这次的修禊活动他策划得相当成功，卢见曾能诗文善丹青，领衔作七言律诗四首，并绘成《虹桥揽胜图》一幅。参加此次修禊活动的不仅有在扬诸名士，如郑燮、高凤翰、汪士慎等，而且邀及大江南北。海内鸿儒半集维扬，吟诵者达七千余人，编成诗集三百余卷。此次修禊活动无可争议地成为扬州文化史上一座壮丽丰碑！

康乾盛世如日中天矣，只可惜落日时分亦将随之来临。当扬州虹桥边急管繁弦歌吹沸天之时，人们未曾察觉的是西方世界正悄然发生着变化，当康熙、乾隆祖孙两代人乘着龙舟踌躇满志地先后穿过虹桥的时候，英国已开始了资产阶级革命，美国正酝酿着独立战争，法国正处于大革命的前夜，日本则在嗣后百年进行了明治维新……

于是，当康乾盛世谢幕而去，中国历史的车轮，犹如陡坡滑行，急速而下。平时波澜不惊的瘦西湖水，竟摇碎了文人雅士们温馨的扬州梦，当年象征扬州文化之巅峰的大虹桥亭，在乾隆年后终于坍塌在历史的风雨中。其实又何止是大虹桥亭的坍塌，运河淤塞了，漕运改道了，盐政改制了，京沪铁路撇下扬州直奔了上海。本是黄金水道，历史上曾给扬州带来过无数财富的长江，此时却成了阻断扬州人走向现代的天堑。扬州，陷入了长达百年的沉寂！虹桥修禊虽仍有余音续响，但其诗文已失却了春风杨柳的浪漫与梨花带雨的芬芳，而多出了几分忧愁风雨、论评国事的铁板铜琶之音。

五

今天我们见到的大虹桥，是20世纪70年代重新修建的。为方便车马行人，改建时将桥身拉长，坡度降缓，改单孔为三孔，然虹桥风姿依然不减当年。如果将瘦西湖比成美人的传情之目，那么大虹桥便是一条修长秀气的柳叶眉了。她的颀长身姿与瘦西湖水之苗条悠远，在美学风格上形成了十分的和谐与统一。

我喜欢在乍暖还寒的早春徜徉于虹桥之野，听莺啼桃花，燕剪细柳；我喜欢在黄叶飘萧的晚秋，徘徊于虹桥之滨，寻几分天籁，握一把苍凉！我时常会在朝曦初露的清晨，伫立于虹桥之脊，眺望湖上那无边烟柳与一色楼台。又想起了清代杭州诗人汪沆当年来扬参加修禊时的吟唱：“垂杨不断接残芜，雁齿红桥俨画图”；我也时常在月上东山之时，漫步于虹桥之塊，聆听着她身边百年学府中的琅琅书声，心中默念着乾隆时期另一位虹桥诗人的千古名句：“江山代有才人出，各领风骚数百年。”这位诗人叫赵翼，武进人士，晚年曾主讲于扬州安定书院。

虹桥修禊的古风遗俗虽离我们远去，但大虹桥边所积淀的人文情愫却如江河之水，深深地浸润着古城的每一天春花秋月和每一条寻常巷陌，从而熔铸了这座城市特有的美学风貌——儒雅与精致。她已幻化为一种精神，一种文化自觉的精神；她已彪炳成一种风度，一种人与自然和谐相处的风度；她更凝练成一种动力，时时策动着我们，要用心呵护我们居住的这座历史文化名城，并使她在新时代不断放射出新的文化光彩。

一位文化学者说，我辈之人虽已进入现代社会，但从遗传基因上考察又无可逃遁地是民族文化的孑遗。是的，我居扬州三十余年，虹桥总是我心中的第一道风景。于是，我时常驻足在大虹桥上，静静地看着瘦西湖的流水，轻轻拍打着她的栏杆，默默吟诵着费轩的那首词：

> 扬州好，第一是虹桥，
>
> ……

春风杨柳万千条

一

扬州的风情全在于柳树。扬州的色彩更多地来自于流苏般的杨柳之中。那是一种淡雅中透着闲适、深沉中显着飘逸的美。而或细雨蒙蒙，撑一把雨伞在柳中徜徉，雨丝和着柳丝编织成一道道绿色的网，将人的视觉紧紧定格在一重又一重的绿意中。那绿，绿得淡雅，嫩嫩的，柔柔的，绝没有泼墨重彩的浓郁和张扬；那绿，绿得轻灵，浅浅的，薄薄的，更没有深山密林的涩滞和沉重。雨水刷过的柳丝，呈现在眼前鲜亮亮，飘柔柔，直给人以翩翩欲舞的感觉。

渔洋山人王士禛当年主持扬州红桥修禊时有词云：“北郭清溪一带流，红桥风物眼中秋，绿杨城郭是扬州。”故而扬州有“绿杨城郭”之雅称。而扬州的绿色中，杨柳则当仁不让地扮演着主角。

关于扬州柳树的来历，民间有一个传说。

当年隋炀帝开凿大运河巡游江都，龙舟有数百艘之多，称之为“水上宫殿”，这些水上宫殿需要纤夫拉动。隋炀帝为了“赏心娱目”，指定要宫女做纤夫。为了挡阳遮阴，皇帝下令沿河栽树，栽什么树呢？这可大有讲究。因为一来皇帝催得紧，他要赶到扬州过中秋，时不我待，这树必须长得快；二是栽种量大，大运河千把里路呢，这树栽了要容易活；三是因为栽在河边，这树还要不怕水淹。大臣选来选去，选中了柳树，向皇帝一报，皇帝说：“嗯，此树甚好，就栽柳树，明天举行一个首栽仪式。”于是，第二天在洛阳举行了一个隆重的首栽式，隋炀帝亲手插下第一株柳枝，并赐此树姓“杨”。很显然，这个传说是后人编派出来损毁杨广的，因为早在《诗经》中就有“昔我往矣，杨柳依依”之描写了。

尽管关于杨柳树的得名与史实不符，但是，隋炀帝开凿大运河时，在河边大量栽种了杨柳树确是事实。白居易有《隋堤柳》为证："隋堤柳，岁久年深尽衰朽。风飘飘兮雨萧萧，三株两株汴河口。……大业年中炀天子，种柳成行夹流水。西自黄河东至淮，绿阴一千三百里。"运河开通之后，隋炀帝曾三次乘龙舟巡游江都（扬州），因其过度荒淫奢靡，最终落得身死扬州、国破家亡的结局。唐代诗人罗隐说他"君王忍把平陈业，只博雷塘数亩田"。而杨柳树则不幸从此在文人墨客笔下成了隋炀帝的"替罪羔羊"，很多文人将杨柳树视为隋朝亡国的象征。如刘禹锡："扬子江头烟景迷，隋家宫树拂金堤。嵯峨犹有当时色，半蘸波中水鸟栖。"皮日休："万艘龙舸绿丝间，载到扬州尽不还。"李商隐："于今腐草无萤火，终古垂杨有暮鸦。"白居易说得更直白："后王何以鉴前王，请看隋堤亡国树。"

文人对杨柳树的指责不过是借物言事而已。亡国者，昏君也，与树何干！实际情况是，杨柳树乃是园林绿化中广泛使用的一个树种。济南大明湖有一副对联："四面荷花三面柳，一城山色半城湖。"扬州的杨柳树栽种历史长，种植面积广，甚至有人认为，扬州之得名即与杨柳有关。北宋沈括的《梦溪笔谈》中就有记载："扬州宜杨。"杨柳树不仅成为装点扬州城市绿化的最显著的特色，而且形象地展现了这个城市的美学风格，她的曲干长条、翠枝绿叶，正是精致扬州、秀美扬州的物化表征。

"街垂千步柳，霞映两重城"，这是杜牧对扬州的记忆；"暖日凝花柳，春风散管弦"，这是姚合对扬州的感受；"青春花柳树临水，白日绮罗人上船"，这是杜荀鹤眼中扬州的浪漫。北宋欧阳修任扬州太守时曾在平山堂"手种堂前垂柳"；他的学生苏轼在欧公逝世后来到平山堂凭吊时触景生情，"欲吊文章太守，仍歌杨柳春风"；清代乾隆皇帝多次下江南巡游扬州，他也十分喜欢婀娜多姿的垂柳，所以当地官员和盐商在瘦西湖两岸广植柳树，扬州的二十四景中，以杨柳意思命名的就有"玉勾下絮""长堤春柳""绿杨城郭"等。

扬州民俗，对杨柳树也偏爱有加，扬州民歌有成千上万首，但是最广为传唱的是那首脍炙人口的《杨柳青》：

河（啊）东的哥哥去（啊）远方（呵呵一呵呵）
河（啊）西的妹妹来送郎呀（杨柳叶子青啊谑）

（七搭七哪嘣啊谑杨柳叶子松啊谑）

（松又松哪嘣又嘣哪）

送送（么）有情人（谑）哥哥（杨柳叶子青啊谑）

冷（啊）热（啊）我（啊）不多讲（呵呵一呵呵）

送一双新鞋表心肠呀（杨柳叶子青啊谑）

（七搭七哪蹦啊谑杨柳叶子松啊谑）

（松又松哪蹦又蹦哪）

送送（么）有情人（谑）哥哥（杨柳叶子青啊谑）

清新朴实的爱情表述，与青翠柔美的“杨柳叶子”衬词，构成了一幅美丽动人的情人送别图！杨柳已与扬州人的日常生活、风俗习惯紧密相连。民间传说杨柳有辟虫、防疫的功效，旧时每逢清明节，扬州人家折取柳枝插在门上，有的将柳枝和桃花一起插在瓶里；农村里有的选用极嫩的柳芽拌入面粉做杨柳饼；妇女则将柳叶簪发，以示青春常在。民谚中甚至有“清明不插柳，死了变黄狗”之说。

二

虽然扬城处处栽柳，但扬州赏柳的最佳去处当属瘦西湖。

进入瘦西湖公园南大门，一条长堤展现在游人面前。此景名“长堤春柳”。信步湖堤之上，前后是柳，左右是柳，头顶是柳，水面是柳。近处柳丝拂拂，楚楚下垂；远处如霭如烟，若明若暗。动若莲步轻移，婀娜多姿；静如少女独处，袅袅婷婷。满目的杨柳密疏相间，浓淡相宜，就那样偎依在瘦西湖的周围，晕染、守望着一湾碧水。垂杨、桃李在堤的两边间隔栽种，仲春时节，杨柳抽芽，桃花绽放，湖上碧波荡漾，画舫往来，在春天明媚的阳光中，呈现出一片氤氲之气，这正是李白笔下“烟花三月”之扬州风景。

“长堤春柳”的景色，全在于垂杨柳的风姿。

早春时，当二月春风的剪刀，裁出了鹅黄色的嫩芽，杨柳树枝如一根根珍珠项链，整个长堤有如一条黄金通道。及至仲春，柳叶转绿，桃花绽放，此番风景，画图难足！夏日，柳叶长成，浓荫覆盖，漫步堤上，凉意顿生。秋天，杨柳完全浓绿，根根枝叶，有如少女披肩秀发。轻风吹来，柳枝飘动，又恰似美女舞动的裙裾。随着深秋以及初冬的降临，杨柳则由青转黄，满树的柳叶有如智者花白的头发，装扮着江南那份美丽的成熟。

扬州的柳树叶何时完全凋零？准确时间应该在冬至之后。落叶之后的柳枝依然有流风余韵，赤裸的枝条在寒风中飞舞，给人一种力的抗争感。至于瑞雪过后，它玉树琼枝的风姿，更有一种冰清玉洁之美了。

如果将瘦西湖景区比作一篇宏丽的乐章，那么，“长堤春柳”便是这篇乐章的引子，它悠扬悦耳，婉转动人，为瘦西湖窈窕秀丽、精致婉约的美学风格奠定了基调。

“长堤春柳”这一景点的美学趣味还不仅仅限于此。堤的一侧是一片冈阜，上有古木森森，给人以崇山峻岭之感；从高冈至水滨，次第由高及低，这种地形的过渡，不留人工痕迹，宛如天然生成。琼花、枫树、桂花、蜡梅等花木间杂栽种，使之一年四季都洋溢着芬芳。

堤的另一侧是瘦西湖水面，这水面，又不似一般湖水那样的浩渺无垠，它实则是普通的河流，河道中间零星地散落着一些岛屿，这些岛屿上或种荷植苇，或林木参天。春天，“小荷才露尖尖角”，与隔岸桃花相映成趣；夏日，风荷轻摇，莲花芬芳，与遮天蔽日的杨柳一同装扮着暑日的风景；秋冬之时，“莲子已成荷叶老”，枯萎的荷塘与泛黄的柳叶相呼应，呈现的是一种“残缺之美”。而此时，争奇斗艳的秋菊与暗香浮动的蜡梅相继登场，化用两句古诗：莫道人间芳菲尽，雪中蜡梅始盛开。

三

正如中国的茶文化、花文化、竹文化一样，中国的杨柳文化也是源远流长，蔚为大观。从《诗经》中“昔我往矣，杨柳依依”，到清人笔下的“绿杨城郭是扬州”，杨柳在文人墨客的心中，一直是作为诗意的形象存在着。

唐代诗人刘禹锡与白居易，作为唱和诗友，创制了清新优雅的“杨柳枝词”，其中广为流传者略选一二。

刘禹锡《杨柳枝词九首·其一》：

塞北梅花羌笛吹，淮南桂树小山词。

请君莫奏前朝曲，听唱新翻杨柳枝。

白居易《杨柳枝词》：

一树春风千万枝，嫩于金色软于丝。

永丰西角荒园里，尽日无人属阿谁？

据说，唐宣宗即位后，听宫中的乐师唱起了白居易这首《杨柳枝词》，便问这是谁写的。左右的人说是白居易所作，并说永丰是洛阳的一个坊，坊的西南角荒苑中有垂柳一株，枝条繁茂。皇上听了居然很有兴趣，命人去折取了两根柳枝栽在皇宫里。

或许是因为杨柳树柔枝长条具有婉约之美的特征，故而，在古典诗词中，常将杨柳与离别的情绪联系在一起。古代柳树多栽种在送行的大道旁，长条低垂，依依恋人，攀折一枝，送与远行亲友。柳、留同音啊。你听李白的这首《春夜洛城闻笛》：

谁家玉笛暗飞声，散入春风满洛城。

此夜曲中闻折柳，何人不起故园情。

王维那首《送元二使安西》就更加经典了：

渭城朝雨浥轻尘，客舍青青柳色新。

劝君更尽一杯酒，西出阳关无故人。

因为王维的这首送别诗太精彩了，很快被人谱上曲，作为送别曲广为传唱。但这首诗只有四句，而且每句字数相同，唱起来不免有些单调，因此，乐工们常将诗句反复唱几遍，即所谓叠唱。到了北宋，这首送别诗被人改成专供歌唱的

《阳关三叠》。

在古代扬州，将离别之情写得最悲怆的恐怕要数唐末诗人郑谷了，请看他的《淮上与友人别》：

扬子江头杨柳春，杨花愁杀渡江人。
数声风笛离亭晚，君向潇湘我向秦。

至于或者客居他乡，或者奔波在途的历代扬州游子们，则更是经常以杨柳、绿杨等来指代故乡扬州。革命烈士江上青 1939 年在烽火连天的征途中曾寄给胞弟江树峰一首七律：

过隙光阴似白驹，十年患难早相扶。
雄心拼付三期战，别绪全凭一雁书。
春水绿杨思故里，秋山红叶走征途。
天涯兄弟成劳燕，互问风尘老病无。

杨柳枝，芳菲节，可恨年年赠离别！

四

尽管杨柳曾被赋予了离情别绪的悲情色调，但是杨柳作为春天的象征却是文学意义上的主旋律。无论古代还是现代，人们都将杨柳与春色紧密联系在一起。唐代贺知章，本职工作是政客，但一首《咏柳》诗却足以使他在中国文学史上千古流芳：

碧玉妆成一树高，万条垂下绿丝绦。
不知细叶谁裁出，二月春风似剪刀。

用丝绦细带比喻柳条，诗人借助丰富的想象，别出心裁地讴歌了迷人的春色。春风吹拂，柳树抽芽，正是细如剪刀的春风，“裁”出万条碧绿的柳条，装扮出这绿意盎然的春天。

不仅仅贺知章，唐诗宋词中以柳咏春的名篇佳作不胜枚举，其中脍炙人口者有，冯延巳：“春到青门柳色黄，一梢红杏出低墙”；杜甫“两个黄鹂鸣翠柳，一行白鹭上青天”；韩翃“春城无处不飞花，寒食东风御柳斜”；北宋志南和尚“沾衣欲湿杏花雨，吹面不寒杨柳风”；陆游“红酥手，黄縢酒，满城春色宫墙柳”，等等。

是的，杨柳无疑是春神最先派出的信使。

当凛冽的冷风仍在呼啸，料峭的春寒依然袭人，冬眠的万物尚未从睡梦中醒来，而杨柳已经在悄悄地给我们传递着春的消息。大自然将立春的日子一颁布，杨柳枝条顷刻之间便泛出了绿色。紧接着，一颗颗如翡翠珍珠般的芽苞就挂上了枝条，春风吹拂，这些翡翠珍珠一天天地鼓胀起来。俄而，惊蛰的一声春雷，便将这些芽苞炸开，嫩绿的柳芽绽放出稚气的笑脸，亲吻着碧绿的水、湛蓝的天。柳枝上黄鹂清亮的鸣叫，呼唤着万物的复苏。于是，金黄的迎春开了，带雨的梨花白了，灼灼的桃花红了。记不清是哪位现代诗人的神来之笔：

杨柳风慢步而来，
走进眺望的眼眸，
却拂不起一缕发鬓。
采下一朵朵白云，
种在小河村口，
归期未有。

岸柳飘飞来路，
长长短短。
音书在烛影下浓浓淡淡，
干一杯西窗满月，
指击三更，
三生石的重，
比纸还轻。

就在诗人那笔墨轻点之间，浩浩荡荡的春风已与千姿百态的生命音符、万紫千红的生命色调，汇成了一组恢宏磅礴的春之交响！

而在这组关于春天的交响乐中，我最爱听的依然是那首具有浓郁扬州味道的《杨柳青》。

男儿到此是豪雄

一

相对于瘦西湖中的其他景点而言，徐园要年轻很多，它是辛亥革命的产物，至今才一百多年。在此之前，这里是桃花坞的一部分。桃花坞，本是古代苏州的一个地名。唐人杜荀鹤曾作《桃花河》诗，宋人范成大《阊门泛槎》有“桃坞论今昔”句，可见苏州桃花坞名称由来已久。明代桃花坞曾为“江南第一风流才子”唐寅的隐居之所，而且后来还产生了著名的桃花坞木版年画。扬州桃花坞何时得名，不得而知。不过，既然扬州人能把西湖移来，能将金山借得，那么，搬来一个苏州的桃花坞也就不足为怪了。旧时的桃花坞广植桃花，烟花三月之时，桃红柳绿，柳浪闻莺。诗情画意，令人陶醉。

1915 年，在桃花坞一角建成了徐园，这与一个人物有关。

这个人物叫徐宝山，江苏丹徒人氏，为清末民初扬州青洪帮之“洪帮”首领。当是时也，国运多舛，兵荒马乱，徐宝山浪迹江湖，交游甚广，常以豪侠自命，颇著声名。初以贩卖私盐起家，后来发展成为拥有私人武装的团伙头目。在能人如云的扬州码头上，徐宝山能够呼风唤雨，加之他性情亢爽，脾气暴躁，又属虎，因而，人送绰号“徐老虎”。1900 年正月，中国社会激流涌动，各地英豪揭竿为旗。某日，徐宝山突然接到面见两江总督刘坤一的命令，清政府招安他为“长江盐务缉私营管带”。

辛亥八月，武昌起义打响，不久沿江数省响应。辛亥九月十八日，徐宝山率军镇压了扬州孙天生起义，成立了扬州军政分府，徐宝山任军政长，宣布扬州光复。此时，徐宝山又成了辛亥革命党人的中坚。

武昌起义之后，孙中山与袁世凯“南北议和”告成，袁世凯窃取辛亥革命成果，并破坏停战协定。徐宝山对袁世凯义愤填膺，当即在《申报》公开发表谴责袁世凯的电文。民国元年（1912）一月二日，各报以《扬州徐司令电》为题，发表“一谴袁世凯”：

各报馆及黎元帅及各都督钧鉴：袁贼阴狠险鸷，诡谋百出。现在停战期内，急施其种种违约行为，盖其作战计划与时俱进，吾人如见其肺肝，故合议决不能恃，弊处即欲派队开往清江、宿迁一带，实力防堵。尚望援鄂北伐诸路军团厉兵秣马，厚其雄狮，一俟停战期满，立即分路北伐，歼除戎首。设于此时稍一迟缓，则秦、晋、徐、淮全入危机，大局前途从此糜烂。转石颠崖，千钧一发，存亡问题，胥决乎是幸。速辟和备战，早定大局。无任企盼！徐宝山叩。

此后，徐宝山又接连再发五电，表达了谴责袁世凯和奋勇讨袁的决心。

1913 年 5 月 24 日早晨，徐宝山突然被人以古董花瓶作诱饵炸死于扬州。现有历史资料表明，杀死徐宝山的主谋，乃是被孙中山称为“革命圣人”的铁杆兄弟张静江。而张静江谋杀徐宝山的理由，竟是因为徐宝山“亲袁”，是袁世凯复辟的“保皇派”。直至今天，许多学者仍持此说，以致在过去瘦西湖的导游词中，徐宝山乃是一个凶神恶煞的形象。

那么徐宝山是不是变成了“保皇派”呢？

袁世凯夺权后，徐宝山一直坚持北伐讨袁。1912 年 1 月 14 日《申报》还刊载了徐宝山讨袁的通电：“合议不成，当亲率共和军北伐。”然而由于国民政府的妥协，袁世凯最终还是当上了临时大总统，孙中山将政权交给了袁世凯，黄兴将军权也交给了袁世凯，甚至在定都南京等既定的重大方针上，孙中山也迁就了袁世凯而改定北京。在此情况下，袁世凯对徐宝山实施步步紧逼，逼迫其削减军队，但徐宝山拒不服从。后来，国民政府在与袁世凯较量的过程中步步退让，终于使袁世凯的预谋完全实现。在此情势下，作为一个地方军政首领，徐宝山已无力回天，只能顺其自然。因为徐宝山曾经力主讨袁，而南北议和之后，为了消除袁世凯对他的疑虑，徐宝山甚至不惜用亲生儿子当人质，来换取局势之安宁。这是非常符合徐宝山个性的举动，却被后人当作徐宝山“亲袁”的最有力的证据。再说，当时无论是孙中山还是黄兴等辛亥领袖们，之所以对袁世凯步步退让，又何尝不是出于大局之计，这就是，尽快结束纷争，停止内战，促进共和。至于后来袁世凯复辟帝制，开历史倒车，那是袁自己的问题，这个板子不该打在徐宝山的头上。

徐宝山被谋杀后，社会各方反响强烈，丧事办得很隆重。国民政府派特使何锋钰到扬州致祭，副总统黎元洪致挽联：

> 下游建国，多士同袍，屈指已经年，半壁江淮资保障；
>
> 大将横尸，元凶漏网，伤心惟一哭，全军缟素动哀思。

致电吊唁徐宝山的要员还有众议院副议长汤化龙、陈国祥，山西都督阎锡山，奉天都督张作霖，天津都督冯国璋，以及国事维持会理事孙疏筠、王芝祥等。

徐宝山去世三年后，他的旧部发动扬州商绅集资万元，又得国民政府拨款万元，在风景如画的瘦西湖桃花坞北端建成了一座亭林，用以供奉徐宝山的灵牌，故名“徐园”。徐园碑亭中的石碑上记录着当时建园的一些细节，其中有一段大意是，几位旧部下因感念徐公的功德，自发集资三千元，又向中央政府申请，袁大总统亲自批给一万元，中途因“款绌不继”（没钱了），以致“工匠辍金”（工匠不干活了）。多亏徐公遗孀孙阆仙拿出自己的首饰簪戒变卖了二千元，并号召扬州的士民“崇德报功，输金负土”，有钱的出钱，有力的出力。又向扬州盐商多方筹资万余元，总计三万元建成此园。其中记录了几位建园功臣，张、方、杨、马四位动议，方、许、金、杨四位筹建筹款，吴次皋主持。还有一位叫杨丙炎的工匠老伯，为建园最卖力，每日“侵晨而出，戴星月而返，一花一石，位置不称意，往往画船箫鼓，络绎归去，犹见翁指挥。夕阳人影间，如是者阅一寒暑”。每天义务上工，最早一个到，最迟一个走，如此历经三载，足见心意至诚。

徐宝山殁于民国二年（1913），徐园建成于民国六年（1917），一个已经死去四年的人，还有那么多人对他怀有如此真情，而且有的人就是普通百姓。不能不说，徐宝山当时还是很得人心的。那么，为什么后来徐宝山的形象被完全颠覆了呢？这与我们的历史观有关。曾几何时，我们看近代史，除了孙中山，几乎没有正面人物。假设徐宝山是因为“风派”“亲袁”，而被后来人诟病，那么，当时所谓的铁杆革命派，如张静江、陈其美等人物，后世历史又给了他们多高的评价呢？

二

徐园作为瘦西湖的一个子园，其园林艺术很值得研究和鉴赏。园子占地面积不大，但山石水土，亭台楼阁之布局却是精致得当，富于人文气息。

先从月洞门说起。

徐园的大门——月洞门，比一般园林的月洞门要大出很多，这是当时建园者为了显示徐宝山的地位而特意设计的。徐宝山虽出身草根，但却有着非凡的组织才能。起兵之后，队伍迅速壮大，有“两湖两江兵马大元帅”之称。故为他建造的亭林自然不能太显寒酸。月洞门里边的池沼东南角，置黄石数粒，上植松树及紫藤。由月洞门外往里看，此处的树石正好挡住视线。这是造园手法中的“障景”之法，倘若此处不设石木，其园内风景便一览无余。而此景一造，景观就有了节奏，有了深度，有了悬念。

徐园不仅园门高大，院墙也不同于一般中式园林的风格。江南园林的院墙多为花墙，镂空砌成，以便景色内外呼应。而徐园的院墙高大实心，以体现“侯门深似海”的气派。门口的一对石狮子也比一般的石狮子高大威猛。门额“徐园”二字写得龙飞凤舞。写字的人名叫吉亮工，光绪十七年（1891）举人。因不满清政府昏庸，痛心疾首，而自号“风先生”。所撰《风先生传》，实为自身写照，遂时人以其号称之。诗文字画，倜傥潇洒，龙飞凤舞，酣畅淋漓。曾入扬州冶春后社，画承八怪之风，善写苍松翠柏、飞禽走兽及佛像等，往往不拘成法，随意所之。书法功力雄厚，多为狂草，有“龙章凤篆”之称。徐宝山死后，军政方面为其建亭林，吉亮工为其书额“徐园”二字。但见徐字为行楷，而园字则为草书，但两字笔墨和谐，过渡自然，稳健灵动，相得益彰。其“园”字犹有特色。仔细辨认，内中“袁”字似虎字，外加一圈。于是后人编出故事来说，吉亮工因对徐宝山有恨，是要将徐宝山这只老虎永远关在笼子中。此说毫无事实根据，恰恰相反，有史料表明，吉亮工是很欣赏徐宝山仗义之行的，二人素有交往，吉亮工还在徐宝山主持的扬州军政府中任过职。

步入徐园，有一汪清池广过半亩，池中莲叶田田，游鱼可数，周遭嘉木繁荫，树影婆娑。池上架小拱桥一座，立于津梁之上，抬头看树花，低头见水天，竟有朱熹“半亩方塘一鉴开，天光云影共徘徊”之深邃阔大。园林方家常道“造山容易造水难”。徐园池塘不大，但理水深浅有度，给徐园增色颇多。跨过小桥左转过去，便是徐园的主厅堂前，此厅今名“听鹂馆”，是当年祠祀徐宝山木主牌位之所。听鹂者，人云取杜甫诗“两个黄鹂鸣翠柳，一行白鹭上青天”之意。我则以为用宋人王安石的那阕《菩萨蛮》来释名更为贴切：

数间茅屋闲临水，窄衫短帽垂杨里。
花是去年红，吹开一夜风。

梢梢新月偃，午醉醒来晚。
何物最关情，黄鹂三两声。

伫立于堂前，看鱼跃水面，听鸟鸣翠柳，确是有声有色佳美之境。今厅堂内徐宝山木主早已不存，代之以一幅中国山水画。此地现常用来举办各种艺术展览。游客徜徉山水美景之同时，欣赏书画艺术，又增了一层美意。

厅堂之外，有巨型铁镬两只相对而置。铁镬者，古之器具也。初为食器，青铜时代为礼器，后又兼刑具，将其中水烧沸，人投其中，成语有“斧钺汤镬”。后又用作佛器，置莲花于其中，佛像坐于其上供奉之。总之，镬在古代用途甚广。而此二镬之用途均不在上述范围之内，它乃是扬州一千五百年前的镇水之物。扬州地处江淮要冲，常生水患，河堤决口，用此二镬合一，内填泥土石块，沉于决口，以减缓流速，从而封堵。这是古人征服自然的智慧结晶。

“听鹂馆”匾额为清代嘉庆进士徐培琛所书。徐培琛，字资之，号松泉，贵州石阡人。幼时家贫，然勤奋好学。嘉庆二十二年（1817）进士，官至户部员外郎、江南道监察御史等职。因刚直不阿，屡劾权贵，险遭杀身之祸。晚年罢官，流寓扬州，受时任两江总督陶澍之邀，主讲于扬州梅花书院。“听鹂馆”匾额本为扬州城中旧物，后修葺瘦西湖公园时移悬此处，倒也十分妥帖。堂前还有两副楹联，也是拿来所用。一为清代九省封疆大吏、扬州人阮元所撰：“江波蘸岸绿堪染，山色迎人秀可餐。”一为同治年间苏州状元陆润庠所书：“绿印苔痕留鹤篆，红流花韵爱莺簧。”陆状元的书法，清华朗润，意近欧虞（欧阳询、虞世南），馆阁气甚浓，深得皇家宫廷之喜爱，故而北京名胜古迹中多有其书。

徐园正西有厅堂一座，名“春草池塘吟榭”，取意于宋人赵师秀《约客》诗意。赵师秀在唐宋诗人中名气不大，但这首七绝却堪称精品。诗人写的是在江淮春夏梅雨时节的一个夜晚，主人邀约一位好友来家中对弈，他将棋盘摆好，香茶泡开，静等友人到来。也许是因为春雨绵绵，路滑难行；也许是因诸事纠缠，脱走不开，主人等到子夜时分，客人也没到来。主人便独自摆弄着棋子，打发着略略郁闷的心情，反复地自语着：“这仁兄，都半夜了，怎么还不来呢？”等着等着，一首绝句信口流出：

黄梅时节家家雨，青草池塘处处蛙。

有约不来过夜半，闲敲棋子落灯花。

一幅至静至美的雨夜守静图！

这是中国文化中十分奇妙的现象，一种近乎要动火的情节，却往往以审美的方式结束。等人心急的情趣，旋即转化成了动人的诗意。

如果说“青草池塘吟榭”的取意过于寂寥，门前廊柱上的楹联则使这份情绪敞亮起来：“碧落青山飘古韵，绿波春浪满前坡。”这两句是近代书画大家集唐人杜牧、韦庄诗句成联。风景阔大，色调明丽。当代书坛名家扬州籍人士张炳文以隶书写就，古朴飘逸，如杨柳春风般的潇洒与浪漫。

三

从“春草池塘吟榭”往北而西，北可见绿荫丛中梅岭春深，西可见碧波映照中的白塔五亭。而春草池塘吟榭的背后则又是另一番天地，此处修廊蜿蜒，山石多姿，廊尽头有厅三楹，此处乃是在扬州流风余韵百年的“冶春后社”旧址。“冶春”一词本是旧时青年人踏春之谓。康熙年间，扬州文人成立冶春诗社，除了领头的王士禛，诗社成员还有林古度、杜濬、孙枝蔚等扬州名流。当时冶春诗坛，独步一代，有“红楼齐唱冶春词”之誉。嗣后，虹桥西岸设有“冶春茶社”，据说，其匾额乃是孔尚任所题。鸦片战争后，扬州繁华日衰，冶春诗社渐至湮没无闻。直到清末民初，又有臧谷、吉亮工、陈重庆等扬州文士重建“冶春后社”，社址即今徐园西首。今日于廊壁间，尚能见到陈懋森所撰《冶春后社碑记》数方。民国十年（1921），戊戌维新党魁康有为来游扬州，于此间小住，曾有七律云：

崇墉仡仡是扬州，千载繁华梦不收。
芳草远侵隋苑道，芜城空认蜀冈头。
名园销尽负明月，文物凋零思选楼。
四十年来旧游处，邗沟漫漫水南流。

康有为于1889年赴京应考时曾路过扬州，三十年后再到，扬州已盛时不再，满目凋零，只能且凭哀歌一曲，寄沧桑满怀！

冶春诗魂在瘦西湖水底沉寂了一个多世纪之后，前两年，扬州有关方面又在烟花三月之时重现虹桥修禊之举，但因洋味十足，却没能引起扬州文坛的共鸣。

近来，为了更好地展示瘦西湖的人文底蕴，瘦西湖景区根据清代王振世所著《扬州览胜录》记载，复原冶春后社旧址内场景。旧址内辟有精室三间，极为幽敞。匾额与对联均为吉亮工旧题。额曰“冶春后社行窠”，联云：“社名仍号冶春，何必改作；来者都为游夏，可与言诗。”

徐园起初是作为徐宝山的祠祀场所而营造，徐宝山的是非功过和恩怨情仇，不是我们这些匆匆游客所能一语道尽的。今日之徐园，可谓尘俗尽扫，风烟俱净。呈现给人们的是一个规划严整、营造得法的古典园林。然而，走进徐园，你仍然很难将这个园子与徐宝山其人以及那段风云激荡的时代分开。是英雄造就了时势，还是时势造就了英雄？不由得想起了宋人程颢那首《秋日》诗：

闲来无事不从容，睡觉东窗日已红。
万物静观皆自得，四时佳兴与人同。
道通天地有形外，思入风云变态中。
富贵不淫贫贱乐，男儿到此是豪雄。

金山也肯过江来

一

如果将瘦西湖比作一首瑰丽华彩的乐章，那么小金山景区无疑是这首乐章的高潮了。

小金山原是瘦西湖中的一个岛屿，清代时由扬州盐商程士铨建成私人花园，他浚河堆山、围山造屋，遂成湖上景观。后人增其旧制，辅设亭台楼阁，构思之奇巧，营造之精致，堪称中国古典园林典范之作。

小金山的景点布局，采用了以点带面的构景手法。点，即用疏浚瘦西湖的淤泥堆成了山。虽然山的高度仅有几十米，但山上广植梅花，山顶建有“风亭”，景称“梅岭春深”，在整个小金山景区起到了提纲挈领的作用。面，是围绕山的四周布局亭台楼阁，而其中最为精致者，乃是以琴、书、棋、画为主题的厅堂设置。

琴室，位于梅岭春深南麓，背依丘岭，门对清流，使人想到“高山流水谢知音”的典故。琴室厅前廊柱上有一副对联“一水回还杨柳外，画船来往藕花天”。分别取意于南宋两位婉约派词人的词句，上联为柳永《雨霖铃》“今宵酒醒何处？杨柳岸，晓风残月”；下联为李清照《如梦令》“常记溪亭日暮，沉醉不知归路，兴尽晚回舟，误入藕花深处”。该联不仅用典巧妙、文采斐然，更重要的是为这组景点定下了美学基调——婉约精致。

移步往里，右推壶形小门，门额为清代碑学大师邓石如所题“静观”。推门而进，但见绿苔苍苍，嘉木成荫，王维那首《书事》诗意，顿入眼帘：

轻阴阁小雨，深院昼慵开。
坐看苍苔色，欲上人衣来。

又使人想到南宋诗人叶绍翁的那首《游园不值》：

应怜屐齿印苍苔，小扣柴扉久不开。

春色满园关不住，一枝红杏出墙来。

于是你的眼光便被一道造型别致的花墙所吸引，这道花墙由院之西南蜿蜒至东北，内外通透，曲曲折折，宛如古代文人手中打开的一把折扇。这就跳出了普通花墙的框范，而赋予了浓郁的书卷之气。左边的木樨书屋，书香扑鼻，室中悬挂照片一帧，乃是20世纪60年代著名书画大家林散之先生流寓扬州时，为瘦西湖题名的照片，今扩建之后的瘦西湖万花园大门“瘦西湖”匾，即为林老手迹。

书屋之北，为棋室。室内有砖刻棋盘两方，棋盘上有“乾隆四十八年成造细料二尺金砖”之铭，并署：“江南苏州府胡世铨，署知事邹德风管造。”可见棋室之名，名副其实。棋室内有青花瓷壁屏两堂，大小瓷板共四十六块，由宫廷画师奉旨描摹康熙皇帝南巡时沿途胜景，所绘人物、亭台、楼船、山水等精细入微，栩栩如生；画面清晰，层次分明，笔触细腻，生气盎然，为清代青花瓷扛鼎之作。据说此瓷屏风制作于康熙年间，至今景德镇制瓷专家常慕名求睹，一见之下，往往大惊。瓷屏风制成后进贡清廷，八国联军入侵时，屏风流落民间。1962年，扬州文物商店从天津购得，时任市长的钱承芳先生闻讯鉴赏后，认为此乃不可多得之宝物，立即指示文物商店将此转让给瘦西湖，作永久珍藏。

步出棋室，沿廊东行，即入“画室”。此处正式名称为“月观”，开间三楹，面东临水。以“画”为主题，然厅室中并无画轴，但举目四望，又皆是图画，且四时异趣。原来此厅四面开窗，运用借景、框景等手法将窗外之景收为此室之景，每一个窗格都是一幅天然图画。而最为妙者，当月上东山之时，打开六扇朝东大门，见一轮明月破云而出，银色月光泻满大地，乃是一幅天然泼墨山水图。于是又让人想到了在壶门之上题额的那位邓石如。公乃安徽人氏，家有碧山书屋，邓公为书屋自撰一联，此联用于月观亦恰到好处。联云：

沧海日、赤城霞、峨眉雪、巫峡云、洞庭月、彭蠡烟、潇湘雨、广陵涛、庐山瀑布，合宇宙奇观，绘吾斋壁；

少陵诗、摩诘画、左传文、马迁史、薛涛笺、右军帖、南华经、相如赋、屈子离骚，收古今绝艺，置我山窗。

置身于此，邀两三知己，沏一壶好茶，赏白昼之春风杨柳，观黄昏之日落月升，真有羽化登仙之感。

二

小金山的中心景点是梅岭春深，却因处于密林丛中，又要爬上山去，故很多游人往往止步于此。但是登上山巅之后，你便会领略到无限风光！这里是瘦西湖的制高点，放眼四望，整个景区尽收眼底，也只有在这里，你才会体会到瘦西湖景区的布局之妙，正如此地一旧联所云：

风月无边，到此胸怀何似；

亭台依旧，羡他烟水全收。

山顶上有风亭一座，登上风亭四望，连绵不断的烟水，飘逸恬静的云山，绿波浮载的画舫，安闲自在的野凫。偶听檀板敲起，乐声随风缥缈。置身于此，如携子晋吹箫成仙，如待穆王侍宴饮酒。瘦西湖南大门口有一联，其上联云“天地本无私，春花秋月尽我留连，得闲便是主人，且莫问平泉草木”。在此，好作一声“得闲便是主人”之感叹！

下山的道有两条，可由前山返回，亦可由后山拾道而下。山脚之西南有厅堂一座，名“湖上草堂”。堂上匾额为清代扬州太守伊秉绶所题，大块碑体，有金石之味，充分体现了这位“文章太守”的书风。伊秉绶，字组似，福建汀州人，乾隆五十四年（1789）进士，嘉庆十年（1805）任扬州知府，精隶书，其书法劲秀古娟、独创一格，与邓石如、刘墉、张裕钊并称为“清代碑学四大家”。伊太守不仅政风和畅、文风远播，而且是很有品位的美食家。据传，今日风靡世界之“扬州炒饭”即出自伊府厨师之手。

湖上草堂依山临水西朝向。隔着一汪湖水，可眺望白塔、五亭桥。在此作思古抚今之想，似穿越时光隧道，康乾盛世一时际会眼前。

堂前有紫薇两株，春夏两季，嫣红一片。堂之北，置巨型树花盆景一处，名“枯木逢春”。一棵干枯的千年银杏，伴生着一株茂盛的凌霄。凌霄肆意伸展的藤蔓，紧紧缠绕着巨大的银杏老干，春天一到，凌霄枝繁叶茂。夏季里凌霄花开，一树娇艳，谓之“枯木逢春”已是十分恰当。后来日本电影《生死恋》热映，有人便说这是中国版的“生死恋”，这倒又平添了一份浪漫。

三

小金山不仅亭台楼阁布置精当，花木山石点缀得法，其间配置的楹联也极为雅致精练、文采飞扬。如“一水回还杨柳外，画船来往藕花天”（琴室）；“借取西湖一角堪夸其瘦，移来金山半点何惜乎小”（关帝庙东边房）；“青山载酒呼棋局，紫襦传盅近笛床”（棋室），“月来满地水，云起一天山”（月观）。这些楹联，大多既平白如话，又意境高远。唯有关帝庙庭前一副对联，人多不解其意，联曰：

> 弹指皆空，玉局可曾留带去；
> 如拳不大，金山也肯过江来。

这副楹联传为清代同治、光绪两朝帝师翁同龢所撰。翁同龢是状元出身，饱读诗书，学富五车。因而此联对仗工整，意蕴飘逸，堪称小金山的画龙点睛之笔。这副楹联涉及一个人物和一座山，人物是苏轼，山是金山。这副楹联中蕴含了与扬州历史文化有关的几个典故，要读懂它，必须知晓这些典故。

典故之一：“弹指皆空。”此为佛禅用语，弹指比喻时间短暂，佛教典籍说，二十念为一瞬，二十瞬为一弹指。弹指皆空，意为人世间一切枉然，万事皆空。苏轼是一个禅学造诣极深的人，晚年自号东坡居士，他的许多诗文充满禅意。翁状元在撰写这副楹联时，想必是深谙东坡居士的参禅之道了。

典故之二：“玉局”，苏轼有许多名号，如苏子瞻、苏东坡、苏学士、东坡居士、苏黄州等。但有一个名号却鲜为人知——苏玉局。苏轼是四川眉山人，宋代成都有一著名道观设在成都市北的玉局化，故又称玉局观。苏轼晚年因与当朝政见不和而被贬谪海南。宋徽宗即位后他遇赦而还，后曾领成都玉局观提举的虚衔，史称“提举玉局观”。后人遂常以“苏玉局”称苏轼。宋代刘克庄曾有词叹曰“怅玉局飞仙，石湖绝笔”。其中“玉局”指的就是苏轼，石湖则指的是范成大。杭州西湖苏公祠中横翠阁有一副楹联“图画香山，风流玉局；荷花世界，杨柳楼台”。其中“香山”指的是白居易，“玉局”指的是苏轼。他们都曾在杭州为官，并给西湖留下“白堤”“苏堤”两道著名景观。

典故之三：“留带”，指的是苏轼与佛印的故事。佛印，北宋名僧，法号了元，字觉老，是苏轼的好友。二人既多有诗文唱和，又经常互斗禅机。某日，苏轼见佛印于镇江金山寺中，有一段禅机十足的对话。

佛印：啊呀，阁下驾到，可惜我这里连坐的地方都没有啊。

苏轼：暂借和尚四大用作禅床。

佛印：僧有一问，答得来即坐，道不得则将你腰间玉带归我。

苏轼欣然同意。

佛印即道：四大本空，五蕴非有，阁下欲于何处坐？

苏轼一时无语，遂解玉带予佛印，佛印即以衲衣回赠。这便是禅宗公案中流传甚广的“裙带互赠”的故事。翁同龢的这副上联就是引用上述逸事，只是他对苏轼留带之说尚存疑义，故有“玉局可曾留带去”之问。

典故之四：“如拳不大。”典出“拳石”。中国园林，自唐代中叶之后，便由高深阔达之真山真水，转向以山石构建之人工景观。拳石，即指园林中用来堆砌假山的石头，也泛指园林中的假山。白居易诗云：“拳石苔苍翠，尺波烟杳渺。”当年小金山主人程士铨将瘦西湖中的清淤之土，堆积成一座小山，翁同龢之“如拳不大”，当指此山。

典故之五：“金山也肯过江来。”清代，特别是康乾时代的扬州，由于漕运通畅，帝王巡幸，呈现出了历史上的第三次辉煌。富可敌国的扬州盐商，生活奢靡，挥霍无度。他们建园林、养戏班、蓄艺伎、作逢迎。种种作态，引起了当时许多人的妒嫉与不满，故有人说扬州人“太俗”。乾隆年间，时任漕运总督的崔应阶曾作诗讥讽扬州盐商：“青山也厌扬州俗，多少峰峦不过江。”崔应阶是湖北人，有才情，善诗文，通音律。有诗集、杂剧、琴谱等传世。这两句诗对扬州的偏见是显而易见的，但同时也用诗的语言表达了一个客观事实：扬州与镇江一水之隔，江南青山延绵，峰峦起伏；而长江之北的扬州，除了一些低矮的丘陵之外，竟没有一座像样的山，这本来就是扬州的一大遗憾。崔应阶诗一出，似乎刺痛了扬州人那根敏感的神经。而翁同龢一来，妙笔生花，一句“金山也肯过江来”，给那句“青山也厌扬州俗”以有力反击。这不仅让扬州人弥补了因无山而抱憾的缺失，某种程度上甚至有些扬眉吐气了。

四

有些石头可以当书读。

欧阳修晚年自号“六一居士”，其中有个“一”就是“家藏五代以来金石遗文一千卷”。金石中的“石”便是刻着字的石头，当然是可以读的。

没有刻字的石头呢？有些也可以当书读，比如小金山关帝庙前的那块石头。它本是产于广西溶洞中的一块钟乳石，因其形状如船，故名“船石”。据说，它是宋代花石纲的遗物，因此它本身就是一本书、一段史。

那么，就让船石载着我们驶入历史的长河。

那是宋代——一个在文学艺术上云蒸霞蔚的时代，却又是一个在政治军事上弱不禁风的时代。宋徽宗赵佶，论才气，堪称大家，其工笔花鸟与瘦金体书法，在中国艺术史上绝对占有一席之地；但论治国理政，那就令人失望了，大宋江山交付给这位丹青圣手、书画大师，他一时竟不知如何打理。

他尊崇道教，于是便问术士：“大宋江山我能坐得稳吗？”

术士应道：“皇上何出此言？大宋江山乃万年之基，固若金汤。不过……”术士故弄玄虚地卖了“关子”，“要说这京城城池倒是有几分险象。”“险象何在？”皇上问。“在于无山。”术士答。

术士此语倒是有点来由。宋朝定都汴梁，其实当时完全出于宋太祖赵匡胤感情用事。他在离汴梁不远处的陈桥驿发动兵变，得以皇袍加身，于是赵匡胤认为，汴梁乃是他发迹的风水宝地。执政之后，他不顾朝野讥议，决意定都汴梁。汴梁，今开封，地处华北平原南端，一马平川，不仅无险可据，而且北枕着被称为“天河”

的黄河，“天河”决口之威胁，如剑悬头。但赵匡胤一意孤行，谁还能动摇皇上的意志呢？于是，大宋王朝的国都就定在了随时都会发生危机的汴梁。

说到危机，危机就来了。宋徽宗为了改造汴梁“风水”，下令江南各地向京城进献奇石，建造“万岁山”（史称“艮岳”）。于是，在千里迢迢的大运河上，出现了一道奇异的风景。一组组船队，十船为“一纲”，不载粮草，不载油盐，而是满载着各种各样的石头，一路逶迤，运往汴梁去建“万岁山”，这便是史上所称“花石纲”事件。

“万岁山”建得高大巍峨、峰峦起伏、曲池环绕、山林蓊郁、楼阁参差，是当时世界上独一无二的皇家园林。岂料，赵佶尚未来得及仔细把玩，即有农民起义烈火燃于内、金人侵犯中原狼烟起于外，内忧外患一齐涌来。可怜这位艺术皇帝，握笔杆子尚可玩出点味道，握枪杆子就不灵了。未经几战，金人即大举南下。靖康二年（1127），金人铁蹄踏碎了“万岁山”，钦、徽二宗当了金人的俘虏。高宗赵构临危抚政，仓促应战，但难敌金人强悍铁蹄，金兵一路挥师南下，势如破竹，宋王朝既无招架之功，更无还手之力。赵构领着一班人且战且退，一路南逃，曾于建炎三年（1129）战退至扬州，苦撑危局。但终究无力回天，中原失陷。赵构仓皇南奔，逃至今之杭州，方才略喘一息。

杭州，东南形胜，三吴都会。无意间，大宋王朝终于找到了一个有山有水的风水宝地作都城了。

“一色楼台三十里，不知何处觅孤山。”杭州的山多了，多得大宋天子有点迷失。“山外青山楼外楼”，湖山暖风，伴随那轻轻的吴侬软语，熏得大宋朝廷的君臣们心旌摇曳、乐不思蜀。是啊，只要山好水好，管它是杭州汴州哩。“千骑拥高牙，乘醉听箫鼓，吟赏烟霞。”多么威风，多么浪漫，多么惬意。今后，但凡有言抗金者，一律格杀勿论！于是力主抗金的忠良被诛杀，卖国求荣的奸臣反倒鸡犬升天了。在一片歌舞升平之中，也曾有一个弱女子在奋力呼喊着：“生当作人杰，死亦为鬼雄。至今思项羽，不肯过江东！”这女子叫李清照，她是读过金石文字的，她的丈夫赵明诚就是一位金石专家。然而，一个弱女子的呼喊又有何用？漫说一个女子，就连岳飞那一声“还我河山”虽然气贯长虹，但他最终却也不得不在“天日昭昭，天日昭昭”的喊冤声中献出了那颗不屈的头颅！

终于，在南宋德祐二年（1276），元人的大军开进了杭州。

“观音渡口天狗落，北门关外尘沙恶。健儿披发走如风，女哭男啼撼城郭。”两年后，在距杭州千余里的南海边，一个叫陆秀夫的丞相背着年仅九岁的末代皇帝跳海而亡。昔日醉人的“西湖歌舞”，顷刻间化成国破家亡的无言悲歌。

当年的“万岁山”早已与北宋王朝的江山一起灰飞烟灭，而花石纲遗石仍在。因为扬州地处漕运要冲，是当时运送花石纲北上的必经之路。中原狼烟突起之后，纲船不能继续北上，故而散落在扬州的花石纲遗石尤其多，这方船石仅为一例。

> 万岁纲船出太湖，九朝膏血一时枯。
> 阿谁种下中原祸，犹自昂藏入画图。

这是元代诗人咏《万岁山图》的一首七绝。诗人指桑骂槐，将大宋王朝倾覆的祸根归咎于“万岁山”的建造，其抨之激烈，其恨之切切，溢于言表。

船石，你听到了吗？

好是春风湖上亭

一

四十年前，我中学毕业。刚刚踏进社会的门槛，便有了一次出差扬州的机会。一个农村青年，第一次来到这千年古城，瘦西湖是必须去看的。但那一次游览印象，早已漫漶依稀，唯有钓鱼台、五亭桥、白塔这一带的湖面风景还存留在记忆深处。那时的瘦西湖显得有些萧瑟，湖面上零星漂荡着几只游船，远不如今日之游人如织。我在湖边转了一圈，坐在湖岸的太湖石上拍了张照片，便索然离去了。

过了几年，高考恢复，我负笈扬州，瘦西湖竟成了我读书的“后花园”。每天清晨捧着唐诗宋词到瘦西湖边去读，感觉超好。然而，第一次游湖的旧梦总是挥之难去，于是我时常来到湖心的钓鱼台，试图捡拾起当年遗落的碎片。湖水映带，白塔晴云；雨打荷柳，风铃五亭。渐渐地，我穿过了湖上的云烟，走进了它的历史，湖水的粼粼波光，幻化成它久远的年轮。

偌大中国，叫作钓鱼台的风景名胜颇多，其中最著名的有“姜子牙钓鱼台”。姜子牙是中国谋略家的鼻祖人物，俗称姜太公，是辅佐周文王、周武王灭商的功臣。他在得到文王重用之前，隐居在陕西渭水河畔，常在一个叫磻溪的水滨垂钓。一般人钓鱼，都是用弯钩，上面挂着有香味的饵食，然后把钩沉在水里，诱骗鱼儿上钩。但太公的钓钩是直的，上面不挂鱼饵，也不沉到水里，并且离水面三尺高。有个打柴的来到溪边，对他说：“老先生，像你这样钓鱼，一百年也钓不到一条鱼啊！”太公举了举钓竿说：“对你说实话吧，我不是为了钓到鱼，而是为了钓到王与侯。”太公奇特的钓鱼方法传到了周文王那里。文王得知这个钓者是位贤才，便前往聘请。姜子牙辅佐文王，兴邦立国，又帮助文王的儿子——武王姬发灭掉商朝，武王封他于齐地，姜子牙终于实现了自己建功立业的理想。

与姜子牙的钓鱼台相比，瘦西湖钓鱼台的故事要轻松愉悦得多。乾隆皇帝六度南巡，驻跸扬州，在此留下许多传闻逸事。一日游湖，皇帝忽然垂钓兴起，便在此钓鱼。皇帝垂钓半晌没钓着鱼，便问周围陪侍官员："众位爱卿，为何鱼不上我的钩啊？"大学士纪晓岚上前回话："凡鱼不敢朝天子，万岁皇上只钓龙。"皇上于是得以释怀。可是纪晓岚话音未落，皇上居然钓上来一条鱼。众人一片欢呼，但皇上却把目光盯在了纪晓岚的脸上，似乎在问：此鱼何鱼也？这一问大有深意，要么此鱼不凡，要么我就不是万岁。好个纪晓岚，真不愧广闻博识之人，一瞅这鱼，是一条鲤鱼，他心里有底了。"皇上，此鱼乃龙鱼也！"一旁陪同的扬州地方官员和盐商见皇帝钓到鱼了，也一齐凑过来："恭喜皇上，钓了一条龙鱼！"有这么凑巧的事吗？还真有！原来，据说鲤鱼的听觉不太好，所以长着胡须呢，它是靠着胡须感知水中世界的，于是扬州人土话将鲤鱼叫作"聋鱼"。乾隆皇帝已习惯了纪晓岚的这一套诡辩术，也就笑笑而已，并不深究了。这个传说还有不同版本，但说的都是皇帝在此钓鱼的事。其实，当年皇帝来此都做了什么，老百姓并不知，后人更不知，那就只好想象了。一看这条水中长堤最适合钓鱼，于是传说也就这么形成了。20 世纪 80 年代，著名艺术家刘海粟游览到此，听了传说之后，欣然题名"钓鱼台"。如此，皇帝是否真的在此钓过鱼已不重要，钓鱼台之名通俗易懂，便于传播，这是风景名胜取名常见的一种文化现象。

二

我游览过渭河之滨姜子牙钓鱼台，登临过富春江畔严子陵钓台，也曾到过北京的钓鱼台。相比之下，瘦西湖钓鱼台无论规模或名气，都难以望其项背。但就园林艺术造诣而言，它却丝毫不逊色于全国各地钓鱼台，其最大特色在于造景效果的出奇制胜。

钓鱼台位于瘦西湖水面最开阔处，一条长堤突兀地伸向湖中心，堤尽头，一方孤亭傲然独立，这本是"山重水复疑无路"之境。然而造园者运用"框景""借景"之法，将远在湖西的五亭桥、白塔两处主景，"框"在钓鱼台的两个月洞门中，透过月洞门，但见湖水波光粼粼，仿佛感到远处的五亭桥与白塔，正朝着钓鱼台踏波而来，从而使瘦西湖中钓鱼台、五亭桥、白塔三个景点合为一体。游人到此，忽有“柳暗花明又一村”之感。更为神奇的是，本来“框”住五亭桥和白塔的两个圆门都是正圆，但驻足此处远看，“框”住方方正正五亭桥的圆是正圆，而“框”住瘦瘦长长白塔的圆，在视觉上却是椭圆。两个圆，与被“框”在其中的桥、塔，在视觉上形成高度和谐，这才是造园艺术的神来之笔！你不能不折服于古代扬州园林艺术家们超凡的艺术想象力与创造力，湖中一座很不起眼的小亭，在此营造出如此阔大风景，彰显出如此巨大的艺术魅力，在中外园林史上堪称独步青云。因而，此处被园林学家们誉为园林借景艺术的典范之作，更被公认为扬州最具艺术匠心的城市标志。

游人到此，无不赞叹其妙。钓鱼台上有三位中国当代艺术大师游览之后留下的墨迹，被称作中国当代书法艺术的“三星拱照”。刘海粟书“钓鱼台”匾额，书体稳健中显飘逸；启功书联：“浩歌向兰渚，把钓待秋风”，书风娟秀中见精美；亭内还有一额，为著名书法家沙孟海所书“吹台”，书法轻巧而俏丽。

吹台之名，连接着扬州园林的一段历史。

《宋书》中有《徐湛之传》。徐湛之，东海郯县人，是南朝宋武帝的外孙。湛之幼孤，为武帝怜爱。元嘉二十四年（447），徐湛之任南兖州刺史，来到南兖州治所广陵城。在广陵，他善于为政，威惠并行，同时喜好营造室宇园池。他对广陵城内旧有楼台增荣添色，并于城北营建亭台楼阁，栽植花草树木。这是扬州见诸史籍的第一次官府造园活动，所建景点有风亭、月观、吹台、琴室等。尽管这些景点都在后来的烽火中化为灰烬，但徐湛之造园，却在扬州园林史上留下了浓墨重彩的一笔。后人为纪念这位造园先贤，在营建瘦西湖中小金山时，用其景观旧名，遂有今日风亭、月观、吹台、琴室所在。然而，今天，有本有源的“吹台”名称却鲜为人知，而传说出的“钓鱼台”倒名正言顺地登堂入室了。

三

钓鱼台的妙处在于借景，而所借之景，又是瘦西湖中两处最重要的景点——五亭桥和白塔。

五亭桥的正名叫莲花桥，始建于乾隆二十二年（1757）。这一年乾隆皇帝第二次南巡。乾隆帝第一次南巡时就来此游过，但景区范围只到今天五亭桥为止。当然那时也没有五亭桥，这里是一道堤坝，现有湖水叫莲花埂河，河中广植荷花。时任扬州巡盐御史的高恒，是乾隆帝一个妃子的哥哥，他为迎奉乾隆帝游湖，延长水上游览线，便开坝建桥，使龙舟能从天宁寺前的御码头直抵蜀冈之下。为了让乾隆帝感到此处似比京城，便仿照北京的五龙亭和玉带桥设计建成了五亭桥。五亭桥造型秀丽，黄瓦朱甍，配以白色栏杆，亭内彩绘藻井，亭外风铃叮当。桥下有十五个卷洞，洞洞相连，碧水涟漪，画舫悠悠。其风格既有南方之秀气，又具北方之雄奇。《扬州画舫录》中记载："每当清风月满之时，每洞各衔一月。金色荡漾，众月争辉，莫可名状。"由于李斗的神奇描述，我读书之时的一个中秋之夜，曾约同窗于此守候，却始终未见"每洞各衔一月"之异景。但当玉盘悬空，秋夜寂静之时，在此赏月，实为人生乐事。一任思绪穿越时空，遥听古人月下箫声，竟有飘然欲仙之感。

五亭桥上最初的桥亭是圆形。咸丰年间，扬州遭逢太平天国兵火，连同五亭桥上亭子在内的扬州古迹，大多付之一炬。晚清时代，运河不通、盐业凋敝，扬州渐次衰微。五亭桥在相当一段时间，是一道仅有桥墩而没有桥亭的残破风景。光绪中兴，桥亭得以复建，将圆亭改建成了极富江南建筑特色的五座方形飞翼风亭。挺拔秀丽的风亭，宛如五朵出水莲花，"莲花桥"名至实归。这一改建，不仅使五亭桥整体更显方正庄重，于沉稳中尽显浪漫，而且与旁边的白塔在造型与色彩上相互映衬，形成了对比中的和谐之美。

五亭桥曾经多次修缮，并留下许多传奇故事。有两则故事都与桥上的瓦有关。五亭桥上的瓦，原本是用的皇家宫殿修缮时淘汰下来的旧瓦铺盖。中国人崇拜王权的思想真是深入到骨髓里了，因为这是"龙瓦"，带有王气的，可以消灾降福，吉祥万事。于是有人来游瘦西湖时，居然都想捎两片"龙瓦"回去。眼见得五亭上的瓦日益减少，于是有人编派出了白蟒护桥的传说。说是有一天深夜，有人在桥上盗瓦，正欲动手取瓦时，突然狂风四起，飞沙走石。一条白蟒从天而降，吓得盗瓦贼魂飞魄散，连连求饶。从此，桥亭上的瓦便再也没人敢动了。这则故事显然很俗。相比之下，下一则关于瓦的故事便很精彩。

20 世纪 70 年代，五亭桥大修。桥上的琉璃瓦经过多年的风雨侵蚀，大多已破碎缺损，急需更换。当时瘦西湖管理者与生产琉璃瓦的某陶瓷厂签订了琉璃瓦加工合同。结果生产出来的琉璃瓦与原先瘦西湖提供的样品在色彩上有误差，显得稍浅些，原来的老黄色变成了嫩黄色。但是，令人惊讶的是，这批“不合格”琉璃瓦，盖上五亭桥之后，色彩效果出奇的好，嫩黄的瓦顶，与蓝天、白塔、绿树、碧水等显得格外的和谐。

如果把瘦西湖比作婀娜多姿的少女，那么五亭桥就是少女身上那条美丽的腰带。中国著名桥梁专家茅以升这样评价：中国最古老的桥是赵州桥，最壮美的桥是卢沟桥，最具艺术美的桥就是扬州的五亭桥。清人黄鼎铭《望江南百调》歌曰：“扬州好，高跨五亭桥，面面清波涵月影，头头空洞过云桡，夜听玉人箫。”

四

白塔的闯入似乎令瘦西湖有些猝不及防，扬州至今还流传着“一夜造塔”的故事。

话说乾隆皇帝第二次南巡，当翠华摇摇的龙舟穿过五亭桥时，果然龙颜大悦，脱口赞道：“此处风景甚好，若有白塔，堪比北海。”这话皇上说了不打紧，如果出于普通人之口，则有杀头之罪。你想干吗？你扬州敢比京城吗？但是，皇上说，不仅不碍事儿，而且给扬州盐商打了一针鸡血。知道吗？皇上说了，咱们瘦西湖只要再有一座白塔，就与京城的北海一样了。于是扬州盐商迅速行动，那一夜，瘦西湖上灯火通明，各路人马分工明细，盐商们将自家仓库里的盐包运集而来，堆垒成塔。第二天皇帝一看，只见五亭桥旁一座白塔巍然耸立，以为是从天而降。身旁的太监连忙跪奏道：“是盐商大贾，为弥补圣上昨日游湖之憾，连夜赶造而成的。”乾隆不无感慨：人道扬州盐商富甲天下，果然名不虚传。传说往往是旅游中的兴味之谈，一夜成塔，纯属虚构。

白塔亦称喇嘛塔，原属藏传佛教中喇嘛教寺院塔制。元代以降，渐行全国。据现有资料，清乾隆四十九年（1784），由扬州两淮盐商商总江春集资，仿北京北海白塔，在原莲性寺旧塔基上建造。莲性寺本是一座尼姑庙，此处建喇嘛塔，显然有悖佛教规制。但是，为什么能在此处建白塔？这实际上触及了中国传统文化的一个核心问题，即王权至上，任何宗教在中国都必须服从于王权。因为皇上有“此处若有白塔”云云，于是便百无禁忌了。北海白塔，位于北京北海公园琼华岛上，建于清初顺治年间，是一座藏式喇嘛塔。据建塔石碑记载，当时“有西域喇嘛者，欲以佛教阴赞皇猷，请立塔寺，寿国佑民”，得到皇帝的恩准，于是修建了永安寺和白塔，是一座典型的寺庙塔。

扬州白塔，虽“仿京师万岁山塔式”，但形制已大有区别。它在瘦西湖仅为风景点缀，属园林塔。为了与瘦西湖整体美学风貌相匹，扬州白塔无论是高度还是塔围，都在北海白塔的样式上进行了“瘦身”，使塔之外形轮廓线变得秀美挺拔。塔座全是砖雕的束腰须弥座，座为八角四面，每面三龛，龛内砖雕十二生肖像，象征一年十二月，一天十二时辰。筑台五十三级，象征童子拜观音之五十三参图……扬州造园的艺术手法巧妙糅合于外来景致之中。故此处有旧联云：

一支孤塔，似白鹤飞来，试添金碧楼台，便成北海；

几度游人，被黄鸡催老，那得乾嘉耆旧，与话南巡。

陈从周在《园林谈丛》中曾将北海塔和扬州塔进行对比后说：“然比例秀匀，玉立亭亭，晴云临水，有别于北海塔的厚重工稳。”可见北方之景到了南方也入乡随俗，雄壮之气锐减，窈窕气质倍增了。

对于瘦西湖景区的整体美学风格而言，白塔的出现，使之有了一种独领高标的精神气概，它那清气干云的风采，是往日平静的瘦西湖从未见识过的。它打破了景区天际轮廓线的平衡、单调，而显异峰突起，使瘦西湖天空有了变化、起伏。从而彰显出瘦西湖虽是平原景观，却有着如青藏高原一般的峻朗之风。应该说，这才是白塔之于瘦西湖最重要的意义所在。

说过了钓鱼台、五亭桥、白塔，却不能忽视了凫庄的存在。

在五亭桥和白塔之间有一组建筑，叫“凫庄”。建于1921年，是扬州乡绅陈臣朔的别墅。他把真实山水的精华因地制宜地加以运用，虽比五亭桥、白塔晚建百余年，但却与之融为一体，具有高度的审美情趣。在凫庄可以随时闻到水的气息，聆听到水的声音。凫庄之胜在环于水而又凫于水，反映的是园主人希望自己的生活可以自主沉浮。如今这里有平台雕栏，可以露天而坐，凭水而眺。于此仰视桥亭之美，俯视游鱼之乐。凫庄既烘托了五亭桥的高大雄伟，又衬托出白塔的亭亭玉立。

瘦西湖风景优美，而最美之处就在这段宽阔的湖面上。湖水鲜澄，画舫悠悠。嘉树名花，四时芬芳。钓鱼台、五亭桥、白塔，或互为映衬，或三位一体，尽显中国古典园林之美。尤其春风吹来，碧波蓝天，银塔画桥。桃红杏白，柳浪闻莺。到夜晚则明月皎皎，洞箫隐隐，此处风情，远胜仙寰。借用唐人戎昱诗句赞一个：

好是春风湖上亭！

（注：成稿之时，有专家研究，白塔先于五亭桥而建）

玉人何处教吹箫

一

扬州赏景佳绝处自然是瘦西湖，瘦西湖赏景之妙处则在二十四桥景区。

此处位于瘦西湖向蜀冈水道的拐弯处，是乾隆水上游览线的要冲。登上熙春台放眼望去，东看五亭云起，南接玲珑花界，北望栖灵巍峨。近处则碧波荡漾，画舫往来，鲜花满地，游人如织。正应了熙春台出典的那句老子语："众人熙熙……如登春台。"

二十四桥景区，取意于杜牧的一首诗，就是人们耳熟能详的那首《寄扬州韩绰判官》。杜牧是晚唐时期的诗文大家，他出身高贵，其祖父杜佑曾在扬州任淮南节度使。因此，杜牧在中进士之后来到扬州，在时任淮南节度使的牛僧孺手下做幕僚。

"幕僚"这个词，在中国文化史上是一个很特殊的官职。要说幕僚，得从"官僚"一词讲起。中国古代官场上，向来有把各级衙门行政官员通称作官吏或官僚的习惯。其实严格地说，官与吏有区分，官与僚也有区别。上古时期，僚的含义略近奴仆，所谓"僚者，劳也"；入秦汉后，僚又转换成僚属的意思，很明显，这个"僚"就是主官属员的概念。那么"僚"字前面又何以加个"幕"字呢？原来"幕"本是帷幄的通称，古代时，天子或将帅率领部队出征，治无常处，就以在野外搭起的帐篷作为指挥部，所谓"运筹于帷幄之中，决胜于千里之外"，就典出于此。起先是幄幕被称为幕府，后来高级一点的军政大员官署，也都被叫作幕府了。从秦汉直到隋唐，凡一个方面的军政主管，都有按一定程序自行聘用秘书、参谋、副官性质佐员的权力，这种人就可称作幕僚。

杜牧之所以来扬州做幕僚，还与唐代的科举制度有关。中国科举制度始于隋代。东汉之后，中国经历了三百多年的分裂与动乱。隋统一天下之后，废除了中国相沿多年的世袭门阀制度，设科举取士，使得众多读书人能在同一起跑线上平等竞争，凡考取进士者，一律封官。于是，便有了“朝为田舍郎，暮登天子堂”之说。但是，到了晚唐时期，科举制度有了变化，考取进士者不能立即封官，要等到朝廷再一次考试通过之后才可正式封官。所以凡中进士者到朝廷正式录用，都有一个过渡期，在这个过渡期中，很多人就成了幕僚。

二

杜牧来扬州做幕僚，有着特定的时代背景和个人原因。

晚唐时期，或者更准确地说，杜牧生活的大和年间，已是大唐王朝由盛而衰的时代。

天宝年间发生的“安史之乱”，是李唐王朝盛极而衰的分水岭。然而，“安史之乱”，乱了以西安为中心的关中地区，却给扬州带来了意外的发展机遇。因为当时关中地区的很多达官贵人，为躲避战祸，纷纷移居到益州（今成都）、扬州两地。益州因其地形险要，易守难攻，又近于长安，连唐玄宗都往那儿跑，这就是历史上著名的“明皇幸蜀”的故事。而扬州地处东南沿海，又有隋朝新沟通的大运河在此与长江交汇，故成为中国最大的漕运集散中心，所以很多商人纷纷来到扬州。大量商业资本集中于此，扬州的经济、社会、文化事业得到迅猛发展，以至有了“扬一益二”之说。此时的扬州被称作“风月繁华之地，温柔富贵之乡”，在杜牧来扬州之前，他的前辈已有无数风流人物来过扬州，如诗仙李白曾数度来扬，并且留下了“烟花三月下扬州”的千古绝唱。到了晚唐时期，来扬州的人就更多了，此时的扬州，成了文人墨客心灵的栖息地和精神港湾。

杜牧于大和七年（833）来到扬州，为节度史掌书记，大和九年（835）离开扬州，前后达三年之久。此时的杜牧正值少壮，血气方刚，又是新科进士，更是贵胄之后，来到这春风十里的扬州，怎不如鱼得水，神采飞扬。有人爆料，杜牧在扬州的这三年，几乎天天夜不归宿。“供职之外，惟以游宴为事。”每到夜晚，即出入于娼寮酒馆。时间一长，杜牧的行为引起了牛僧孺的关注。牛僧孺想，这小子在风月场上如此混下去，保不定哪天因争风吃醋被人所伤呢。于是每晚派出几十个人暗中保护杜牧。这事直到杜牧调离扬州时，他自己才知道，于是十分感激这位老首长，同时也为自己在扬州三年过度浪漫，浪费青春而有些追悔。故有《遣怀》一首：

落魄江湖载酒行，楚腰纤细掌中轻。
十年一觉扬州梦，赢得青楼薄幸名。

三

大和九年（835），杜牧通过朝廷考试，被调至京城任监察御史。古代官场有一种普遍心态，都认为在京城做官比较风光。因而，京官的心理感觉往往是比较优越的。但此时的杜牧却有些异样，一是因为杜牧上任的办公处所不在长安而在东都洛阳；二是此时已是“安史之乱”之后，关中地区的人民对战乱仍心有余悸；三是朝廷内部矛盾纷争迭起，唐史上发生的“甘露之变”等历史事件均在此时的前后。作为富有浪漫精神和诗人特质的杜牧，对当时的官场生态和生存环境很是不屑，于是依然倾情声色，他笔下著名的《张好好诗》即成篇于此时。张好好本是洛阳城里歌伎，曾与杜牧交好，但后来成为另一官宦的小妾，六年后又沦为当垆女。杜牧相见，忆及当初，挥笔成诗，并成为诗书俱佳的传世之作。

此时，杜牧还常流连在洛阳历代风流旧事之中，比如著名的金谷园，就是他常去游览思古之所。金谷园因晋代富豪石崇和美女绿珠的故事而闻名。因为绿珠的美丽，石崇用三斛珍珠把她买下，藏于金谷园。后来赵王司马伦专权，硬要石崇将绿珠让给他，石崇不干，赵王于是假借圣旨逮捕石崇，就在石崇将要被捕的那一瞬间，绿珠纵身一跃，跳楼而死。杜牧曾不止一次地凭吊过这座充满哀婉和浪漫故事的金谷园，而且留下了诗作：

繁华事散逐香尘，流水无情草自春。
日暮东风怨啼鸟，落花犹似坠楼人。

洛阳虽为唐代东都，又是数朝帝京，但伊、洛二水未能澄净杜牧那颗驿动的心；龙门风景，也未能安抚那颗浪漫的灵魂。“暮景千山雪，春寒百尺楼。独登还独下，谁会我悠悠。”通过诗文，我们读出了诗人此时心中的寂寞与孤独。

四

在洛阳工作了两年多时间，唐文宗开成二年（837），杜牧终于又来到了他魂牵梦绕的扬州。

这次杜牧来扬州，非为公事，而是因为他的弟弟。杜牧的弟弟名叫杜顗，此时因眼疾闲居扬州，杜牧专程前来看望，只是此时的淮南节度使已不是牛僧孺而是李德裕。牛、李二人都是晚唐重臣，都做过淮南节度使，后来交替入朝为相，相互结党，争权倾轧，形成了晚唐历史上著名的“牛李党争”。杜牧不顾官制所限，长期离职，来到扬州，给弟弟治疗眼疾，足见兄弟情深。这次杜牧来扬应该是在初秋时节，此时的扬州正绿树成荫，桂子飘香。故地重游，理应心情舒畅。但是，由于陪伴着生病的弟弟仆居在禅智寺里，无心去赏景访友，或许昔日的红颜知己，早已嫁为他人之妇。压抑的情绪笼罩着杜牧，就连树上知了的叫声都令他厌烦：“雨过一蝉噪，飘萧松桂秋。青苔满阶砌，白鸟故迟留。暮霭生深树，斜阳下小楼。谁知竹西路，歌吹是扬州。”南宋词人姜夔“淮左名都，竹西佳处”，以竹西指代扬州，典出此处。这次杜牧在扬州时间并不长，大约晚秋时，便应宣歙观察使崔郸之召，赴任宣州团练判官，从此，杜牧再没来过扬州。

五

离开扬州后的杜牧，又经历了几度人生沉浮。一位才华横溢又有着远大政治抱负的人，却终生未能在仕途上大展宏图。作为诗书传家的后代，少负大志的才子，在其官场沉浮中所经历的痛苦挣扎之心态是可以想象的。他甚至有过因为在京城任官俸禄太低，而主动请求外放到杭州任刺史，却没有得到批准的难堪。但是作为诗人的杜牧，在文坛上却长袖善舞，倜傥风流。他的一生，给我们留下了许多脍炙人口的名篇佳作。比如写清明，至今没有如他笔下“清明时节雨纷纷”那般的令人销魂；写枫叶，无人超越他“霜叶红于二月花”的绚烂；一篇《阿房宫赋》令后人对大唐帝京宫殿奢华的想象穿越了千年！

有人说，杜牧官场失意与晚唐的“牛李党争”有关，或者更直接地说杜牧就是这场党争的牺牲品。而我却固执地认为，影响杜牧升迁的主要原因不是来自外部，而是他自身的文化人格。杜牧是一个极有才情的人，而这样的人往往都很自负甚至很孤傲。你牛党也好，李党也罢，我统统不介入。因此，当满朝文武都在京城里削尖脑袋向上攀爬时，杜牧却一次又一次放弃京官位子，要求到地方任职。为了到扬州看望生病的弟弟，他甚至不顾请假超期，最后丢了京官，到宣州去当团练判官。他在京城做司勋员外郎兼史馆修撰，却主动请求外放到湖州做刺史，申请了多年终于如愿以偿。关于杜牧这段人生经历，后人几乎众口一词地说，他是十四年前在湖州游玩，邂逅了一位美女，并许诺将来会娶她，因而才反复申请到湖州任职的。这段风流故事编派得很逼真，也很浪漫。但稍理性地一想，便知为戏说。我以为，与其说杜牧到湖州任职是为了那位美女而来，不如说是为了躲避朝廷内部复杂党争而去。当时，卷入“牛李党争”中的许多人都遭受了人生之祸。而杜牧是聪明的，远离旋涡，一走了之！至于那则风流故事，只不过是后人为杜牧在湖州写的那首著名的七绝《叹花》而作的带有香艳色彩的注脚而已：

自恨寻芳到已迟，往年曾见未开时。

如今风摆花狼藉，绿叶成阴子满枝。

六

话题还是回到扬州来。

大中二年（848）八月，外放很久的诗人杜牧又由睦州（今浙江建德）赴京就职，路过金陵。或许是行程偏紧，或许是公务较急，很想再看一下扬州的，但却终于没来得了。“厌江南之寂寞，思扬州之欢娱”，尤其想念仍在扬州工作的老友韩绰判官，于是提笔一挥，便传颂千古：

青山隐隐水迢迢，秋尽江南草未凋。

二十四桥明月夜，玉人何处教吹箫。

这首诗正文中没提到扬州，但题目为《寄扬州韩绰判官》。诗文内容并无多晦涩难懂之处，但后人阅读此诗却也有两处争议，一是“秋尽江南草未凋”中的“未”字，历史上传下的版本中有“草木凋”。那么哪种表达更符合诗人的原意？今天立在扬州瘦西湖二十四桥景区的那块大理石诗碑选择了“草未凋”。实际情况是，虽已进入深秋时节，但江南依然可见杨柳依依，金菊盛开，更何况开头一句还有“青山隐隐”做了铺垫。而反之，如果“草木凋”则风景索然矣。

这首诗中的第二个争议之处，即是“二十四桥”到底是多少桥？哪座桥？有说是一座桥，因为有二十四个仙女在桥上起舞，故名。此说纯属兴味之谈。有说是扬州许多桥的概数，尚可存听。但中国文字中以二、三、八、十、百、千、万等为概数者多矣，以“二十四”为概数，实为罕见。最可靠的说法应该是确指的唐代扬州的二十四座名桥。北宋科学家沈括，曾对唐代扬州二十四桥进行了仔细考证，至少确证了二十二座桥，并记录在他的著作《梦溪笔谈·补笔谈》中。

然而，二十四桥终于坍塌在历史的风雨中，迷失在漫漶的文字里，以至后人对二十四桥究竟是怎样的一个存在都莫衷一是了。连清代扬州掌故大家李斗也犯了迷糊，他在《扬州画舫录》中记载：“二十四桥即吴家砖桥，在熙春台后。”近代教育家、文学家、漫画家丰子恺先生曾作扬州游，并著《扬州梦》一文，他说自己寻找二十四桥，“看到田野中间跨在一条沟渠似的小河上的一片小桥，大家表示大失所望的样子，除了‘哎哟’之外，没有别的话……”

20世纪末，扬州瘦西湖二十四桥景区建成并对外开放。二十四桥景区，系按清人留下的图谱依样而建。熙春台建得气宇非凡。大厅内有一巨幅壁画——《玉人吹箫图》，是用扬州传统漆艺制成，形象表现了杜牧的诗意。小杜那一缕漂泊了千年的诗魂终于有了一处安放之所。

时空穿越千年。今天，杜牧笔下二十四桥究竟是几座桥、桥在哪里，都已经不重要。二十四桥，早已成为美丽扬州、精致扬州的指代语；箫声月色也演化为浪漫扬州、风流扬州的同义词。最喜欢熙春台前由启功先生手书的那副旧联：

胜地据淮南，看云影当空，与水平分秋一色；

扁舟过桥下，闻箫声何处，有人吹到月三更。

第二辑

古城游访

烟花三月下扬州

一

江南早春，冰河初开，老窖新熟。

开元十四年（726）二月，古城金陵一家酒店里高朋满座，笑语喧哗。当垆小姐打扮得娇媚生姿，楚楚动人。因为今天接待的客人很特殊，她特地从酒槽上取来几瓶极品珍珠红请客人品尝。这珍珠红色泽似玉，晶莹剔透，喝到嘴里如珍珠般地圆润。宾主觥筹交错，诗赋答对；诉离情，道别绪，一直喝到圆月西沉，仍不肯散去。

宴会嘉宾是年轻的诗人李白。从开元十二年（724）辞别巴蜀故土，寄意远游。他奔锦城，登峨眉，出三峡，入荆门。又游江陵，泛洞庭。一路山光水色，一路诗兴盎然，开元十三年（725）金秋时节到达金陵。

金陵，李白向往已久。长江万里奔腾，到此波澜壮阔；钟山帝王之气，在此虎踞龙蟠。李白徜徉在秦淮河畔，徘徊于王谢门前，沉醉于歌台舞榭，结缘于古刹名寺。连秦淮河畔青楼上的歌女，一时都争相传唱李白诗句《长干行》：

妾发初覆额，折花门前剧。
郎骑竹马来，绕床弄青梅。
同居长干里，两小无嫌猜。
十四为君妇，羞颜未尝开。
低头向暗壁，千唤不一回。
十五始展眉，愿同尘与灰。
常存抱柱信，岂上望夫台。

十六君远行，瞿塘滟滪堆。
五月不可触，猿声天上哀。
门前迟行迹，一一生绿苔。
苔深不能扫，落叶秋风早。
八月蝴蝶黄，双飞西园草。
感此伤妾心，坐愁红颜老。
早晚下三巴，预将书报家。
相迎不道远，直至长风沙。

然而，这一切虽是李白喜欢的，但却不是他的人生追求。他追求的是“奋其智能，愿为辅弼，使寰区大定，海县清一”。他要做宰相，使国家安定，国富民强。显然，在金陵他没找到机会，于是他决定去扬州试试。此刻，金陵友人正为他饯行，李白十分感谢朋友的盛情，趁着酒兴，口吐莲花，为朋友们留下一首《金陵酒肆留别》：

风吹柳花满店香，吴姬压酒唤客尝。
金陵子弟来相送，欲行不行各尽觞。
请君试问东流水，别意与之谁短长。

好一幅“当垆姑娘劝酒，金陵少年相送”的风情画。诗罢，李白乘上一叶扁舟往扬州而去。

二

扬州，东南都会，繁盛之地。唐王朝的开放气度和治国理念，成就了盛唐帝国的辉煌，同时也成就了有唐三百余年扬州的富庶与繁华。名仕重臣镇守于此，富商巨贾云集于此。扬州，无论是升官还是发财，机会多多。

李白当然不是冲着财富来的，他的父亲是巨富，有的是银子。李白追求的是仕途，他“五岁诵六甲”“十岁观百家”“十五观奇书”，从小就有“安社稷，济苍生”的远大理想。但是自隋朝以来，走向仕途、进入官场的唯一通道就是参加科举考试，而李白偏偏没走这条路。有人说，李白不屑于科举考试，他坚信“天生我材必有用”“长风破浪会有时”。有人说，是因为李白的“出身问题”，政府不允许他参加科考，于是他郁闷、他呼号：“大道如青天，我独不得出！”但李白是一个不甘于向命运屈服的人，此处路不通，自有通天处。于是他毅然决定“辞亲去国，仗剑远游”，一路寻找机会，走干谒之路。

干谒，是古人求仕的一种方式，就是用自己的诗文打动位高权重的名人，以求引荐入仕。扬州是大都督府治所，且担任大都督府的行政长官都是朝廷要员，在这里应该有机会，李白想。

扬州的春天有着特别迷人的风景。从早春的迎春花，仲春的桃李，晚春的芍药……整整一个春天，都被鲜花簇拥着。隋朝栽种在运河边的垂杨柳，此刻已丰盈婀娜，长条撩人。尤其是这里境内多水，江河湖海在此交汇，春天阳气上升，雾霭蒸腾，在阳光辉映之下，鲜花绿树都被笼罩在一片氤氲之中。那景象如梦如幻，堪比仙寰。李白在此纵情游览山水，寻访古迹名胜，每到一处，总有诗文喷薄而出。

李白到扬州的消息一传开，整个扬州城轰动了。虽然李白此时仍是一介布衣，但其诗名已广为人知。尤其是文艺界的同人兴奋无比，大家奔走相告。众人皆知李白善饮，且酒量很大，于是纷纷邀请李白参加各种沙龙与聚会。在古运河边，在官署衙门，在勾栏市井，在古寺名刹，到处都能看到李白那飘逸的身影。还有不少人从遥远的外地赶到扬州，为的是一睹李白的迷人风采。有人甚至花光了所有积蓄，到了扬州，连吃饭钱都没了，李白闻知，便慷慨解囊，“有落魄公子，悉皆济之”。

然而，李白此次扬州之行的主要心思却不是观光游览，也不是广交文艺同道。他心里有事，他要见到官场政要，寻找仕途。

遗憾的是，李白这次真的时机不巧。他来之时，正赶上唐玄宗泰山封禅，这可是举国大事。此前，都督府衙门及各州县官员都忙于准备，封禅结束之后又忙于庆贺。因此，李白的到来，除了文艺界热闹之外，官署衙门反应平平。大半年时间过去了，李白竟然没有见到一个能举荐他的官场要员，这令他十分沮丧。眼看时已入秋，身上所带银子也快花光了。由于季节更换，寒热交替，又感染了风寒。他病卧于旅店中，孤馆清灯，疾病缠身，一种凄凉感涌上心头。不由得想起远在西蜀的双亲，他取出了离家之前母亲送给他的金凤簪，睹物思人，眼眶一热，泪流满腮。想想自己漫游经年，可追寻的人生目标却依然一片渺茫，不禁悲由心起，感自胸来。猛抬头，一轮圆月当空，更令他万感齐发。随口即吟成一首《静夜思》：

床前明月光，疑是地上霜。
举头望明月，低头思故乡。

写完之后，意犹未尽，又铺纸提笔写下一首《淮南卧病书怀寄蜀中赵徵君蕤》：

吴会一浮云，飘如远行客。
功业莫从就，岁光屡奔迫。
良图俄弃捐，衰疾乃绵剧。
古琴藏虚匣，长剑挂空壁。
楚冠怀钟仪，越吟比庄舄。
国门遥天外，乡路远山隔。
朝忆相如台，夜梦子云宅。
旅情初结缉，秋气方寂历。
风入松下清，露出草间白。
故人不可见，幽梦谁与适。
寄书西飞鸿，赠尔慰离析。

李白要离开扬州了，大家依依不舍，送行的酒吃了一天又一天。李白十分感谢扬州友人的殷勤，心中的块垒顿时化为乌有，他高举着酒杯放声大笑道：

玉瓶沽美酒，数里送君还。
系马垂杨下，衔杯大道间。

天边看渌水，海上见青山。

兴罢各分袂，何须醉别颜。

李白的这次扬州之行，在他一生中，记忆特别深刻。过了好些年，他与人谈起，还说“曩昔东游维扬，不逾一年，散金三十余万，有落魄公子，悉皆济之”（李白《上安州裴长史书》）。唐代三十万金是什么概念？按当时的物价，可购米三十万石。古代一石是今天的一百五十斤，三十万金可购米四千多万斤，换算成今天的物价标准，约合一亿元人民币！

三

离开扬州，李白溯江西行，因盘缠偏紧，沿途风光只能走马观花。加之他又急于要去拜访一个人，这人叫孟浩然，襄州襄阳人，世称孟襄阳。因未曾入仕，又被称为孟山人。孟浩然比李白大十二岁，生当盛唐，早年有志用世，在仕途困顿、痛苦失望后，尚能自重，不媚俗世，以隐士终身。其诗作“春眠不觉晓，处处闻啼鸟。夜来风雨声，花落知多少”已成为妇孺皆知的清词丽句，李白对孟浩然神往已久。

终于来到了鹿门山。

鹿门山，相传因东汉光武帝在此梦见神鹿而得名。此处风景优美，名胜众多，“荷风送香气，竹露滴清响”，孟浩然早已将此处的妙境描绘得如诗如画。更兼有当年躬耕于隆中的诸葛亮拜庞德公为师的传说，这些对李白来说太有吸引力了。

李白来时，虽是初冬季节，但冬天的鹿门山，仍然林木繁盛，绿荫蔽天。尤其那满山的橘树，青黄相间，果实累累，李白情不自禁地吟诵起了屈原的诗句“青黄杂糅，文章烂兮”。孟浩然就隐居在这一大片橘林中。李白来访，孟浩然自然很高兴，虽然一个是隐者，一个是游侠，但谈到个人命运与理想追求时，却有“同是天涯沦落人”之感慨。李白虽有目空一切的狂傲，但对眼前这位与自己相同生肖的老大哥却表现出十分的亲切与敬重。孟浩然也对这位小兄弟充满了兄长般的爱怜。他关切地询问了李白的情况，当得知李白还是单身一人时，孟浩然说：

“兄弟，你该有个家了。”于是，在孟浩然等友人的撮合下，李白在安陆城里成就了他的第一次婚姻，其夫人是前朝退休宰相许圉师的孙女。这桩婚事让李白很称心，尽管是入赘许家，但凭借许家的门第，李白终于找到了一条通向仕途的跳板。由此，他对孟浩然倍加感激，经常为孟浩然的诗歌点赞，并写过一首《赠孟浩然》赞颂他：

吾爱孟夫子，风流天下闻。
红颜弃轩冕，白首卧松云。
醉月频中圣，迷花不事君。
高山安可仰，徒此揖清芬。

李白终于有了家，他那颗驿动的灵魂暂时有了一处安放之地。加之许小姐出身名门，通情达理，性格贤淑，新婚燕尔的李白，感觉超好。

孟浩然呢，虽然以隐知名，但其实一直都在为功名奋斗，曾经三次入京应试。直至开元二十一年（733），还在长安求仕，但又无果而返，这才对功名彻底失望。李白则经常前去劝慰。开元二十三年（735）春天的某一天，李白又来看望孟浩然，见孟浩然仍是闷闷不乐，便问道：“大哥去过扬州没？”“扬州还真没有去过。”孟浩然答道。李白说：“扬州值得一游。尤其是这个季节，太棒了！”

孟浩然本来心绪不佳，正想找个地方放松一下，又经李白一渲染，于是，便来了一场说走就走的旅行。长江之滨，黄鹤楼头，李白为即将远行的孟浩然设酒送行，两人从午时一直喝到黄昏时分，眼见时辰不早，孟浩然便揖别李白，乘上小舟。此刻的长江正顺风顺水，转眼间，小舟便消失在水天深处。而李白倒有些怅然若失了，更兼酒酣诗涌，开口便成千古绝唱：

故人西辞黄鹤楼，烟花三月下扬州。
孤帆远影碧空尽，惟见长江天际流。

李白这首《黄鹤楼送孟浩然之广陵》，用阳春三月的美好春色，放舟长江的宽阔场面，目送孤帆远影的动人细节，使后人永远记住了“烟花三月下扬州”的诗句，并且也成了历代文人对扬州最富有诗情画意的描绘。

四

尽管李白的这首诗平白如话，但后世人还是对“烟花”一词理解存在歧义。《辞源》（商务印书馆 1979 年版）关于“烟花”条有三解：一是雾霭中的花；二是泛指春景；三是指妓女。那么，李白笔下的烟花到底是何种含义呢？我以为，前二者含义兼而有之。其一，雾霭中的花。这既是泛指，也是春天气象特征的准确描述。春天的长江中下游地区多雾，春色往往笼罩在一片雾霭之中。其二，泛指春景。由于春天万物复苏，百草返青，杨柳露芽，遥看草色似毡，远望柳色如烟。更兼春阳和煦，桃丹梨白，春光氤氲，如诗如画。唐代诗人不只李白一人如此描述春景，如杜甫《清明二首》（其二）：“秦城楼阁烟花里，汉主山河锦绣中。”类似诗句还有韩愈《早春呈水部张十八员外》（其一）：“最是一年春好处，绝胜烟柳满皇都”；韦庄《台城》“无情最是台城柳，依旧烟笼十里堤”。

也有人将李白笔下的烟花与“烟花女子”联系起来，因为唐代扬州，经济繁荣，文化昌盛，青楼业也很发达，唐代诗人笔下对此不乏渲染。如“天下三分明月夜，二分无赖是扬州”（徐凝《忆扬州》）；“二十四桥明月夜，玉人何处教吹箫”（杜牧《寄扬州韩绰判官》）；“夜市千灯照碧云，高楼红袖客纷纷”（王建《夜看扬州市》）。更关键的是，李白在开元十四年（726）已在扬州住过大半年时间，凭他那么浪漫的个性，他对扬州的青楼业不会不了解。然而，《黄鹤楼送孟浩然之广陵》是一首送别诗，诗中所表达的是一种离别之情，如“故人”“孤帆”“远影”“惟见”“天际”等词都含有淡淡的忧伤。应该说，此时的李白心里想着的是与友人分别之后的惆怅，而不会联想到扬州城的烟花柳巷。

五

李白的“烟花三月下扬州”已传颂千年，千百年来，扬州也因李白的这首诗而声名远彰。不料，前些年却有人来与扬州“抢风头”。有些学者提出，李白笔下的“烟花三月下扬州”之扬州是指现在的南京。某报曾刊载一篇题为《下扬州其实是“下南京”》的文章，认为“李白的名诗《黄鹤楼送孟浩然之广陵》中的‘烟花三月下扬州’并不是到今天的扬州市，而是到我们南京来”。有记者还就此专访多位历史、地名专家，这些专家认为，从东汉末年至唐高祖武德年间（184–626），南京城一直被称为扬州，算起来，“扬州”作为南京名称的时间长达四百多年。还有人认为，之所以说李白诗中的“扬州”是指现在的南京，还因为李白作该诗时使用了南朝人“骑鹤上扬州”的典故。而“骑鹤上扬州”典故是南朝人殷芸编纂的志怪逸事小说中有关“上扬州”的故事，所谓“腰缠十万贯，骑鹤上扬州”，这其中的扬州，就是指以现在的南京为中心的广大地区。

那么，李白诗句“烟花三月下扬州”中的扬州，究竟是哪里呢？

让我们来看看今天扬州这个城市的“简历”。

现在的扬州城，自公元前486年吴王夫差开埠，始称“邗”，公元前319年改名广陵，南北朝时叫东广州、南兖州、吴州等。隋朝建立后，于开皇九年（589），将吴州改为扬州。这是“扬州”作为一个具体城市名称的开始，也是今天扬州市专名“扬州”的开始。大业三年（607）四月，隋炀帝杨广改扬州为江都，直到唐朝建立，于高祖武德二年（619）四月，唐王朝任命隋朝旧臣陈稜为扬州总管，陈稜受命，仍居江都，至此，江都又复扬州之名。

不错，隋唐之前的扬州并非今天的扬州市。

扬州作为地名，最早可追溯到夏朝大禹分九州时代，即冀州、兖州、青州、徐州、扬州、荆州、豫州、梁州、雍州。其中的扬州指淮水以南、现在浙江省和江苏省等东南沿海的这块广阔的地域，《尚书·禹贡》称“淮海惟扬州”。直到隋朝建立之前，扬州都不是确指某个具体城市，而是一直作为行政区域存在。“腰缠十万贯，骑鹤上扬州”中的“扬州”也是指的一个行政区域，当时治所曾一度在建康，即今天的南京。

唐武德三年（620）和唐武德五年（622），丹阳（今南京）还曾两度为扬州行政区域的治所。但至唐高祖武德九年（626）“迁扬州大都督，移州府及居人自丹阳渡江”（《旧唐书·本传》），“（扬州）治隋江都故郡”（《新唐书》）。至此，扬州之名即为广陵专有。

李白生于公元701年，《黄鹤楼送孟浩然之广陵》写于开元二十三年即公元735年（也有人说是开元十六年）。此时，扬州作为今天这个城市专有名称已有百余年历史。更重要的是，李白这首诗的题目明明白白写着《黄鹤楼送孟浩然之广陵》。而诗中的黄鹤楼并非如南京的专家们所说是用“腰缠十万贯，骑鹤上扬州”之典故，而是确指武昌长江边上的名楼黄鹤楼，此楼始建于三国时代，与“骑鹤上扬州”之典故毫无关系。

六

开元二十三年（735）春天，一叶扁舟沿长江飘然东下。

水上行程多日，孟浩然终于在某一天的黄昏时分来到了当时天下第一繁华都市扬州。孟浩然有《问舟子》诗云：

向夕问舟子，前程复几多。
湾头正堪泊，淮里足风波。

此处的“湾头”正是历史上扬州的茱萸湾。因茱萸湾地处由运河至湖泊的第一道湾口，故又称湾头。比孟浩然稍晚一辈的著名诗人刘长卿，为送女婿往扬州而作的一首诗，是唐人吟咏此处的代表作：

渡口发梅花，山中动泉脉。
芜城春草生，君作扬州客。
半逻莺满树，新年人独还。
落花逐流水，共到茱萸湾。

孟浩然诗中的“淮里”，则是指扬州是淮河以南政治、经济、文化的中心。

孟浩然此行，以扬州为中心，在长江两岸来来往往。也许是习惯了隐居生活的他看不惯扬州的灯红酒绿，或许失意之后的他心情尚未调整过来，总之，孟浩然是带着情绪上路的。请看他这首《广陵别薛八》：

士有不得志，栖栖吴楚间。

广陵相遇罢，彭蠡泛舟还。
樯出江中树，波连海上山。
风帆明日远，何处更追攀。

孟浩然秋天从扬州渡江游览过京口（今镇江）之后，又去了越地（今浙江一带）游览，并留下许多诗篇，其中与扬州有关的作品是《宿桐庐江寄广陵旧游》：

山暝闻猿愁，沧江急夜流。
风鸣两岸叶，月照一孤舟。
建德非吾土，维扬忆旧游。
还将两行泪，遥寄海西头。

孟浩然此行有七八个月时间，回到故乡，已经岁暮。

而此时，李白正从许家的政治跳板上向京城迂回，离皇亲国戚的朋友圈已不遥远。

远山来与此堂平

一

中国历史上有一种特殊的文化现象：一场政治变革之后，无论成败与否，总有一批官员被放逐，遭贬谪。改革成功了，被贬的是保守者；改革失败了，被贬的自然就是改革者。于是，在烟尘滚滚的古驿道上，时常会见到几位峨冠博带而又行色匆匆的身影；在南北东西的青山绿水之间，往往又会增添几处由这些贬谪文人所修建的亭台楼阁。时间一长，随着这些人物的东山再起或声名流传，那些或是寄托悲愁之情，或是抒发不平之志的建筑物，大多成了名胜古迹，引得后世之人慕其名，追其踪，而纷至沓来。有学者将此名为“贬官文化”。

扬州平山堂就是一例。

北宋庆历年间，官僚队伍庞大，行政效率低下，人民生活困苦，辽和西夏威胁着北方和西北边疆。

庆历三年（1043），范仲淹、富弼、韩琦同时执政，欧阳修、蔡襄、王素、余靖同为谏官。范仲淹与富弼在官员体制、教育及科举制度、农业政策、国防武装等十个方面提出改革主张，欧阳修等人也纷纷上疏言事。宋仁宗采纳了大部分意见，施行新政。但由于新政触犯了贵族官僚的利益，因而遭到强烈阻挠。庆历五年（1045）初，范仲淹、韩琦、富弼、欧阳修等人相继被排斥出朝廷，各项改革也被废止。一年四个月后，庆历新政失败。

新政失败之后，一批官员被贬谪，其中包括文坛领袖欧阳修。其实，欧阳修当时是有可能躲过这一劫的，当朝廷清洗范仲淹等“庆历党人”的时候，欧阳修正官居龙图阁直学士、河北都转运按察使。面对当时复杂的政治形势，他完全可以“躲进小楼成一统，管他冬夏与春秋”。然而他不！担任过谏官的欧阳修，看到一批朝廷忠良被贬，奸臣弄权当道时，他坐不住了，竟不顾官场戒律，越职言事，上书仁宗，为范仲淹等人鸣不平，并鲜明地亮出自己的态度："士不忘身不为忠，言不逆耳不为谏。"其结果自然是可想而知的——被罢官降职，贬知滁州。

滁州，当时乃地偏事简之所。欧阳修于庆历五年（1045）十月二十二日到任，他寄情山水，与民同乐，诗酒人生，好不惬意。在此留下了很多诗文佳作，其中最著名的当然就是千古名篇《醉翁亭记》了。然而，正当欧阳修方才抚平受创的心情，怡然自得地在醉翁亭上喝酒的时候，某天，皇上一觉醒来，突然觉得对欧阳修处理过重了，于是御笔一批，将欧阳修调至大郡扬州任太守。

扬州，"淮南江北海西头"，京杭大运河穿城而过。汉代以来，即为东南重镇。入唐之后，更为"风月繁华之地，温柔富贵之乡"。北宋时承唐代遗风余韵，节制淮南十一郡之地。于此地任官者，往往感到"政务庞杂，应酬尤多"。但欧公赴任后，"各有条理，纲目不乱"。政暇仍寄情于诗酒山水之间，于扬州制高处蜀冈之上筑平山堂，"以为游宴之所"。

他还在堂前亲手栽下了一株柳树，后人称之为"欧公柳"。说起欧公柳，就不能不顺便提到一个与之相关的笑料，据说后来曾有一位姓薛的太守知扬州，他听说了欧公柳的故事后，也在平山堂前栽了一株柳，自命为"薛公柳"。谁知人民群众不买账，这位薛公任期届满，前脚离开扬州，后脚就有人将"薛公柳"连根拔了。可见人心是杆秤，你自己说自己有多重，没用！

二

欧阳修给扬州留下一个装满浪漫故事的平山堂。千百年来，在此追慕欧公风雅，凭栏远眺江南诸山的文人墨客不计其数。堂上诗文楹联、横匾题额琳琅满目。本文的标题"远山来与此堂平"即是清代贵州巡抚林肇元于光绪年间游平山堂所题，他为平山堂的命名作了最好的注脚。若论楹联，清代嘉庆年间扬州太守伊秉绶的一联则为我最爱：

几堆江上图画山，繁华自昔，试看奢如大业，令人讪笑，令人悲凉，应有些逸兴雅怀，才领得廿四桥头，箫声月色；

一派歌吹竹西路，传诵于今，必须才似庐陵，方可遨游，方可啸咏，切莫把秾花浊酒，便当作六一翁后，余韵风流。

此联风格既浓艳浪漫，又沉郁冷峻。是的，扬州自开埠以来，曾几度繁华。隋炀帝杨广将大运河贯通之后，于大业年间三次来此巡游，其声势之浩大，用费之奢靡，古来少有。可悲的是，千里运河，能够浮载万千帆樯，却未能载得回杨广的身首，这位19岁便统领五十万人马，横扫陈朝如卷席的大业皇帝，最终只落得扬州蜀冈背后雷塘上的一抔黄土掩埋其身。

大约过了五百年，欧阳修来了。欧阳修不仅是一位文学巨匠，而且是一位严谨的史学家。二十四史中的《新唐书》就是他与宋祁等人撰著的。这位既浪漫又严谨的艺术大师，一登上蜀冈，便发现了此地的妙处，此处为扬州地形的制高点，东接运河，西连广丘。朝南看去，青山隐隐，长江如练。

于是便在此筑堂，宴宾赏景。至今，坊间还流传着许多欧阳修在平山堂上诗酒风流的故事。清同治年间，扬州盐运使方濬颐，重修了平山堂之后，有陇东名士马福祥题匾“坐花载月”。清代两江总督刘坤一，更是在平山堂上写下了“风流宛在”四个擘窠大字，而且在书写时将“流”字少写了上面一点，而将“在”字多写了下面一点。后人于是编出故事来说，刘坤一之所以如此书写，是想让欧公的风韵流失得少一点，留在得多一点。但是，作为学者型太守的伊秉绶，登堂时的感受就与众不同了，他不屑于人们津津乐道的欧公风流韵事，而是改弦更调，另番新声：“切莫把秾花浊酒，便当作六一翁后，余韵风流！”是啊，欧阳修留给我们的平山堂，难道仅仅是一道景观？仅仅是风花雪月，诗酒流连？不！他还留给了我们一种胸襟，一种境界，一种以凛然正气横亘于古今之际，俯仰于天地之间的人格精神与博大情怀！看来伊秉绶真不愧是碑学大家，所撰之联有厚重的金石之味。

欧阳修在扬州任所不到一年，因身体衰弱而自请移知小郡颍州。但对于扬州的这段生活，却久久不能忘怀。事隔多年，他在开封府尹任上时，还填了一首《朝中措·平山堂》寄赠给后来出知扬州的好友刘敞：

平山阑槛倚晴空，山色有无中。

手种堂前垂柳，别来几度春风。

文章太守，挥毫万字，一饮千钟。
行乐直须年少，樽前看取衰翁。

曾有人对欧公此词中“山色有无中”提出质疑，说站在平山堂上，江南诸山尽收眼底，如何是“山色有无中”呢？并由此认为，这是由于欧阳修眼睛近视而造成的错觉。其实欧阳修此处是借用了唐代诗人王维的成句：“江流天地外，山色有无中。”应该说是借用得恰到好处。

三

关于“山色有无中”这则笔墨官司，苏轼也参加了讨论。他在《水调歌头·黄州快哉亭赠张偓佺》这首词中写道：“长记平山堂上，欹枕江南烟雨，杳杳没孤鸿。认得醉翁语，山色有无中。”

苏轼对平山堂是怀有一份特殊感情的，这份情感源自嘉祐贡举。

苏轼的父亲苏洵，少时不好读书，由于父亲健在，没有养家之累，故他在青少年时代有点像李白和杜甫的任侠与壮游，一生追求功名未遂。宋嘉祐二年（1057），欧阳修主持科举考试，蜀中眉山人苏洵带着22岁的大儿子苏轼，19岁的小儿子苏辙来到京师应试。这年的试题是《刑赏忠厚之至论》，苏轼文章以忠厚立论，援引古仁者施行刑赏以忠厚为本的范例，阐发了儒家的仁政思想。在阅卷时，另一主考梅尧臣发现这一份答卷论证深邃，行文流畅，颇有“孟轲之风”，便将其推荐给欧阳修。欧阳修看后也大加赞赏，本当判为第一，但欧阳修以为这份试卷是自己学生曾巩的，为免别人闲话，便定成了第二。后来揭榜方知，乃是苏轼的试卷。接下来苏氏兄弟又通过了殿试，并双双及第。两个儿子的科场佳绩，令苏洵老泪纵横，他感叹道：“莫道科场易，老夫如登天。莫道科场难，小儿如拾芥。”而此时苏洵虽未取得功名，但其文章已在京城被人广为传抄，加上两个儿子同时及第，简直如一声春雷震动了京城。身为当时文坛领袖的欧阳修对苏家父子倍加推崇，说“天下文章当在苏氏父子”。“三十年之后将无人提及老夫矣”！在欧阳修的大力推崇与提携下，苏氏父子名声越来越大，欧阳修去世后，苏轼便成了北宋文坛的领军人物。而难能可贵的是，苏轼始终未敢忘怀自己的恩师欧阳修。1079年，欧阳修已去世七个年头了，苏轼由徐州转知湖州，途经扬州之时，特地到平山堂去凭吊恩师，并写下了一首《西江月·平山堂》：

三过平山堂下，半生弹指声中。
十年不见老仙翁，壁上龙蛇飞动。

欲吊文章太守，仍歌杨柳春风。
休言万事转头空，未转头时皆梦。

最后两句，充满了对人生无常的叹息。也难怪，苏轼曾因“乌台诗案”而获罪。先是坐牢，而后被贬至黄州……

1092年，苏轼由颍州调知扬州。此时欧公已作古二十年。为追思欧阳修知遇之恩，苏轼特在大明寺筑“谷林堂”，以示与恩师永远相伴。“谷林堂”取苏轼诗意：“深谷下窈窕，高林合扶疏。美哉新堂成，及此秋风初。我来适过雨，物至如娱予。稚竹真可人，霜节已专车。老槐苦无赖，风花欲填渠。山鸦争呼号，溪蝉独清虚。寄怀劳生外，得句幽梦余。古今正自同，岁月何必书？”

欧阳修、苏轼，宋代文化星空中的双子星座，先后落户扬州蜀冈之巅。这是历史老人对扬州这座古城一笔最为厚重的馈赠。

四

还是回到那则笔墨官司上来。当初欧阳修建堂之时，王安石说“一堂高视两三州”固然有些夸张，但“江南诸山，拱揖槛前，似与堂平”乃是不争的事实。三十年前，我负笈扬州，在此作同学游，京口诸山，犹然可见。然而，遗憾的是今天，任凭你再好的眼力，平山堂也无法再现“远山来与此堂平”之美景了。眼前见到的是一片茫茫烟雾锁天地。更有市区的几座高楼，十分不知趣地昂然矗立于由平山堂眺望江南的视线中。欧阳修当初也许以巧妙化用了王维的诗句而很是得意了一番，殊不知，他那句“山色有无中”竟成了一句谶语——江南山色，在平山堂的视线中真的从“有”到“无”了。惜乎！好在平山堂上一些楹联，还记录着当初气象的阔大与恢宏，多少能给游人聊补些登临之憾。兹录两副：

其一：

晓起凭栏，六代青山都到眼；
晚来对酒，二分明月正当头。

其二：

衔远山，吞长江，其西南诸峰林壑尤美；
送夕阳，迎素月，当春夏之交草木际天。

第二副对联乃清代文人徐仁山集句而成，分别出自范仲淹的《岳阳楼记》，欧阳修的《醉翁亭记》，王禹偁的《黄冈竹楼记》，苏东坡的《放鹤亭记》。四位均为北宋名人。再看看这四篇文章写作的“时代背景”，也大多是在他们贬谪、失意之时。

宝塔凌苍苍

一

秋宜登高。在一个秋高气爽之日，我登上了栖灵塔。这里是扬州的制高点，凭栏四望，北面是延绵悠远的低矮丘陵，千年以往，大唐帝国第一大都市的中心，便在我的脚下。那“街垂千步柳，霞映两重城”的阔大气派，那“二十四桥明月夜，玉人何处教吹箫”的浪漫情怀，至今仍清晰地保存在这个城市的记忆中。然而白云苍狗，沧海桑田，一千三百年之后的扬州城已向南迁移了十数里，当年的歌吹沸天之地，此刻呈现的是一派田园牧歌式的情调，广袤的丘陵上散落着农舍村庄，茶园桑林。向南看去那可就热闹多了，近处湖水荡漾，画舫往来，亭台掩映，绿杨依依；远处是楼宇林立的城市，再远处便是“江作青罗带，山如碧玉簪”的秀色江南了。

塔之所处，地名蜀冈。这是扬州最古老的地名之一，更是扬州历史文化的发祥地。在血火相浴的春秋战国时期，吴王夫差征服了越国之后，又赚得了一位绝代佳人西施，“苎萝山下如花女，占得姑苏台上春”。军事上的胜利与情欲上的双重满足，使这位君王争霸之心急剧膨胀，虎丘山上放眼四望，他把目光锁定了北方齐国。公元前 494 年，吴国的军队沿黄海北上，一路势如破竹，捷报频传，陈国攻陷了，蔡国败绩了，鲁国臣服了，吴国兵屯江淮。此时，一个伟大的构想从夫差心中油然而生——为了巩固并扩大北伐成果，必须在长江以北建立一个根据地，并且在长江与淮河之间打通一条水路，从而控制江淮，让吴国士兵的战船从长江扬帆北上直抵齐鲁。请记住公元前 486 年，这个具有深远历史意义的年份，这一年，“吴城邗，沟通江淮”。一个对中国文化有过重要影响的历史名城——扬州，由此诞生。一条对国家统一、民族融合起着巨大作用的运河，在扬州蜀冈之上开挖了第一锹泥土。

根据《汉书 · 艺文志》及北魏郦道元所著《水经注》记载，邗沟的具体路线大体是从邗城西南角绕至东南角（今扬州铁佛寺稍南向），经螺蛳湾、黄金坝北上，穿过东面相距不远的武广与陆阳二湖之间，北入樊良湖，再流入博支、射阳二湖，出湖西北至末口（今淮安市北的北神堰），汇入淮水，全长五百余里。这是一项充满了创造灵感和浪漫激情的伟大工程。而且这种灵感和激情将随着它的浩浩清波流进以后历史的每个章节，并渗透在我们民族的肌体里。邗沟的故事属于中华民族的精神史，而不仅仅是春秋战国的争霸史，它使长江、淮河两条大河的联结，进入了不朽的史诗领域。

二

与邗沟比，栖灵塔自然是晚辈了。该塔建于隋文帝仁寿元年（601 年），这一年隋文帝杨坚六十岁，六十岁大体是盘点人生的年龄了，虽贵为天子的杨坚，也不例外。回望自己的六十年人生，他感慨万千。杨坚的父亲杨忠，是西魏的一员武将，战功赫赫，声闻朝野，但与吕氏结婚多年，却没生个儿子，略感遗憾。公元 541 年 6 月 13 日夜，在陕西华阴冯翊般若寺内的一间居室里，传来了强劲而清脆的婴儿啼哭声，杨忠的老婆吕氏终于生了，不仅生了，而且生出了未来隋朝开国皇帝杨坚。

吕氏当然并不知道自己在创造历史，更不知道从自己身上分离出来的这团肉日后竟有那么大的能耐。据说杨坚出生时，屋子中佛光普照，紫气盈庭，是为大吉之兆啊！遍尝战乱之苦的人们，对这个初生婴儿都寄予厚望，希望他日后能飞黄腾达。因此，谈论这个小儿的故事，也就越来越多，越来越神奇。

寺里一个叫智仙的尼姑也赶来凑热闹，过来看这个婴儿，估计是动了母性，太喜爱这个孩子了，便想收养。可这孩子不是一般人家的，是杨忠大将军家的宝贝，怎么办呢?

尼姑的办法还真多，她神神秘秘地说：“此儿当主天下，必须入佛门收养。”并表示她愿意收养。大家都被尼姑的话吓住了，吕氏当然高兴呀，说明儿子不是凡人，况且有人帮着带孩子，还不要保姆钱，真是再好不过了。智仙也高兴极了，看着这个长得丑模丑样的小孩，觉得特别好玩，当时流行给孩子取名字沾点仙气，智仙便给小孩取了小名叫“那罗延”，这是佛教里大力金刚的名字。

果然，杨坚长大之后，出息得了得！先在后周为部将，再为将军。公元581年，终于取周世宗而代之，成为一代君主，并且结束了自东汉后中国三百多年的分裂局面，一举统一了全国，建立了大隋王朝。此时年届花甲的杨坚，回顾自己的人生，感慨万千，尤其感念佛门对他的养育之恩。于是他诏令天下，令三十个州建造佛塔以供养佛舍利。扬州作为东南重镇，又是他喜爱的二儿子杨广曾经领兵之地，理所当然地位列其中，终于，栖灵塔在江淮大地上拔地而起，耸然屹立于扬州蜀冈之巅。

于是，不能不说杨广。公元589年，晋王杨广移镇扬州，统领五十万人马，时年十九岁。可谓英才少帅！或许是受其父亲影响，杨广对佛教也十分推崇。来到扬州后，不仅积极推进佛教事业，而且专门延请佛教名僧、天台宗创始人智来扬州，他聘请智来扬的那份邀请函写得可谓情真意切：我诚恳地希望你的到来，以你渊博的学养来滋润我空虚的心灵。并自称“弟子杨广”。同时还下令修葺了智从前在扬州居住过的禅众寺。智为杨广的真诚所感动，他说：“我与晋王有缘，不日将束衣东下。”智来到扬州，受到杨广的热情接待。智在扬州总管府金城殿内主持千僧法会，为杨广授菩萨戒，并名法号“总持”。杨广当即回报智：“大师传佛法灯，宜称智者。”这样，巍巍栖灵塔下，佛门人物智与政坛人物杨广完成了一桩圆满的交换。智以佛门领袖之身份，用奉送杨广“总持菩萨”的佛法号为条件，换取了这位世俗权威授予的“智者大师”的封号。宗教与政治在这里配合默契，交互利用，昔日陈朝的护国法师，在新的历史条件下与隋朝统治者携手合作，尽释前嫌，借助杨广这一世俗靠山，智进入了新王朝的政治舞台。

开皇二十年（600），杨坚废太子杨勇，杨广完成了他位登太子的政治积累，踌躇满志地离开了扬州，踏上北返的路程。运河边的垂柳默送着杨广远去的归帆。同时杨广也对扬州许下了一个承诺，我还会再来的！

三

事实上，杨广虽然离开了扬州，但是他在长安的日子里却是一直惦记着扬州的。这里是他人生的启航之所，是他事业的肇始之地，是他张扬勇武的战场，是他挥洒才情的后院。他时常做梦都会梦见这里的春光月色，这里的红楼绿树，这里的盐铁铜镜以及这里风情万种的女人。于是在他初登皇位的第一年，就用极其惊人的速度——仅仅一百七十一天的时间，完成了通济渠沟通邗沟的伟大工程。而后，在这一年天高云淡、桂花飘香的季节来到了他魂牵梦绕的扬州。当他的龙舟停泊靠岸时，刚刚竣工不久的栖灵塔张开热情的双臂，欢迎这位年轻有为的君王。

对于杨广登基，历史似乎已成定论，说他“杀兄弑父”以谋权位。但栖灵塔不这么看，它认可的是一位智勇双全、文武兼备的青年才俊。杨广在扬州的十年，倡儒学、兴佛教，使寺庙香火十分旺盛。今天，杨广来了，栖灵塔没有理由不欢迎他。

虽然阔别六年，但杨广对扬州的感觉依然那么亲切。市井街衢都是旧时风月，朱门红楼也是原先的情调，更何况在他魂牵梦绕的这片土地上又多了一座巍然耸峙的栖灵塔。心情一好，诗兴也就大发起来，请看他的这首《泛龙舟诗》：

> 舳舻千里泛归舟，言旋旧镇下扬州。
> 借问扬州在何处，淮南江北海西头。
> 六辔聊停御百丈，暂罢开山歌棹讴。
> 讵似江东掌间地，独自称言鉴里游。

如果这首诗的文字还有些做作，那么下面这首《春江花月夜》则完全是一种忘情的表达：

> 暮江平不动，春花满正开。
> 流波将月去，潮水带星来。

是啊，六年前离开扬州时，他还是一个处处都得留着小心的藩王，而今天回来的却是挥手风云的天子，杨广没有理由不陶醉。

这一陶醉，杨广在扬州就住了八个月，秋阳如血，冬雪如花，春花如烟。

此后，杨广又分别于大业六年（610）、大业十二年（616）巡游过扬州。

虽然史料上缺乏详尽记载，但我们有理由相信，杨广在巡游扬州时是登过栖灵塔的，而且不止一次。因为他在扬州所营建的大批宫殿都围绕在栖灵塔的四周。城西七里的大仪境内筑江都宫，作为举行大典之所；城北五里建长阜苑，内筑归雁、回流、松林、枫林、大雷等十宫；城南十五里的扬子津建临江宫，其中有凝晖殿等；城东五里筑新宫，最豪华的要算城西北旧观音寺蜀冈东峰上的迷楼……当上述工程既毕，杨广登上高高的栖灵塔顶，检阅着他的这些得意之作，无论是感官上还是心理上都让他感到十分的满足。

然而，杨广登塔而望，也有不开心的时候，那是他看到蜀冈以北的那片原野。那是一片低矮的丘陵地，由蜀冈向西北面曼延而去。古籍上记载，此地“广被丘陵”，故称广陵。广陵这一地名，从战国开始就属于这片土地，虽然在几年前（即589年）杨坚已将此地改称扬州，但人们依然习惯地呼之为广陵。这使杨广很不乐意了，“广陵广陵”岂不是杨广之陵吗？何等荒唐！来呀，把广陵、扬州都给我改了，于是，大业三年（607）扬州（广陵）地名被改为江都。

然而，不幸的是，地名改了，而广陵最终成为杨广葬身之地的历史结局却没有改变。大业十四年（618），又是一个“春花满正开”的三月，杨广第三次巡游江都时，在宫中被部将宇文化及等人所杀，时年五十岁。二百多年后，晚唐诗人罗隐来到杨广墓前，不无感慨：

入郭登桥出郭船，红楼日日柳年年。
君王忍把平陈业，只博雷塘数亩田。

又过了几年，另一位晚唐诗人皮日休站在汴河口，面对滔滔东去的通济渠叹曰：

尽道隋亡为此河，至今千里赖通波。
若无水殿龙舟事，共禹论功不较多。

应该说皮日休的评论是公道的。

杨广身死江都已过了一千多年。今天，已有越来越多的历史学家和社会学家对杨广的历史功过进行了新的评价。我以为，如果把杨广在位的十五年作分母，把他在位时兴科举、开运河等功绩作分子，那么，他的得分将高于中国大多数封建君王，甚至可以列入杰出君王的行列。

杨广死后，在他墓葬不远处的栖灵塔为他默默守灵二百余年！

四

隋王朝匆匆结束了它短暂的历史，而将一条贯通五大水系，南北东西全长数千公里的黄金水道交给了大唐王朝。这条黄金水道在扬州与万里长江挽起了手，使扬州处于水上交通要冲，从而开启了大唐三百年扬州之盛，使扬州成为农耕文化中少有的商贸中心，成为文人墨客心中的风月繁华之地，温柔富贵之乡。但凡手中有了几文铜钱的，都想来这里领略一下三月烟花的芬芳与二分明月的皎洁。这是一座辐射着生命热力的都市，也是一座弥漫着铜臭气息的销金窟。

而来到扬州，栖灵塔则是一定要上的，因为只有在那里才能登高望远，对话上苍。那么就让我们在高高的栖灵塔顶上去寻找几位飘动在蓝天白云之间的身影。

首先看到的当然是诗仙李白。“五岳寻仙不辞远，一生好入名山游。”史料记载，李白一生曾六到扬州，其中在扬州留连时间最长的一次是公元726年，这是他初次来扬。春天抵达，直到秋天生了一场病之后才离开，在扬数月，散金三十余万，一次十足的潇洒之旅。这年秋天，在桂子飘香、枫叶如丹的季节，他登上了栖灵塔，在塔上，他披襟岸帻，仿佛大鹏同风，扶摇万里，又如凤鸣九天，气凌紫氛。面对茫茫空阔，诗句便喷薄而出了，他在栖灵塔上赋五言古风一首，《秋日登扬州西灵塔》。诗句主要是赞美栖灵塔的巍峨高大与构造精美，同时我们也读出了诗人在大病初愈后的一丝淡淡愁情。

如果说李白登塔时，我们看到的是一个激情奔放、浪漫如风的身影，那么，整整一百年之后，我们又在栖灵塔上看到了一幕肝胆相照、流传千古的友情佳话。

这段友情故事的两个主人公一个是白居易，一个是刘禹锡。

唐宝历二年（826），因参与的王叔文集团的反宦官、反藩镇斗争失败了，遭贬谪长达二十三年之久的刘禹锡，在和州刺史任上奉命卸任回洛阳，途经扬州。

白居易则在苏州刺史任上卸任，回京述职。两位大诗人是同年人，早年在京城就过从甚密，后又都遭贬谪，但相比之下，白居易认为他的际遇要比刘禹锡好一些，因而对刘的遭遇深感不平。相逢的宴会上，白居易写下《醉赠刘二十八使君》：

为我引杯添酒饮，与君把箸击盘歌。
诗称国手徒为尔，命压人头不奈何。
举眼风光长寂寞，满朝官职独蹉跎。
亦知合被才名折，二十三年折太多。

刘禹锡接过白居易的话头作了《酬乐天扬州初逢席上见赠》：

巴山楚水凄凉地，二十三年弃置身。
怀旧空吟闻笛赋，到乡翻似烂柯人。
沉舟侧畔千帆过，病树前头万木春。
今日听君歌一曲，暂凭杯酒长精神。

毕竟是深交故知，白居易的赠诗中对刘禹锡的遭遇十分同情又无限感慨，最后两句“亦知合被才名折，二十三年折太多”，一方面叹刘禹锡命运之不幸，一方面又称赞了刘禹锡的才气和名望：你该当遇到不幸啊，谁叫你才名那么高呢？可二十三年代价也太大了。面对老朋友的同情和不平，刘禹锡倒显得相当达观，沉舟侧畔，有千帆竞发；病树前头，正万木逢春。正像他在另外一首诗中所写的“莫道桑榆晚，为霞尚满天”。正是因为这种积极乐观的精神，“沉舟侧畔千帆过，病树前头万木春”这两句才被传诵千古！

诗酒对话之后，他们同登了栖灵塔，并且都留下了诗句，只不过与前面酒席上的诗句比，要轻松多了。

刘禹锡《同乐天登栖灵寺塔》：

步步相携不觉难，九层云外倚阑干。
忽然笑语半天上，无限游人举眼看。

白居易《与梦得同登栖灵塔》：

半月悠悠在广陵，何楼何塔不同登。

共怜筋力犹堪在，上到栖灵第九层。

刘禹锡与白居易的诗酒友情伴随了他们的一生。晚年，刘禹锡在苏州任刺史，白居易辞官隐归洛阳，二人曾有《刘白吴洛寄和卷》问世。刘禹锡先于白居易离世，白曾作有《哭刘尚书梦得二首》以寄哀思。

刘禹锡是在唐会昌二年（842）去世的。第二年，他与白居易共同登过的栖灵塔便遭火焚而毁。这次毁塔的直接原因是唐武宗发起的灭佛运动。

隋代以降，佛教经杨坚、杨广父子提倡，再经武则天佞佛，唐宪宗迎佛骨等几代君主的重视而得到迅速发展。特别是元和年间，唐宪宗的迎佛骨活动，使宫廷和民间崇佛思潮达到登峰造极的程度，刑部侍郎韩愈上表进谏，坚决反对崇佛，惹怒了唐宪宗，差点掉了脑袋，在群臣的保护下，才由死刑改为贬潮州刺史。但仅仅四年之后，唐武宗即位，由于听信了道士赵归真的进言，从而开始了扫荡全国的“灭佛运动”。他向全国下诏，宣布了佛教的种种弊端，一时间，拆毁佛寺四千余所，扬州栖灵塔及其寺庙均在这次灭佛事件中横遭劫难，化为灰烬。

五

从公元843年至1995年，在千年的岁月中，栖灵塔在人们的心中只是梦一般的存在。虽然宋景德元年（1004），僧人可政曾募资在原址上建七层“多宝塔”，可不久此塔又倾坏。为怀念栖灵塔的巍峨，也为了追忆扬州昔日之辉煌，后人无可奈何地在栖灵塔的旧址上建了一道牌坊，这道牌坊立于大明寺山门前，匾额上书“栖灵遗址”四个篆体字。字体古朴，人多不识。我常常停立于牌坊前，揣摩当时写字人的心态。栖灵塔本是扬州曾经的骄傲，文化的地标，理应大书特书才对呀，可为何却把这四个字写得那么古朴难认呢？我想其中可能存在的原因是自卑心理。是的，扬州无法不自卑，自从隋开运河而成就唐代辉煌，此后，便再没有呈现出盛唐时期的那段翘楚历史。即使康乾时期有过一段落日辉煌，栖灵塔也没有能够恢复重建，历史似乎告诉我们，盛唐不再，盛唐之扬州再也不会回来。

扬州在寂寞中等待。

栖灵塔更在云烟中等待了千年！

公元 1980 年的烟花三月，唐代天宝年间由栖灵塔下东渡日本弘法的鉴真大师像从日本回扬州“探亲”，各界人士倡议重建栖灵塔，励图宏业。大明寺僧众奔走呼号，募化资金，十年风霜，终成正果。1993 年 8 月破土动工，历时两年有余。终于，在栖灵塔被毁 1152 年之后，一座崭新的栖灵塔又在蜀冈之上拔地而起。新建成的栖灵塔，高大巍峨，气势雄伟，标顶干云，傲视江淮。她不仅成了绿杨城郭的新地标，更重要的是，她的建成，昭示了扬州这个千年古城在我们伟大民族复兴的新时代所呈现出的一种新气象和大风度。因此，这篇文章的结尾，我还是要借用一下李白的《秋日登扬州西灵塔》，因为只有他的诗，才能体现出这种磅礴的气象：

宝塔凌苍苍，登攀览四荒。
顶高元气合，标出海云长。
万象分空界，三天接画梁。
水摇金刹影，日动火珠光。
鸟拂琼檐度，霞连绣拱张。
目随征路断，心逐去帆扬。
露浴梧楸白，霜催橘柚黄。
玉毫如可见，于此照迷方。

风情万种《扬州慢》

一

如果我们讨论这样一个话题：在中国历史上，哪座城市被文人墨客关注最多？那我便举贤不避亲了，这只能是扬州。钱穆先生说：“瓶水冷而知天寒。扬州一地之盛衰，可以觇国运。”扬州，在两千多年的城市历史中，兴了，有人为之唱赞歌；衰了，有人为之唱悲歌。

唐代扬州有“扬一益二”之美誉，自然唱赞歌的多，比如“春风十里扬州路，卷上珠帘总不如”；比如“天下三分明月夜，二分无赖是扬州”……

但历史无可奈何地告别了大唐，走向孱弱的宋代。

宋钦宗靖康二年（1127），金人南犯，踏破中原，占领汴梁，北宋灭亡。康王赵构匆匆登基，带领军队且战且退，退到长江边，扬州成了“临时行在”，在此抵抗数月，却终于不敌金兵，仓皇逃往江南，定都临安（今杭州），南宋诞生了。

此后，金兵又两度南下窥江，扬州为宋金争夺重镇，多次遭兵火洗劫。唐代的繁华之都，不幸沦落为一座残破之城。

宋孝宗淳熙三年（1176）冬至日，一位青年词人来到扬州，目睹兵燹过后的萧条景象，悲叹今日之荒凉，追忆昔日之繁华，发为吟咏。

作品甫一问世，便震动文坛，得到当时前辈萧德藻（千岩老人）的热情点赞，并称此作有“黍离之悲”。

何为黍离之悲？周平王东迁之后，故宫恙浮，长满禾黍，诗人见此，悼念故园，不忍离去。

《诗经·王风·黍离》：

彼黍离离，彼稷之苗。行迈靡靡，中心摇摇。
知我者，谓我心忧，不知我者，谓我何求。
悠悠苍天！此何人哉？

彼黍离离，彼稷之穗。行迈靡靡，中心如醉。
知我者，谓我心忧，不知我者，谓我何求。
悠悠苍天！此何人哉？

彼黍离离，彼稷之实。行迈靡靡，中心如噎。
知我者，谓我心忧，不知我者，谓我何求。
悠悠苍天！此何人哉？

此诗译成现代汉语的意思是：

那儿的黍子茂又繁，那儿的高粱刚发苗。走上旧地脚步缓，心神不定愁难消。理解我的人说我是心中忧愁。不理解我的人问我把什么寻求。悠远在上的苍天神灵啊，这究竟是个什么样的人？

那儿的黍子茂又繁，那儿的高粱已结穗。走上旧地脚步缓，心事沉沉昏如醉。理解我的人说我是心中忧愁。不理解我的人问我把什么寻求。悠远在上的苍天神灵啊，这究竟是个什么样的人？

那儿的黍子茂又繁，那儿的高粱子实成。走上旧地脚步缓，心中郁结塞如梗。理解我的人说我是心中忧愁。不理解我的人问我把什么寻求。悠远在上的苍天神灵啊，这究竟是个什么样的人？

萧德藻老人太喜欢这首词了，后来竟至将自己的亲侄女嫁给这首词的作者。这个青年才子叫姜夔，这首词叫《扬州慢》：

淳熙丙申至日，予过维扬。夜雪初霁，荠麦弥望。入其城，则四顾萧条，寒水自碧，暮色渐起，戍角悲吟。予怀怆然，感慨今昔，因自度此曲。千岩老人以为有《黍离》之悲也。

淮左名都，竹西佳处，解鞍少驻初程。
过春风十里，尽荠麦青青。
自胡马窥江去后，废池乔木，犹厌言兵。
渐黄昏、清角吹寒，都在空城。

杜郎俊赏，算而今、重到须惊。
纵豆蔻词工，青楼梦好，难赋深情。
二十四桥仍在，波心荡、冷月无声。
念桥边红药，年年知为谁生？

二

公元1155年，南宋至少有两个人载入了史册，一个是死去的秦桧，一个是刚出生的姜夔。

姜夔生于饶州鄱阳（今江西省鄱阳县），这是鄱阳湖边上一个美丽小城。父亲是进士，姜夔自幼聪慧异常。无奈父亲突然亡故，家道中落，姜夔跟着姐姐长大。虽国难当头，命途多舛，却没有影响姜夔的求学热情。他多才多艺，精通音律，其词格律严密，作品素以空灵含蓄著称，且于散文、书法、音乐，无不精善，是继苏轼之后又一难得的艺术全才。然而，就这么一位天才人物，在科场上却屡试不第。姜夔也看穿了，家国破亡，何以官为！于是终生以一介布衣落魄江湖，过着超凡脱俗、飘然不群、闲云野鹤般的诗酒人生。

姜夔到扬州才21岁，他是寻梦而来的。寻什么梦？晚唐诗人杜牧的扬州梦。杜牧一生风流倜傥，留下太多艳情故事，连他自己都承认“赢得青楼薄幸名”。姜夔对杜牧的欣赏溢于言表，留下的几首与扬州有关的词，几乎篇篇都提到杜牧。

姜夔在这首《扬州慢》中化用了杜牧的四首诗。《遣怀》：“落魄江湖载酒行，楚腰纤细掌中轻。十年一觉扬州梦，赢得青楼薄幸名。”《赠别》：“娉娉袅袅十三余，豆蔻梢头二月初。春风十里扬州路，卷上珠帘总不如。”《题扬州禅智寺》：“雨过一蝉噪，飘萧松桂秋。青苔满阶砌，白鸟故迟留。暮霭生深树，斜阳下小楼。谁知竹西路，歌吹是扬州。”《寄扬州韩绰判官》：“青山隐隐水迢迢，秋尽江南草未凋。二十四桥明月夜，玉人何处教吹箫？”唐代诗人灿若星辰，吟咏扬州的诗人成群结队，为何姜夔只钟情杜牧？因为他也是一风流浪漫之人，甚至可以说是活脱脱的杜牧转世。

他曾眷恋过一位不仅姿色姝丽，而且能弹奏弦乐的少女，“一点芳心休诉，琵琶解语”，两人情投意合，互为知音，颇为情爱。后来因故分离，未能结合。姜夔终生难以忘怀这段刻骨铭心的情史，对琵琶女一往情深，先后写过近二十首词来怀念她，感人至深，词中多有梅柳意象。如《江梅引》“人间离别易多时。见梅枝，忽相思。几度小窗，幽梦手同携。今夜梦中无觅处，漫徘徊，寒侵被，尚未知”。

他还在浙江苕溪为一位不幸女子的身世所感动，写下一首《鹧鸪天》：“京洛风流绝代人，因何风絮落溪津。笼鞋浅出鸦头袜，知是凌波缥缈身。红乍笑，绿长颦，与谁同度可怜春。鸳鸯独宿何曾惯，化作西楼一缕云。”

至于他写小红的诗词就更知名了：

> 自作新词韵最娇，小红低唱我吹箫。
> 曲终过尽松陵路，回首烟波十四桥。

姜夔曾去苏州拜访隐居故里的范成大，范成大盛情款待了这个漂泊的才子，并引为知音，甚至将自己的歌伎小红赠予了姜夔。

三

姜夔之前，宋词中没有《扬州慢》这个曲牌，姜夔是当时的音乐达人，有着极高的音乐素养，这是他现场作词作曲的一首词，诗词术语叫自度曲，其内容虽为怀古之作，但却有掩饰不住的香艳之气。而且事实上，自姜夔《扬州慢》之后，后世文人代有新作，其内容多为言情，其中以赵以夫的一首最为典型：

梁苑吟新，高阳饮散，玉容寂寞妆楼。
故人应念我，折赠水晶球。
不须倩、东风说与，吹箫云路，解佩江流。
似天涯、邂逅相逢，低问东州。

为花更醉，细挼香、酒面酥浮。
记桥月同看，帘风共笑，仙枕曾游。
无奈乍晴还雨，江天暮、飞絮悠悠。
莫先教偷取，春归满地清愁。

用现代语言来读这首词的意思是这样：

在梁苑吟了诗，
在高阳饮了酒。
漂亮的女孩寂寞梳妆在高楼。
亲爱的你还珍藏着我赠你的水晶球，
不必借东风去传消息，
我的箫声直入青云，
伴随江流。
有如天涯与你邂逅，
弱弱地问一句，
可记得当初相逢在东州？
我对镜化妆，
酒后的面容白里红透。
记得在桥头与你同赏明月，
欢愉笑语，
悠悠晚风，

携手曾游，

这天气阴晴不定太恼人。

遥望长河落日，

到处柳絮飞游，

不忍去触碰这撩情之物。

春去了，

这遍地仿佛都是情愁。

赵以夫是南宋官员，历知邵武军、漳州，政绩优异，做过枢密都承旨兼国史院编修官，出知过建康府、平江府，以资政殿学士致仕。这么一个正人君子所填出的词也如此浓艳，可见，古人读姜夔的《扬州慢》就“别有一番滋味在心头”。

是的，扬州历史上数度繁华，“春风荡城郭，满耳是笙歌”，她是有名的音乐之都；“夜市千灯照碧云，高楼红袖客纷纷”，她是著名的十里洋场；“千家养女先教曲，十里栽花算种田”，她还是著名花都。所以，《扬州慢》这个曲牌只能诞生于扬州，《扬州慢》只适合填风流浪漫之词。

感谢姜夔，为扬州城贴上一个浪漫之都的标签。

四

近代史上，“民国四公子”之一的风流文人张伯驹也填过一首《扬州慢》：

秋碧传真，戏鸿留影，黛螺写出温柔。

喜珊瑚网得，算筑屋难酬。

早惊见、人间尤物，洛阳重遇，遮面还羞。

等天涯迟暮，琵琶湓浦江头。

盛元法曲，记当时诗酒狂游。

想落魄江湖，三生薄幸，一段风流。

我亦五陵年少，如今是、梦醒青楼。

奈腰缠输尽，空思骑鹤扬州。

张伯驹，光绪二十四年（1898）生于河南项城，系张锦芳之子，袁世凯表侄。原名张家骐，字家骐，号丛碧，别号游春主人、好好先生。中国著名爱国民主人士，收藏鉴赏家、书画家、诗词学家、京剧艺术研究家。从小接受中国传统文化的熏陶，博览群书，扎实的文学功底造就了他多才多艺的文化底蕴，写下了大量格律相谐、化典圆熟的古体诗词和音韵、戏曲论著，其诗词、对联等均达到极高的水平。

如果说，姜夔的《扬州慢》是以巧妙化用杜牧诗中的典故而见其长，那么张伯驹的这首《扬州慢》就直接是风流才子以“惺惺相惜”的心态，为杜牧唱了一首凄美的情歌。

唐大和九年（835），从扬州调往洛阳任监察御史的杜牧，邂逅曾经交好的洛阳城里歌伎张好好，即挥笔成文《张好好诗并序》：

牧太和三年，佐故吏部沈公江西幕。好好年十三，始以善歌来乐籍中。后一岁，公移镇宣城，复置好好于宣城籍中。后二岁，为沈著作述师以双鬟纳之。后二岁，于洛阳东城，重睹好好，感旧伤怀，故题诗以赠之。

君为豫章姝，十三才有余。

翠茁凤生尾，丹叶莲含跗。

高阁倚天半，章江联碧虚。

此地试君唱，特使华筵铺。

主人顾四座，始讶来踟蹰。

吴娃起引赞，低回映长裾。

双鬟可高下，才过青罗襦。

盼盼乍垂袖，一声雏凤呼。

繁弦迸关纽，塞管裂圆芦。

众音不能逐，袅袅穿云衢。

主人再三叹，谓言天下殊。
赠之天马锦，副以水犀梳。
龙沙看秋浪，明月游朱湖。
自此每相见，三日已为疏。
玉质随月满，艳态逐春舒。
绛唇渐轻巧，云步转虚徐。
旌旆忽东下，笙歌随舳舻。
霜凋谢楼树，沙暖句溪蒲。
身外任尘土，樽前且欢娱。
飘然集仙客，讽赋欺相如。
聘之碧瑶佩，载以紫云车。
洞闭水声远，月高蟾影孤。
尔来未几岁，散尽高阳徒。
洛城重相见，婥婥为当垆。
怪我苦何事，少年垂白须。
朋游今在否，落拓更能无？
门馆恸哭后，水云秋景初。
斜日挂衰柳，凉风生座隅。
洒尽满襟泪，短歌聊一书。

《张好好诗》卷，纸本，行书。此卷是唐代诗人、书法家杜牧仅存墨迹，也是稀见的唐代名人书法作品之一。该卷书用麻纸，制作精细，卷前有宋徽宗赵佶书签“唐杜牧张好好诗”，并钤有宋徽宗的诸玺印，保存着北宋内府装潢式样。后曾递藏于宋贾似道，明项元汴、张孝思，清梁清标等人，乾隆年间入藏内府，曾被清逊帝溥仪携出宫外，流散民间，后归张伯驹收藏。

张伯驹对杜牧《张好好诗》这件藏品钟爱有加，特地在原藏品后跋一首自作词，并用《扬州慢》词牌，足见用心良苦。

与杜牧、姜夔一样，张伯驹也是著名的风流公子。他一生中有四次婚姻，且每段婚姻都演绎得轰轰烈烈，尤其是与最后一任夫人潘素，爱得惊天动地，死去活来，其浪漫风流，丝毫不逊于杜牧、姜夔。故而，姜夔的《扬州慢》多引杜牧诗句，而张伯驹则在杜牧传世之作《张好好诗》后跋上一首浓艳之词，则不难理解其中之曲妙了。

晚年张伯驹将一生所藏文物精华，大多捐于故宫博物院收藏，兑现了其“予所收蓄不必终予身，为予有，但使永存吾土，世传有绪”的初衷。故宫博物院共计收藏有张伯驹《丛碧书画录》著录的古代书画22件，几乎件件堪称中国艺术史上的璀璨明珠。除《张好好诗》之外，如晋陆机《平复帖》是传世文物中最早的一件名人手迹；隋展子虔《游春图》为传世最早的一幅独立山水画。还有李白《上阳台帖》、黄庭坚《诸上座帖》、赵佶《雪江归棹图》等，都是中国艺术史上的极品文物。

为中华民族守护精神财富，张伯驹居功至伟。

曾几何时，古代文人的风流浪漫为那些所谓的“正人君子”所不齿。素不知“花为画之本，月为诗之源”，风花雪月乃文人本性，如果抹去了这些风流人物与风流故事，中国文化史将枯燥无味，中国文学史则暗淡无光。

悲歌壮韵《广陵散》

一

中国历史上的文学艺术家对扬州这座城市真是情有独钟。李白绣口一开："烟花三月下扬州"，令扬州名扬四海；姜夔自度一曲《扬州慢》，让扬州与宋词共拥万种风情。近来研读中国古琴史发现，作为中国文化艺术象牙塔塔尖的古琴，有着蔚为大观的琴曲传世，而以城市名称为曲名的只有一首，它叫《广陵散》。

广陵是扬州的古地名之一，公元前319年，楚国在邗城基础上修筑城池，取名广陵。秦设广陵县，及至汉代，广陵得交通之便，盐铜之利，有"富甲东南"之盛誉，"歌吹沸天"之繁华。

"散"是乐曲的体裁，与"操""引""吟"同义。"广陵散"的标题说明，这是一首流行于古代广陵地区的琴曲。它萌芽于秦汉时期，其名称记载最早见于魏应璩《与刘孔才书》："听广陵之清散。"至魏晋时期已逐渐成形定稿。曾一度流轶，后在明代宫廷中发现，被重新整理，才有了我们现在听到的《广陵散》。

古琴曲《广陵散》出自一则历史故事。

战国时代，中原韩国（今河南郑州一带）的大臣严遂与国相侠累生仇，严遂受到迫害，流亡在外，伺机复仇。在市井中遇到义士聂政，聂政是个草根人物，因为躲避仇人，混迹屠夫之列。严遂便与聂政暗中交往，以深情厚谊相待，并相托复仇之事，但聂政家有高堂老母和姐姐，故未敢承诺严遂之托。

过了很久，聂政母亲去世，姐姐也早已出嫁。他守孝期满，为了报答严遂的嘱托，聂政只身潜入韩国行刺侠累，同时刺中韩哀侯等几十人，然后自己挖出眼珠，割腹挑肠，当场死去。

韩国将聂政的尸体暴于街市，并以千金悬其姓名。聂政的姐姐也是刚烈女子，来为聂政收尸，悲伤致死。

战国游侠的故事令人荡气回肠、感慨万千。当此时也，人看重的是精神价值、名誉气节。“豹死留皮，人死留名”，士为知己者死，从而为自己赢得美好声誉，这就是当时人的价值观。其实，人之为人，人之异于其他生物，就在于精神。《菜根谭》上说得好：“事业文章，随身销毁，而精神万古如新；功名富贵，逐世转移，而气节千载一日，君子信不当以彼易也。”

二

伟大的史学家司马迁将聂政的壮举写进了《史记》，聂政被列为古代四大刺客之一。艺术家还将聂政的故事谱成了乐曲，这就是《广陵散》。

《广陵散》又名《广陵止息》，是一首大型琴曲，尽管其内容向来说法不一，但我还是相信它与《聂政刺韩王》的悲壮故事有关。汉代著名文学艺术家蔡邕有《琴操》一文记录其详。今存《广陵散》曲谱，最早见于明代朱权编印的《神奇秘谱》，谱中有“刺韩”“冲冠”“发怒”“报剑”等内容的分段小标题，所以古来琴曲家即把《广陵散》与《聂政刺韩王》看作是异曲同名。

再来看看明代这位编印《神奇秘谱》的朱权，他是明太祖朱元璋第十七子，封宁王，在靖难之役中被朱棣绑架，共同反叛建文帝。朱棣即位后，却将朱权改封于南昌，并加以迫害，朱权便将心思寄托于道教、戏剧、文学，以致郁郁而终。故而，从他编印的曲谱中发现《广陵散》，似更在情理之中。

《广陵散》乐谱全曲共有四十五个乐段，分开指、小序、大序、正声、乱声、后序六个部分。正声以前主要是表现对聂政不幸命运的同情，正声之后则表现对聂政壮烈事迹的颂扬。正声是乐曲的主体部分，着重表现了聂政从怨恨到愤慨的感情发展过程，刻画其不畏强暴、宁死不屈的复仇意志。全曲始终贯穿着两个主题音调的交织、起伏和发展、变化。一个是见于“正声”第二段的正声主调，另一个是先出现在大序尾声的乱声主调。正声主调多在乐段开始处，突出了它的主导作用。乱声主调则多用于乐段的结束，它使各种变化了的曲调归结到一个共同的音调之中，具有标志段落、统一全曲的作用。

《广陵散》的旋律慷慨激昂，它是我国现存古琴曲中唯一具有戈矛杀伐战斗气氛的乐曲，直接表达了被压迫者反抗暴君的抗争精神，具有很高的思想性和艺术性。

三

历史走到了魏晋，这个时代注定充满着刀枪斧钺之声。

竹林七贤之一的嵇康，倒是一位风雅之士，他写的《声无哀乐论》《难自然好学论》《太师箴》《明胆论》《释私论》《养生论》千秋相传。他是当时一流的音乐家，不仅著有《琴赋》一文，还弹得一手好琴，尤其善于演奏《广陵散》。

关于嵇康与《广陵散》，又有一段神奇的故事。

某日，嵇康于灯下弹琴，忽有一人近前，长丈余，着黑衣革带，乃吹火灭灯，传弹《广陵散》于嵇康，并要嵇康立誓：此曲不得传于他人。

嵇康虽饱读诗书，温文尔雅，但对那些名目堂皇的教条礼法却不以为然，更深恶痛绝乌烟瘴气、尔虞我诈的官场仕途。于是，满腹经纶的他，宁愿在洛阳城外做一个默默无闻自由自在的铁匠，却不愿同流合污于官场。他如痴如醉地追求着心中崇高的人生境界：摆脱约束，释放人性，回归自然，享受悠闲。熊熊的炉火，刚劲的锤击，正是这种境界的绝妙阐释。一日，当他的好友山涛向朝廷推荐他做官时，他毅然与山涛绝交，并写了文学史上著名的《与山巨源绝交书》，以明心志。不幸的是，嵇康那卓越的才华和逍遥的处世风格，最终还是招来了祸端。他提出的“非汤武而薄周礼”“越名教而任自然”的人生主张，深深刺痛了统治阶级的要害：嵇康如此藐视圣人经典、痛恨官场仕途，长久下去，岂不危害太平江山的统治，此人不杀，何以清民风、正王道？！这是当权者司马氏的心头之痛。

终于以吕安案为借口，将嵇康牵连进去，既可杀之，又不会施人以柄，岂不妙哉。于是，在一些仇视嵇康的小人诽谤和唆使下，公元262年，司马昭下令将嵇康处以死刑。

那日，在处决嵇康的刑场上，三千太学生向朝廷请愿，请求赦免嵇康，并要拜嵇康为师，但这种“无理要求”当然不会被当权者接纳。问斩时刻已到，而此刻的嵇康大义凛然，神情自若。他并不在乎那神采飞扬的生命即将终止，却遗憾一首美妙绝伦的音乐后继无人。他要过一张琴来，在高高的刑台上，面对成千上万前来为他送行的人们，弹奏了最后的《广陵散》。神奇的是，此时从嵇康指尖流出的旋律，没有刀枪之声，没有杀伐之气，韵律婉转，琴声悠扬。悲壮节义，英才风华。感天动地，惊鬼泣神。弹毕，嵇康从容引颈就戮，时年三十九岁。

四

正因为嵇康临刑索弹《广陵散》，并且说“从此《广陵散》绝响矣”，才使这首古典琴曲名声大震，一定程度上说，《广陵散》是因嵇康而“名”起来的。但在此后相当长的一段历史时期，人们对此曲只闻其名，而不闻其声。即使明初朱权有谱存世，但在明王朝铁桶一般的政治禁锢中，《广陵散》这样的曲子，是很难发声的。

……

1953年，在北京一处幽静的庭院中，刚刚成立的中国民族音乐研究所里，有一位老先生在奋笔疾书，操琴打谱，这位老先生叫管平湖。

管平湖，中国著名古琴演奏家、画家。从小随父学习绘画、弹琴。幼年丧父后，广泛求艺，拜杨宗稷为师，又师从名画家金绍城学花卉、人物。管先生琴艺精湛，集九嶷派、武夷派及川派等众多琴派之大成，又不断创新，自成一家，是我国近现代最顶尖、最全面的艺术大师之一。

此时，管平湖所打的古琴谱中，即有《广陵散》。根据他的老友王世襄先生回忆，管先生研究《广陵散》，首先从指法入手，他先探索指法动作，再研究如何运用到实际弹奏中。这段日子，只听到他在琴弦上练指法的声音，以至右手拇、食、中三指已经红肿，左手拇指指甲也已磨出深沟。经两年多之后才完全脱谱，而后他可以不假思索，一气呵成，弹完近三十分钟的大曲。元人耶律楚材曾作题为《广陵散》长诗，用文字描述过该曲的特征，而管平湖先生所弹《广陵散》与耶律楚材诗中所描述完全契合。

就在管平湖先生为《广陵散》打谱的同时，在亚洲，一场战争正打得互相胶着，你死我活，这就是朝鲜战争。由西方十六国组成的所谓“联合国军”入侵了朝鲜半岛，战火烧到了中国人眼皮底下，中国人民志愿军毅然出兵援朝，经三年血火拼杀，此刻交战双方正难解难分。

无论别人怎么评价中国出兵朝鲜，我都固执地认为，这是一次体现中华民族血性精神与豪侠之气的壮举！

抗美援朝，与管平湖先生打谱《广陵散》，或许只是时间上的偶然巧合。但是，我仍然相信，当时备受全国乃至全世界关注的在朝鲜半岛展开的这场足以改变世界格局的大战，即使是躲在书斋里的管平湖先生也不会没有耳闻，不会没有触动。于是他想到了聂政刺国相的故事，想起了绝响已久的《广陵散》。他夜以继日地练习指法，不知疲倦地打谱。一声声，一拍拍，《广陵散》那铿锵激越的旋律，遥遥应和着朝鲜战场上的枪声、炮声、喊杀声，那是何等的壮怀激烈啊！

五

据说金庸先生写《笑傲江湖》也是受到《广陵散》的启发。

令狐冲在世人眼里是一个浪子，实则他所代表的“笑傲江湖”性格，与“竹林七贤”气息相通，令狐冲在精神情怀上与嵇康一脉相承。《笑傲江湖》中的主题，完全继承了《广陵散》的精神气韵，中国人的侠义豪雄之气在令狐冲那里得以发扬。而《笑傲江湖》之所以走红，其表现的人物精神世界，正是渗入了中国人骨子里那一种侠义精神，观众为豪侠们的每次义举而击节叫好，甚至有人自觉不自觉地将自己带入剧情中而不能自拔……

当今之世，人心浮躁，万象纷乱。人为物质所累，心被金钱绑架。三秦豪侠，燕赵悲歌，这些被传颂千年的民族精神，正在被“物欲”这个无形杀手一点点地消解。

鲁迅先生早就说过：“惟有民魂是值得宝贵的，惟有他发扬起来，中国才有真进步。”而先生所指“民魂”中，中华民族传统的“尚义”精神，乃是最可宝贵之一种。想起了宋人陈与义的那两句词：

忆昔午桥桥上饮，
坐中多是豪英。

愿《广陵散》永远铿锵，永不绝响！

（注：此文成稿之时，正值管平湖先生诞辰120周年，谨以为纪念。）

一片精诚照太清

一

唐代天宝年初，长安城里阴霾密布，杀气腾腾。“车辚辚，马萧萧，行人弓箭各在腰”，一场改变中国历史进程的大动乱——“安史之乱”，正在酝酿之中。而地处东南沿海的扬州，则是另番风景，这里是大唐第一都市、东方明珠；这里经济繁荣，文化昌明；这里寺庙如林，大师云集。

公元753年秋天，扬城金菊怒放，蜀冈枫叶正丹。然而这一切美景鉴真已无法目睹。前五次东渡失败，几乎耗尽了他的心血，他的双目失明了。他再也看不到故乡那美丽的三月烟花、六月新荷、八月芦絮、冬月蜡梅。但是，大和尚的心更加明亮了，东渡弘法的意志更加坚定了。阴历十月十九日这个夜晚，秋霜月影，夜色苍茫。鉴真率弟子二十多人，乘坐着日本遣唐使团的船只，第六次渡海，经冲绳、种子岛、屋久岛，成功抵达日本九州南部的秋妻屋浦。

鉴真，扬州江阳县人，少时出家，曾游学长安、洛阳，27岁回扬州后，修崇福寺、奉法寺等大殿，造塔塑像，宣讲律藏。四十余年间，为俗人剃度及传授戒律，先后达四万余人，江淮间尊为授戒大师。其时，日本佛教戒律尚不完备，僧人不能按照律仪受戒。733年（日本天平五年），日本僧人荣睿、普照随遣唐使入唐，邀请高僧去传授戒律，历时十年，遍访全国，最后决定延请鉴真。然而，唐王朝虽是一个开放的帝国，但只允许外邦来朝，而不允许大唐的人出国。连玄奘西天取经也是私自进行的。

但鉴真为日本僧人的诚意所打动，决意东渡。在官方阻止又无任何航海动力的情况下，东渡之难，难以想象。故首次东渡即告失败，荣睿、普照等四名日本僧人被唐王朝拘捕，受到软禁。

不久，荣睿、普照获释，他们又伺机找鉴真，邀其赴日。于是，鉴真重整旗鼓，购买船只，雇用水手，率弟子、画师、工匠近百人，满载佛像、佛经、药品、干粮等，于743年12月从扬州启程。但出海不久，航船不幸损坏，鉴真等一行人流落荒岛，二次东渡又告失败。

744年，鉴真在各地传授戒律的同时，又连续进行了第三、第四次赴日东渡，均未能成功。

748年，鉴真已是60周岁老人，荣睿、普照再次抵达扬州邀请鉴真。鉴真抱着“纵然粉身碎骨，也要越海赴日”的夙愿，议定第五次东渡的准备。六月下旬，从扬州秘密出发，十月十六日船行在大海上，不料在舟山附近又遇到“风急浪峻，水黑如墨”。风雨袭击，舟船飘摇，大家呕吐不止，船上淡水用尽，只能靠吞含生米，喝海水度日。最后顺水南漂十四天后靠岸，抵达海南岛振州（今三亚市），第五次东渡又告失败。

由于数次东渡的操劳，加之年事已高，此时，鉴真已双目失明。然而，东渡宏愿，却始终如一盏明灯在照耀着鉴真的内心。

他终于如愿以偿!

鉴真在日本的地位是世所公认的。他是佛教律宗的开山之祖，是日本天台宗的先驱者。他带到日本的大量佛经典籍，为日本佛教诸宗创建和发展打下了基础；他主持了唐招提寺的建筑与佛像雕塑，直接传播了中国建筑和雕塑艺术的精华；他带去的书法作品五十余帖，为日本书法艺术提供了借鉴。此外，在医药学、文学、绘画、技艺、习俗等诸多方面，也对日本产生了重大影响，成为日本“天平文化”的重要内容。更为日本进行大化改新，促使日本进入历史上辉煌的平安朝时代，做了重要的思想与文化方面的准备。

二

然而，在此后一段漫长的历史长河中，鉴真的名字几乎消失了。扬州大明寺屡经兴废，屡经修葺。可是，我案头有几篇关于历代重修大明寺的记文，竟然鲜有提及鉴真者。历史上无数文人骚客登临蜀冈，但他们去拜谒的往往不是这位在中国佛教史上堪比玄奘的佛学大师，而是北宋的两位文学家——欧阳修和轼。而与之形成鲜明对比的是唐代另一位僧人——玄奘。玄奘赴西天取经，同样是“冒越宪章，私往天竺”，同样受到来自政府以及方方面面的阻拦甚至刁难。但取经归来后所得到的礼遇甚厚，唐太宗、唐高宗两代皇帝都曾许以高官厚禄，以示奖掖，当然这些都被玄奘婉拒了。

鉴真东渡传法，未能风光归来。于是，大和尚的孤魂，只能在异国他乡的海风中寂寞地游荡。

直到有一天，大和尚的亡灵终于回到国人的记忆中。

20 世纪 60 年代，中日邦交正常化问题提上了中国对外关系的议事日程。但中日关系话题敏感，政府层面的交流，双方都显得分外矜持。此时，有人向中央提出，中日邦交正常化可通过民间促官方，佛教是合适的载体，而鉴真大和尚的题材很好，可以担当民间大使。历史有时就是如此的令人啼笑皆非，当年鉴真东渡时遭到政府百般阻拦，客死他乡千年无人问津，现在却要他出山了。官方便很快采纳了相关人士的建议，鉴真有灵在天，能不感慨万千！

说到这里，我要尤为敬重地介绍这位提出上述重要建议的人士，他，就是时任中国佛教协会会长的赵朴初先生。

赵朴初先生与鉴真大和尚、与扬州的因缘笃厚弥深。

1963 年，赵朴初与郭沫若、楚图南等知名人士一道，不遗余力地与中日两国宗教界、文化界人士商讨，成立鉴真大和尚逝世 1200 周年纪念委员会，经多方筹备，精心组织，于 1963 年在扬州大明寺举行了隆重的纪念活动。大明寺内群贤毕至，梵音缭绕。赵朴初为此写了《纪念鉴真大师，展望中日人民友谊的光明前途》的文章，同时他又激情飞扬地作《访鉴真故居》词一首：

幕天开。望片云江上飞来。

振衣蜀冈，千古高踪长怀。

当年舍身弘道，涉风险远渡蓬莱。

奈良代，招提寺，风流懿矣休哉。

……

四十年前落成的鉴真纪念堂，古朴庄严，唐风浓郁。“唐鉴真大和尚纪念碑”上镌刻着赵朴初撰写的长篇碑文，至今读来，优思遥远：“惟我大师，法门之雄。三学五明，乘桴而东。志绍南岳，愿酬长屋。……峨峨蜀冈，大明故址，堂陛是谋，招提在迩，勒石追远，发愿陈辞，慧灯无尽，法云永垂。……”

每次伫立于碑前，我都会有一种肃然感。那流畅优美的碑文，娟秀绝伦的书体，记载的不仅是鉴真东渡传法的奇迹，更包含了赵朴老等一代文化名人对千年鉴真的无限敬重之情。赵朴老对鉴真的这份情愫，贯穿着大明寺近半个世纪的历史。1980 年鉴真像回国巡展，赵朴老亲任“欢迎鉴真大师像回国巡展委员会”主任，并在《人民日报》发表《千载一时的胜缘，一时千载的盛举》的文章。鉴真像定于 1980 年 4 月 14 日运抵扬州展出。赵朴老为展出殚精竭虑，夙夜操劳。当时大明寺还叫“法净寺”，那是因清廷忌讳“大明”二字，在乾隆三十年（1765）高宗巡游大明寺时，御笔题书“敕题法净寺”。赵朴老当即建议恢复当年鉴真任住持的“大明寺”。大明寺门额也是赵朴老亲自集隋朝《龙藏寺碑》字而镌。

塑像要从上海虹桥机场运至三百多公里之外的扬州，为防止途中颠簸而损害塑像，赵朴老决定在上海特制运像专车。车辆造好后，他又亲自赴上海陪同日方人员查看，并进行试运行，直至完全合乎防震要求。赵朴老兴奋地为造车职工作诗一首：

> 今朝像驾彩云归，当年身入惊涛去。
> 大车迎得友情多，春风稳上扬州路。

随后，赵朴老与日本唐招提寺森本长老一行随专车连夜冒雨迎往扬州，一路上，赵朴老通宵未眠。鉴真像安放期间，赵朴老总是亲临现场，仔细过问，不使有一点疏忽。4 月 18 日举行开幕式，赵朴老参加了活动全程，更是忙碌不堪。闭幕式结束后，73 岁高龄的赵朴老疲惫地回到宾馆休息，这时有人送来刊载有赵朴老《鉴真大师像回国巡展欢迎礼赞》的《人民日报》，他当即情不自禁地朗读起来：“像在如人在。喜豪情，归来万里，浮天过海。千载一时之盛举，更是一时千载，添不尽恩情代代。还复大明明月归，共招提两岸腾光彩。兄与弟，倍相爱……”

三

1963年，在隆重纪念鉴真逝世1200周年的同时，中央政府决定在扬州大明寺内兴建鉴真纪念堂。起初，担任鉴真纪念堂设计任务的是扬州的几位建筑设计师，设计草案形成后，有关方面特聘我国著名建筑大师梁思成先生审稿。

梁思成是清末大学者、政治家梁启超的长子。维新变法失败，梁启超逃亡日本，梁思成出生在日本东京，11岁回到北平。1915年，考入清华学校，他梦想当一名雕塑家，但却在父辈的安排下，与妻子林徽因结伴到美国宾西法尼亚大学学习建筑。

学成回国后，梁思成受聘于东北大学，在那里创办了中国第一个建筑系。后回到北平，参加中国营造学社，开始了长达八年的中国古建筑野外勘察和测绘工作，为编写《中国建筑史》收集资料。

然而，战争爆发了，连天的战火对古建筑的破坏是毁灭性的。

他只能尽自己最大努力，加紧对中国古建筑进行野外勘察和记录，试图在战火破坏之前留下一些资料。而当听说美军要轰炸日本奈良时，他坐不住了。他知道，日本奈良有着至今保存最为完整的唐代木建筑，他不能想象，炮火在顷刻之间使它们灰飞烟灭。然而，他又目睹了日本人在中国的侵略暴行，林徽因的三弟林恒，是一个年轻的空军飞行员，刚刚牺牲于对日空战。他的内心激烈地斗争着！终于，在1945年初，美军开始猛烈轰炸日本本土的时候，梁思成匆匆赶到美军设在重庆的指挥部，向布朗森上校陈述保护奈良城的重要性。布朗森不明白，一个中国人为什么要保护日本的古建筑。梁思成动情地说："要论对日本人的仇恨，我比你们更深。但是，文化是全人类的财产，它不仅仅属于日本。"于是美军指挥部高度重视梁思成的建议，美国的原子弹终于没有投向奈良。

如今，奈良风景依旧。当历史的烟尘散尽，中日邦交正常化向前迈出第一步的时候，梁思成又出现在扬州，出现在曾在奈良唐招提寺做过住持的鉴真大师的故乡，并且要亲手为大师设计纪念堂，这是何等圆满的因缘与巧合。

1973年，与日本奈良唐招提寺风格相同的鉴真纪念堂，历经十年之久方始建成。2016年，由中国文物学会、中国建筑学会联合评选的"首批中国20世纪建筑遗产"，鉴真纪念堂在全国98个项目中位列其中。

四

1980年烟花三月的扬州，风景如画，温馨祥和。日本奈良唐招提寺鉴真干漆像回扬州“探亲”。这是继1963年中日共同纪念鉴真圆寂1200周年之后的又一盛事。已有将近1250年历史的干漆鉴真和尚坐像，是唐招提寺的镇寺之宝，也是日本国宝。公元763年，鉴真和尚在临终时嘱咐弟子，自己愿坐着圆寂。于是在鉴真和尚圆寂之前，中国弟子思托、日本弟子忍基“模大和尚之影”，亲手为鉴真塑造了干漆坐像。该塑像线刻温肃，赤衣之上披袈裟，大师瞑目盘坐，双手相叠作禅定印，安放于两腿之上。整座塑像“顶骨秀，颧骨张，鼻梁高，唇紧闭，静含脸，浮微笑”，逼真地再现了鉴真大师的慈祥与睿智。这件作品是日本历史上第一件人物肖像雕塑，在日本美术史上具有极其重要的地位。只有每年6月6日，即鉴真大师忌辰前后的三天时间内对外开放，因此即使对日本人来说，这座干漆的鉴真和尚坐像也属难得一见。现在这座干漆鉴真和尚坐像被供奉在御影堂内，今日故里省亲，扬州万人空巷，人们纷纷赶往大明寺争睹大师风采。为了将鉴真像永远留在故里，唐招提寺森本孝顺长老提议，可由扬州依照此像复制一尊。扬州玉器厂女雕塑家刘渝担纲了此次复制任务。刘渝，广东人，1965年广州美院雕塑专业毕业，在扬州玉器厂工作期间，曾为扬州史公祠中的史可法造像，也曾参加南京长江大桥桥头堡巨型雕塑、渡江纪念碑等著名雕塑的创作。此次领衔为鉴真塑像，她既为自己与大师有此机缘而欣喜，更感使命重大。日本国宝鉴真像在扬州只展出七天，且保卫等级很高，即使作为指定复制者，刘渝也无法近距离观看原作，只能站在大殿的门背后，远远观望。她竭力将鉴真塑像的形貌特征牢记于心，并开始仔细临摹。在巡展的几天中，她已制作了与原像同大的头像和一尊缩小三分之一的全身像。同时，她还通过翻译向日本护送鉴真像的技术人员询问了比例尺寸、内部结构、色彩技法等方面的史料记载和准确数据，又在现场用速写方式记录了鉴真像在造型上的一些关键特点，还请人拍摄了不同角度的彩色照片。

巡展结束前一天，刘渝即拿出了泥塑复制品，森本孝顺长老看过她的泥塑复制品后说：“1200年前做了一个像，1200年后又做了一个像，是成功的，做得像，鉴真和尚一定很高兴。”七天的巡展结束了，鉴真像准备装箱搬运之前，森本长老给了刘渝及其他创作人员一个“特权”：在拿掉玻璃罩的鉴真像前近距离观看四十分钟。

刘渝按捺不住内心的崇敬与激动，这样就能对原像的全貌，特别是展览时无法看清的脸部细节有较为清晰的印象。

七天后，日本国宝离开扬州，刘渝开始了潜心创作的过程。

三个多月，刘渝“神游”鉴真内心。

读过《天平之甍》的刘渝，曾经体悟过鉴真面临磨难时所表现出来的坚毅和拼搏精神，然而在鉴真像的细节塑造过程中做到神似，又是一个大考验。

刘渝曾经疑惑，艺术家们常说眼睛是人的灵魂之窗。可是，鉴真双目失明，眼睛紧闭，为什么鉴真弟子塑造的鉴真像让人感受到的是一个神采奕奕、栩栩如生的鉴真？一个在呼吸、在沉思、在微笑的鉴真呢？终于，深厚的艺术素养，使她悟出了其中的奥秘。塑造者在鉴真像的脸部重要部位，特别是眼睛和嘴角的表情肌的运动变化上下了很大的功夫。因为，只有活着的人才能有内心活动，有了这种内心的思维活动才会反映到人体外部的肌肉和神经运动上来。虽然塑造的鉴真是双目紧闭的，但是由于皱眉肌等眼部收缩肌的作用，而使得鉴真的眉心上形成一个显著隆起的结节，准确而又夸张地强调了此时的鉴真因思维活跃而显得生动起来的面部表情。虽然他的双眼无法睁开，却比普通人的眼睛更具神韵。

三个多月的创作工作中，从鉴真泥塑像的石膏翻制，到制成干漆夹苎脱胎像，刘渝和她的团队出色地完成了任务。

第二年春天，日本派了一个代表团来扬州，查看有关工作的完成情况。他们看了已全部完工的鉴真像后，认为“非常接近原作，几乎一模一样”！

五

2010 年，是鉴真大师坐像第一次“回乡探亲”30 周年纪念，也是日本平京城（即现在的奈良市）迁都 1300 周年。鉴真大师的故乡扬州市与鉴真大师在日本的居住地奈良市也在这一年缔结为友好姊妹城市。这一年，日本供奉于东大寺的鉴真大师另一尊坐像回扬州“省亲”。为隆重纪念这次活动，扬州佛教界与市古筝协会有过刹那间思维火花的碰撞：在鉴真回乡省亲的庄严时刻，应该有一位音乐大师用音乐语言来塑造鉴真大师的不朽形象。诸方很快达成共识，随后向著名音乐家、小提琴协奏曲《梁祝》作者之一的何占豪教授发出邀请。年过古稀的何占豪不辞使命，亲赴扬州采风，并立即投入到紧张的创作，常常到凌晨四五点钟还沉浸在乐谱的构思中，经过近一个月的艰苦创作，终于写成了大型古筝协奏曲《东渡》。

《东渡》包含五个古筝声部、四个合唱声部，另外还有钢琴、打击乐共十一个声部，排练难度很大，这是国内第一首古筝协奏曲，意义非同一般。

《东渡》创作完成，进入排练阶段，扬州大学艺术学院、扬州文化艺术学校等迅速组建了四十二人的古筝演奏方阵，扬州大学艺术学院还为演出所需的合唱团组建了队伍，大明寺积极为活动筹集款项。另外，扬州天韵琴筝有限公司主动提供了“中华筝王”和四十台演奏用的“天韵”专业古筝，扬州金韵乐器有限公司把自己的当家花旦“水晶古筝”也贡献了出来。

扬州文化界握指成拳，积极支持《东渡》的排练与演出。11 月 22 日，大型古筝协奏曲《东渡》在扬州大剧院首演奏响，何占豪亲自上场执棒，现场激情指挥。

“当……当……”乐曲中的钟鼓声荡彻心扉，带领观众穿越千年，向鉴真大和尚表达缅怀与敬意之情。舞台上，双古筝领奏，四十二位扬州本土青年古筝表演者指尖划出袅袅音符，六十人组成的合唱团深情吟唱，合力演绎出鉴真的崇高形象，将鉴真百折不挠的精神表现得淋漓尽致。何占豪教授大胆进行了前无古人的艺术创作，其匠心独运，充分立足扬州是“中国古筝艺术之乡”这一特色。《东渡》是国内第一首由古筝进行协奏的大型古筝演奏曲目，填补了音乐史上的多项空白。

> 鉴真盲目航东海，一片精诚照太清。
>
> 舍己为人传道义，唐风洋溢奈良城。

这是郭沫若先生为称颂鉴真东渡伟大壮举而作的一首绝句。鉴真，已在一衣带水的邻邦安眠千年。然而，鉴真东渡的精神财富却穿透了历史，超越了时空，激励着所有热爱和平的人们共同携手，坚毅前行。

“一片精诚照太清。”此刻我仰望星空，星空一片灿然。

不觉隋家陵树秋

一

第一次寻访隋炀帝陵，是三十多年前我在扬州师范学院读大三。那年清明节，学校组织学生到城北祭扫烈士墓。我曾经在史料上读到，隋炀帝葬于雷塘。雷塘也在城北，欲访之心久矣，可是入学快三年了，却一直未能如愿。去烈士陵园祭扫完毕，我便与几个同学徒步十数里，来到了雷塘桥。关于雷塘这个地名，扬州民间有“三打雷塘”的传说。说是杨广当时迁葬于此时，刚入土，便雷电大作，暴雨如注，杨广被暴尸于外，顷刻天又复晴；于是安葬他的人便在近处另行择地安葬，然而刚葬下，又是一个霹雳将杨广抛尸于外，安葬他的人不得不再换个地方，却又遭惊雷，于是就形成上雷塘、中雷塘、下雷塘的地名。

我们一路寻访，逢人便问，竟然很少有人知道隋炀帝陵。也是，一个已被钉在历史耻辱柱上的昏君，人们为何要记住他呢？忽然在平旷的田野里发现了一座较大的土丘，想必便是被当地老乡称为“皇墓墩”的隋炀帝陵了。可是走上前去一看，当时我就蒙了，这哪里像皇帝陵墓的样子，不过是坑坑洼洼、乱木丛生的一丘荒冢而已。我们想寻一块墓碑来证实它，可是转了半天也没找到，于是不禁疑惑起来，这果真是皇陵吗？

忽然，我们似乎感觉到耳边传来一阵嗷嗷的叫喊声，循声望去，只见在离我们不远处的田埂上，有一个人正在向我们招手示意，我们一阵高兴，正想找个人问问究竟呢。于是，赶紧来到这人的面前，一打招呼，原来是一个捡破烂的哑巴少年。只见他释担而坐，袒胸露怀，那满含秀气、微带顽皮的脸上，有一双会说话的眼睛，忽闪忽闪地看着我们。我稍解哑语，便向他打了个友好的手势。我问他，这是皇帝陵吗？他连忙从地上蹦起来，一会儿用手指着土堆，一会儿竖起大拇指，一会儿两眼紧闭，直挺挺地做着死去的样子，口中还念念有词。见他这一连串的动作，我马上反应过来了。哦，原来好心的哑巴少年，是看出了我们刚才的那阵疑惑，特地自荐为我们作“义务讲解”的。他刚才的动作大体意思是，“不错，这就是皇帝的墓，躺在里边的人就是皇帝”。既然懂得了他的意思，我便也打着手势继续问他：那墓碑呢？他将右手往左腋下一藏，而后做出挖土、扛东西、踏脚的姿势。哦，我明白了，他的意思是说，墓碑被人偷回去当踏脚板了。瞧，他表达得多么准确生动。接着，热情的哑巴，又用他特有的语言方式向我们介绍了隋炀帝怎么死的，怎么葬的，甚至连墓葬里的一些情况，他居然也能“说”出点内容来。他介绍得那么认真、仔细，俨然一个真正的解说员。

热情的哑巴少年，为我们作了半个多小时的“讲解”，还唯恐我们不相信他的话，并一手指着前面的村庄，一手做出摸胡须的动作。那意思就是告诉我们：“你们要是不相信我的话，请到前面村子里去问那里的老人们。”多么热情而又认真的少年，如果说刚才我们的游兴已因为这里的冷落荒凉而消退了的话，那么，听了少年的“解说”，我们不禁又兴趣盎然起来。我对哑巴少年产生了深深的敬意，一个失聪失语的少年，竟然对这段历史和有关传说知道得如此详细，可见他平时是怎样的一个有心人啊，倘若不是由于先天的限制，他将是一个多么有才能的孩子。夕阳西沉，晚霞满天，我们和少年挥手告别。然而更令人意外而又感动的是，当我们离开他一段距离之后，他突然又追上来对我做了一番手势。最后用他的左手拉着我的手，用右手食指在我的手心上，重重地画了一个“三”字。哦，原来他是怕我们走错了路，特地告诉我们，乘车要向南，别忘了是“三”路公共汽车。当我们坐上公共汽车的时候，我仍情不自禁地凭窗眺望，我看到在不远处的田埂上，那位可爱的少年依然伫立在血红的夕阳中，目送着我们的归途。一路上，我默念着唐人徐振的那首《雷塘》：

九重城阙悲凉尽，一聚园林怨恨长。
花忆所为犹自笑，草知无道更应荒。
诗名占得风流在，酒兴催教运祚亡。
若问皇天惆怅事，只应斜日照雷塘。

二

自从学生时代的那次寻访之后，很长时间以来，我印象中的隋炀帝陵只是一丘荒冢。直到 2003 年秋天，我接待一位韩国驻上海领事馆的领事，这位领事来扬州，就是专程看隋炀帝陵的。此时的隋炀帝陵已修葺一新，并以陵墓为主体，建成隋炀帝陵文化公园了。而我在研究扬州历史文化的过程中，对隋炀帝之死这一历史事件也有了更多的了解。

进入陵区，陵门气势恢宏，宽敞的正门配以两个偏堂，左偏堂为隋炀帝生平图片展览，陈列了数十幅图画，图文并茂地简略介绍了隋炀帝功过并存的一生。右偏堂为书画陈列室，悬挂了许多知名书画家的作品。韩国这位领事熟悉中国历史，尤其是对隋代的那段历史格外精通，因为那段历史与朝鲜半岛有过纠结。杨广登基之后，建东都、开运河，启动了一系列浩大工程，他太想尽快将大隋王朝建设成为世界强国了。但终因过度使用民力，而招致民众不满。运河贯通之后，他又发动攻打高丽（今朝鲜半岛）的战争。堂堂大隋王朝，居然三征高丽而不克，最终反而导致内乱。杨广第三次巡游江都，其实是来躲避农民起义战火的，车驾在宫女们纷飞的泪雨中驶出洛阳，人们都有预感，皇上这一去就回不来了，因此，呼天抢地如同送葬一般。杨广心里也有一种生离死别之感，但他还佯装镇定，在宫女的丝帕上题了一首诗："我梦江南好，征辽亦偶然。但存颜色在，离别只经年。""离别只经年"，杨广说这话完全属于自我安慰，甚至是自欺欺人，他明明知道，这一去是回不来的，或者换句话说，他如果有能力回来，就不该在此时离开长安。

果然，由于皇帝到了南方，统治中心南迁，中原地区起兵不断，"龙舟未过彭城阁，义旗已入长安宫"。次年五月，李渊起兵反隋，十一月就攻下了长安，立隋炀帝孙杨侑为帝，改年号为义宁，遥尊杨广为太上皇。而此时杜伏威、李子通等在全国各地纷纷起事，江都孤危。大业十四年（618）三月，虎贲郎将司马德戡奉宇文化及之令，与另一虎贲郎将元礼、监门直阁裴虔通等谋乱，在江都东城集兵数万发动兵变。司马德戡领兵从玄武门进入宫内，俘获杨广。宇文化及等胁杨广至朝堂，时杨广幼子、年仅十二岁的赵王杨杲在一旁号泣不止，裴虔通挥剑斩之，血溅杨广一身。杨广斥责道："大臣之血入地，尚且大旱三年，况我天子乎！”令狐行达即以练巾将杨广“缢杀”，此时，杨广年仅五十。

杨广的夫人萧皇后是一位美丽贤淑之人，她用床板钉了一副棺材，勉强收殓了夫君，但却没有葬身之地，只好葬于江都宫里边的流珠堂。等到叛将撤离，有个叫陈稜的忠臣，找了几个吹鼓手，“略备天子制”，将杨广葬于吴公台下。直到李渊登基，才“诏令葬于雷塘”。

那位韩国领事，在隋炀帝史料陈列室里十分认真地观看，仿佛想从这些文字和图片中找到他所需要的某样东西。参观结束时，我问他感受如何，领事一脸深沉。我在猜度，今天他是怀着一种什么样的心理，执意要看隋炀帝陵呢？

三

在中国历史上，绝大多数皇帝都在死前若干年就为自己营造陵墓了。而杨广却不然，他登基之后，干的都是为了隋王朝改天换地的大事。他在位十三年，所创立的大业甚至超过了中国历史上大多数杰出的皇帝。五十岁，正是政治家最成熟的年纪，可惜杨广的生命在江都宫内戛然而止。一切都来得太突然，以至关于杨广死后的安葬问题，一直为史学界所纠缠不清。有葬于长安说，有葬于洛阳说。葬于扬州说，似乎更符合当时的历史背景，但史书上也只留下一句“诏令葬于雷塘”。雷塘古称雷陂，汉代即有此名，天公三打雷塘之说，纯属后人为抹黑杨广而生编乱造。但由于杨广后期的好大喜功，过度透支民力，而遭民怨，最终酿成江都宫变，使这位在中国历史上少见的有为皇帝，最后却被钉在“昏君”“暴君”的耻辱柱上，死后在扬州被草草安葬，既无高大陵寝，更无守墓士兵。只有唐代的一些文人墨客来扬州游玩时，在领略了好山好水好风光之后，偶尔去杨广墓前作一番怀古之叹。唐代之后，其墓冢即荒芜漫漶，湮没无闻了。

千年风雨，千年沧桑，历史似乎已忘记了杨广这个人，即使是杨广特别偏爱的扬州，他的名字也从这个城市的记忆中淡出了。直到杨广死去一千多年后，一个大学者才在尘封的故纸堆中寻觅到关于杨广陵墓的几缕蛛丝马迹，这位学者叫阮元。阮元，字伯元，号芸台、雷塘庵主，晚号怡性老人，江苏仪征人，乾隆五十四年（1789）进士，先后任礼部、兵部、户部、工部侍郎，山东、浙江学政，浙江、江西、河南巡抚及漕运总督、湖广总督、两广总督、云贵总督等职。

历乾隆、嘉庆、道光三朝，体仁阁大学士，太傅，谥号文达。他是集著作家、刊刻家、思想家于一身的人物，在经史、数学、天算、舆地、编纂、金石、校勘等方面都有着极高的造诣，被尊为“三朝阁老、九省疆臣、一代文宗”。清嘉庆年间，阮元因父丧丁忧于扬州故里，经他考证认为，今槐二村的一处大土墩为隋炀帝陵，于是出资修复，并嘱托书法家、扬州知府伊秉绶书写墓碑。

对阮元为隋炀帝修墓，这里要多说两句了。杨广是被正史与野史铁定了的昏君、暴君，后世鲜有人为之修墓，故而其墓冢早无踪迹可循。阮元作为大清重臣，他应该知道为杨广修墓可能招致的政治风险。但是，同时作为一名学者的他，内心深处的那份文化使命感与文化自觉精神，驱使他为扬州文化史书写出了浓墨重彩的一页，阮元所立隋炀帝陵，完全够资格列为扬州文化建设史上的一块里程碑。但遗憾的是，阮元为隋炀帝墓找回的一点记忆，却又被后来的历史“雨打风吹去”了，扬州人除了偶尔聊起“隋炀帝下扬州看琼花”的荒诞故事，几乎完全忘却了杨广与这座城市的生死情缘。直至20世纪90年代，改革大潮风起云涌，文化旅游、名人故址成为热点。扬州人突然想起，北郊那片低矮丘陵中，还有一座荒冢，那可是隋炀帝杨广墓啊！于是七手八脚地忙碌起来，又是加土封，又是建陵园，甚至连新开的一条道路都命名为“隋炀路”，却不知这“炀”字并非吉祥之意。隋炀帝是唐代统治者为杨广封的谥号。古文中关于“炀”的解释是“逆天、去礼、远民”。特别具有讽刺意味的是，杨广曾谥南朝陈国陈后主叔宝“炀帝”之号，可是后世人却只知陈后主“商女不知亡国恨，隔江犹唱后庭花”的艳丽故事，很少人知道他谥号的，而杨广却以“炀帝”之名而普天皆知。

四

扬州城北的蜀冈，是扬州城市文化的发祥地。自吴王夫差在此始建邗城，到大唐王朝，这里都是古代扬州城池的中心。今天的蜀冈，楼宇林立，屋舍俨然，与当今其他城市并无二致，但地下却掩埋着春秋战国至宋代扬州的十朝古城。

2013年早春，蜀冈西湖镇曹庄村，一个叫“中星海上紫郡”的楼盘项目工地上，机械轰鸣，一片繁忙。忽然有人报告，发现了两座砖室古墓，于是工程立即停止。扬州文物局考古队长束家平闻讯立马赶到现场，这位毕业于厦门大学人类学系考古学的高才生，凭着深厚的理论功底和多年的现场考古经验，当即判断，此墓至少是隋唐时期的，文物数量虽少，但等级很高。扬州的一批文物专家也陆续聚集，一见场景，都兴奋不已，因为从留存的文物推测，此墓极有可能是隋炀帝的真墓。这无疑是极其振奋人心的发现。但是，鉴于前几年河南安阳“曹操墓事件”的教训，考古专家们极为审慎，对外只称“发现了一处隋唐墓葬”。

4 月 11 日，古墓内有了重大发现，出土了“隋故炀帝墓志”，这是对墓主人身份进行确认的最有力证据，结合多方实物证据以及专家论证，最终确认这就是隋炀帝墓。于是，中国考古界的专家黄景略、徐光翼、王巍、赵辉、刘庆柱、付清远，以及国家文物局局长励小捷、副局长童明康，故宫博物院院长单霁翔等全国考古界精英迅速会集扬州。不是每个城市都能出这么一座皇帝墓，在当前对文物保护的科技手段尚不理想的情况下，国家文物局坚决反对主动发掘帝王陵墓，除非像隋炀帝墓这样因建筑施工的意外发现，而进行的抢救性发掘。

扬州市当即决定成立联合考古队，经过紧张的抢救性挖掘，考古队完成勘探面积 109000 平方米，勘探出墓葬迹象 136 座、夯土 2 处、沟 2 条、砖基 1 处、井 5 口、坑（塘）29 个。其中一号墓为方形砖室墓，由主墓室、东西耳室、甬道、墓道五部分组成。除墓志外，墓中还出土了玉器、铜器、陶器、漆器等珍贵文物 100 余件（套）。其中一套蹀躞金玉带，不仅是目前国内出土的唯一一套最完整的十三环蹀躞带，也是古代带具系统最高等级的实物。四件铜铺首通体鎏金，兽面直径 26 厘米，与唐大明宫遗址出土的铜铺首大小相近。墓内两颗牙齿鉴定为 50 岁左右的男性个体。根据出土的“隋故炀帝墓志”、十三环蹀躞金玉带、鎏金铜铺首及大量文官俑、武士俑、骑马俑等高规格随葬品，结合文献的记载，确认一号墓主人是隋炀帝杨广。

二号墓为腰鼓形砖室墓，由主墓室、东西耳室、甬道、墓道五部分组成。出土玉器、铜器、铁器、陶瓷器、木漆器等 200 余件（套）。其中玉器有白玉璋 1 件，质地莹润；铜器有编钟、编磬、铜灯、铜豆等，成套的编钟 16 件、编磬 20 件，是迄今为止国内唯一出土的隋唐时期的编钟编磬实物，填补了中国音乐考古史上的一项空白；陶器有罐、炉、钵、灯、几、磨等；陶俑有牛、马、猪、羊、骆驼、双人首蛇身俑、文官俑、执盾武士俑等，部分陶器有彩绘；瓷器有青釉辟雍砚 1 件，造型精美；一套女性用冠饰，工艺精巧，国内罕见。墓内保存有部分人骨遗骸，经南京大学体质人类学专家鉴定为大于56岁、身高约1.5米的女性遗骸。二号墓虽无文字信息，根据墓葬形制、墓内出土高等级随葬品和对人骨遗骸的鉴定，结合文献记载，判明墓主人是隋炀帝萧后。

2013年11月16日上午，国家文物局和中国考古学会，在扬州会议中心组织召开了“扬州曹庄隋唐墓葬考古发掘成果论证会”，当日下午，中国考古学会召开新闻发布会宣布：曹庄一号墓主人是隋炀帝杨广，二号墓主人是萧后，两墓共出土文物四百余件（套）。近百家新闻媒体聚焦会议现场。

五

在隋炀帝陵挖掘过程中有几个十分奇异的花絮。

隋炀帝墓于4月被证实后，5月，中央电视台探索发现频道即派记者来扬跟踪采访了一周。此次中央台新闻频道，千里迢迢从北京开了直播车过来，准备现场直播新闻发布会。不料，直播车此时却要起脾气，怎么也用不起来。“怪了，这车买了五年，只出过一次故障，上次也是为直播陕西一处帝陵，平时用起来杠杠的。”央视编导直嘀咕。幸好扬州广电总台开了直播车过来，终于让央视记者与大本营连了线。更为灵异的是，直播车没问题，这边直播结束时，该辆车开出扬州便一切又正常了。看来隋炀帝对扬州的偏爱，只有苍天能解！

围绕隋炀帝墓，还有个事情值得一说，当时民间流传着“挖出隋炀帝墓的开发商老板名叫杨勇”的话题。这就更为灵异了，因为当年杨广正是取代其兄杨勇而登太子之位的。“太子报仇，千年不晚”“你要我命，我挖你墓”。在网络上，网友们以这样的调侃来解释这样的千年巧合。为了获取真相，《扬州时报》记者王蓉，从该地块开发企业——中星集团内部获悉，杨勇确有其人，不过这位杨勇并非开发商法人，而是该项目投资部的一名经理。还有一个巧合得到了考古队的证实，隋炀帝墓志是2013年4月11日这天出土的，而4月11日，正是史载隋炀帝被害之日。

本文作者之一的陈跃先生，作为扬州市文物部门的新闻发言人，参与了隋炀帝墓挖掘全过程中的新闻报道工作，扬州发现隋炀帝陵墓的新闻通稿即出自他之手。他不无感慨地说：“隋炀帝杨广出生于569年，我出生于1971年，我们相差

1402 岁。即使我生活在他那个朝代，我的身份也就是个通过县州级考试的秀才，根本没有与皇帝见面的机会。”一千四百年之后，陈跃二十多次出入杨广的寒酸墓地。在考古队的保管室里，他触摸到了杨广留在人间的两颗牙齿，以及系在杨广腰间的最后一根金玉带，这位后生唏嘘不已。他还曾独自一人去扬州博物馆，看“萧后冠实验室考古与保护成果展”，当年他在新闻稿中所写“一套女性用冠饰，工艺精巧，国内罕见”，其实就是杨广夫人萧后的凤冠。经过近两年时间，它被西北工业大学杨军昌教授攻关小组，从一团泥疙瘩中分离出来并成功复原。望着精美绝伦的十三花树，其上水滴形状的头饰、黄铜打造的灿烂花瓣，陈跃的思绪似乎又穿越到了一千四百年前。他恍若在庙堂之上与隋炀帝对话，这位无畏的后生力陈己见，建议隋炀帝不可用民过重、急功近利。但隋炀帝回答他：“年轻人，你说得对，可是我没法听你的，因为，历史已无法重写！”

写完此文，已是子夜，我打开窗户想透透气。秋风吹来，凉气侵人。遥望北郊，莽莽苍苍。近处的城市也已灯火阑珊，寒霜满天。不觉想起唐代诗人陈羽的那首绝句：

霜落寒空月上楼，月中歌吹满扬州。
相看醉舞倡楼月，不觉隋家陵树秋。

（注：本文系与陈跃先生合作）

甘棠访古

一

邵伯之名，由来很古了。

邵伯，或者邵伯埭，因东晋太元十年（385）著名政治家、军事家谢安于此筑埭理水，造福于民，百姓把谢安比作西周时的召公，于是改原地名步邱为邵伯（古代“邵”和“召”同音）。又因为《诗经·召南·甘棠》有云：“蔽芾甘棠，勿剪勿伐，召伯所茇。蔽芾甘棠，勿剪勿败，召伯所憩。蔽芾甘棠，勿剪勿拜，召伯所说。”今天的人已很难直接读懂《诗经》，还是用现代话来说吧：

> 棠荫茂盛树萌长，千万别砍伤，召公曾用它做房。
> 棠荫茂盛树萌长，千万别砍劈，召公曾在此休息。
> 棠荫茂盛树萌长，千万别动手，召公曾在此逗留。

邵伯人知礼仪，懂感恩，且爱人及树，故将邵伯又称作“甘棠”。如此说来，那时的邵伯人，不仅有文化，而且文学得很呢！

万类霜天、层林尽染的时节，我应友人之邀，游访邵伯古镇。

时值午后，暖暖的秋阳下，默念着“甘棠”这个富有诗意的名字，行走在当地人叫作“上河边”的邵伯古街道上，恍如走进久远的历史。古街临河而建，这条河正是京杭大运河中最古老的一段——邗沟的遗存，算算它的岁数已有2500个春秋。公元前486年，吴王夫差为了北伐中原，在今天扬州的蜀冈上筑邗城、开邗沟。这条邗沟由长江出发，蜿蜒北去，直至淮河，邵伯便是邗沟北上的第一站。我们眼前的这段古运河，行驶过吴国水师北伐的征帆，迎送过两汉运送盐铁的巨舸，更浮载过隋炀帝杨广的龙舟威仪，并由此开始，谱写出中国水利史上一部最为波澜壮阔的宏伟乐章。而邵伯，也就成为这部乐章中一个极其铿锵的音符。

遥想当年，此处帆樯如林，车水马龙；士绅百姓，贩夫走卒，熙熙攘攘，确是热闹过很长一段时间的。直至清代之后，运河改道西移，此河才成为一条市河。但是河边上深深古巷，“大马头”上块块条石，以及河岸上棵棵老树，似乎都在绘声绘色地向你讲述着这条河曾经的辉煌岁月。

2015 年 6 月，在多哈世界遗产委员会上，大运河成功列入世界文化遗产保护名录，邵伯列入其中的遗产点就有运河故道、古堤、大马头、铁犀，以及流经此地的淮扬运河主线段等多处保存完好的遗迹。

二

在这段古运河边上，最引人驻足并生发遐想的是那座“大马头”。“大马头”即水边上的码头。古巷口那块石刻匾额上的“马”字，常常被人误解为别字，其实不然。由于古代文字数量少，“码头”最初就是用的“马”字。后来文字发展了，才有了“码头”的写法。在仅存的一里多长的古运河边，这样的马头竟有五个。而其中最让人流连的是那座“大马头”。邵伯人一直有“邵伯大马头，镇江小马头”的说法。想来，曾经是商贾云集之地的邵伯，竟有过睥睨江南，冠盖江淮的气概。

伫立于“大马头”，想象一下当年邵伯古镇的运河上樯橹如云，舟船如梭。那一艘艘载着江南大米、苏杭丝绸、扬州玉雕、东海淮盐的船只，在“大马头”上紧张地交接着货物。街面上鳞次栉比的店铺，家家生意红火。店伙计们忙前忙后，迎来送往。账房先生一边噼里啪啦地打着算盘，一边向客户交接着银票。东家则在一旁手托着那把磨得油亮的紫砂壶，时而咂上一口香茶，脸上露出的是意味深长的浅笑。

夜幕降临，沿河的灯笼次第点亮起来，河岸上的酒楼里，人影幢幢，觥筹交错。粗大的手端起酒杯，喝出的是男人豪气；纤细的手端起酒杯，喝出的是女人温情。几碟凉菜端上桌来，香干、小肚、盐水豆，道道清爽可口。尤其是那道香肠，味道之美，无人不夸。往往听得意犹未尽的客官向跑堂的小伙子一声喊：

“给我称十斤带走。”于是邵伯的香肠美味，便驰名于大江南北。

入夜了，但小镇的夜晚毫无倦意，小巷深处依然灯火通明。南来北往的客商们，马头跑得多得去了。但比来比去，还数邵伯镇里的夜生活丰富多彩，那“夜市千灯照碧云，高楼红袖客纷纷”的浪漫就不便言传了，单是那书场里的欢声笑语，就足够诱人。坐到书场上，沏一壶绿杨春茶，听一段扬州评话，出了书场再到澡堂里泡上一把，这几天行程的疲惫便统统扔到运河里去了……

如今的这条河，没有了舟船往来，没有了惊涛拍岸，也褪去了灯红酒绿，它静如处子般地躺在古街的身旁。河水清澈，树木阴翳。杨柳秋风，残荷蒹葭。大马头上时有妇人浣衣洗菜，呈现的是一派田园牧歌式的风情。只有那座建于明代，用来调节水位的“滚水坝”还在用潺潺的水声，细说着这条古老运河的前世今生。

三

由“上河边”古街往东一拐，便走进了古镇的小巷。不足百步，就是一条通达南北，长达数里，被当地人称为“老大街”的条石街巷。

古镇的底蕴，大多是在小巷深处的。那一块块青砖，一条条石板，仿如线装书上的一行行文字，记录的是小镇的历史年轮和沧桑变迁。甚至连住在这里的居民脸上的神态都与众不同，那是一种宁静而安详，自足与无求的神态。据说在申遗期间，联合国遗产保护组织的一名官员到此考察，见到一位居民独自悠闲地饮酒，这位官员驻足观察良久，而后不无羡慕地说：“我多想到这里来，过这样的生活啊！”

然而，小镇的生活，也并不全是田园牧歌式的轻松与浪漫。由于邵伯地处运河要津之地，南来北往，各式人等，其中自然也少不了一些作奸犯科之徒。故而明代以降，邵伯便设有“巡检司”。巡检司的功能大抵相当于今天的派出所。朱元璋曾数谕称：“朕设巡检于关津，扼要道，察奸伪，期在士民乐业，商旅无艰。”可见，只有在邵伯这样的水陆要冲之地才会设巡检司。巡检司的官员是小得不能再小的官了，因此，即使在辉煌如炬的史册中，也很难见到有关他们事迹的记载。今天的巡检司衙门，在运河申遗中被修葺一新，其中陈列着一些关于邵伯名人的史料，如谢安、张纲，还有清朝尚书董恂等。他们都是邵伯历史上的俊杰，其事迹代代相传，且越传越奇。而巡检司官员们生命微贱，他们的名字早已被人遗忘，只有门前那棵古老的甘棠树，其越发密匝的年轮上，还依稀镌刻着关于曾经与它朝夕相伴过的那些“小人物”的零星记忆。

四

邵伯镇最有观赏价值和使用价值的文物，无疑是邵伯船闸。如果将大运河比作一部壮美的乐章，那么，大运河上的船闸就是这部乐章中的一道道休止符。汹涌澎湃的河水流到此处，即被闸门节制得纯良安然，从而让一支支船队井然有序地南来北往。而邵伯船闸的变迁发展，堪称为一部中国船闸的历史。倘若追溯，最早便是谢安在此筑埭理水，至唐代建成通航的斗门闸，宋代则由单斗门发展为双斗门船闸，明万历年间建金湾北闸，清代又改建为邵伯六闸。1934 年，民国政府为了增加通航能力，利用庚子赔款，在此建造新式船闸，新闸的通航仪式，来了孙科、陈果夫等重量级人物，而“邵伯船闸”四个大字则是国民党政府主席蒋介石为之亲笔题写，足见邵伯船闸在整个运河水系中的地位与分量。

船闸，不仅以其历史悠久令人悠思遥远，更摄人心魄的是古代船闸开启闭合的过程，那简直就是充满力量与智慧，并且极富仪式感的一种表演。那时的闸门开闭完全靠人工操作，巨大的闸门，阻挡着落差极高的水流，当船只过闸时，拉开闸门的是一批壮实的汉子。他们用机关缠绕着粗大的铁索，铁索牵动着闸门。这些汉子一个个身强力壮，他们用青春的力量和生命的能量推动着那个叫作“绞关”的机关，节奏整齐地喊着号子，手臂与腿部突现的肌肉，在推动机关的那一瞬间，展示出男儿的豪迈与风采。仿佛他们推动的不仅是一道闸门的开启与闭合，而是推着整个乾坤在转动。

随着闸门的开启闭合，船队过闸时呈现的又是另一番景象。如果是下行船，闸门打开时，汹涌的流水随着落差奔涌出闸，闸内水位迅速降低。此时，闸内的船只也随着水流的降低而从闸顶降到闸底，船工们眼睛盯着闸壁上的水线快速下沉，一时竟有天上人间之感。如果是上行船，则又是相反的一种风景。船进闸门之后，水位迅速上升，船只一下子从闸底浮到闸面高处，船老大们在忙着紧张过闸的同时，也会忙里偷闲地观赏一下呈现在眼前的古镇风景——沿河的街市，古老的码头，以及码头上浣衣的妙龄女子。

如今，随着运河航运发展和江都引江工程输水调水的需要，民国时修建的老船闸早已拆除，只留半片闸室在运河一隅，供人以怀古之想。在其西侧，已先后建起三座现代化的大船闸。船闸开启也早已告别了过去的人工动力时代，而代之以机器动力与电脑控制，但过闸的仪式感依然壮观，只是那推动闸门开闭的号子，被各种指挥信号取代。尤其是闸口上高音喇叭里发出的指令声，那份果断且带有一种强制性的命令，俨然有着指天命地的威严。

过了闸，船工们就大大松了一口气。南去的船只，便迫不及待地驶进了热闹的扬州港湾，在二分明月中浸泡着水包皮与皮包水的温柔。而北往的船只往往会暂停下来，泊靠在邵伯的码头上。船老大们要在镇上采买一些货物，以补充日后行程中的供给。如果是放空的船只，或许还能接上一笔货物，顺载北去，以提高行船的经济效益。而邵伯古镇的街街巷巷，总会给这些船工们以家一般的温馨。

五

在邵伯，能体现古镇深厚文化底蕴的另一处风景便是斗野亭了。斗野亭，仅从名字上看便有几分苍凉高古之意。斗者，星斗也，野者，分野也。《滕王阁序》中形容南昌的地理位置为“星分翼轸，地接衡庐”。此处斗野之意乃是因亭的位置“于天文属斗分野”而得名。可见邵伯在古人眼里，竟是一个地理极限所在。斗野亭建于宋熙宁二年（1069），时有诗人刘焘《过邵伯登斗野亭》之诗状尽景物：“地势如披掌，天形似覆盘。三星罗户牖，北斗挂阑干。晚色芙蕖静，秋香桂子寒。更无山碍眼，剩觉水云宽。”

千年风雨之后，斗野亭旧迹早已不存。现今之亭乃今人据史料记载重建。亭之所在，是延伸在运河中的一个半岛，在地理名词中有“矶”的意思，斗野亭安静地坐落在古运河边，白墙黛瓦，飞檐翘角，给人以古色古香之感。走进亭内，果然一股墨香扑鼻而来，四壁上镌刻着数通石碑，石碑上的诗文，皆与运河及斗野亭相关。再看这些诗文的作者，不禁大吃一惊，他们竟然是苏轼、黄庭坚、孙觉、秦观、张耒等北宋一流的文豪。最先来的是孙觉，字复明，号莘老，高邮人。他是胡瑗、陈襄的学生，苏轼、王安石、苏颂、曾巩的好友，黄庭坚的岳父，秦观、陆佃、王令的老师。仅凭这个“朋友圈”，孙觉就足以称得上是个“高大上”的人物。他官至御史中丞，官品、人品皆为人称道，尤其对苏东坡敬仰有加，对其弟子也是寄予厚望。他曾竭力拔擢同乡士子秦观，在秦观名不见经传时，首先将其介绍给苏东坡，于是，高邮文游台便成了当年苏轼、秦观、孙觉、王巩饮酒论诗之所。孙觉仕途不顺，曾起归隐之意，他在《题邵伯斗野亭》诗中便有“可待齿牙豁，归欤谢浮荣”之句。苏东坡对斗野亭似乎更加情有独钟，曾有七次过往。他做过几个月的扬州太守，邵伯又是古代名将谢安开埠之地，苏轼常来访古，也在情理之中。将上述人物关系一理顺，这几位北宋文坛上的明星都集中于斗野亭，并留有诗文，也就顺理成章了。

走过斗野亭北门，不远处，一只铁牛俯卧于此，这便是邵伯又一个重点古迹——铁犀。中国的江河湖海之滨，大多铸有铁器，这是中国古人阴阳五行思维的产物。为了驯服经常泛滥成灾的洪水，人们在水滨铸以铁物，以镇水妖。清朝康熙年间，淮河水灾，邵伯镇南更楼决堤，水势汹涌，以至惊动了康熙大帝，他责令漕河总督张鹏翮迅速堵塞决口，并且下旨，在淮河下游至入江处铸成十二只动物，安放于水势要冲，邵伯铁犀乃其中之一。该铁犀铸工精细，造型生动。体量庞大，重约 2 吨。如今它依然安静地趴卧于矶头，但昂首仰视，目光密切注视着前方的运河，仿佛一尊忠诚的卫士，时刻警惕着水情变化。

六

此次甘棠之行，无论是行走在邵伯古街深巷，还是在运河上看舟楫来往，或者进斗野亭作怀古之想，我的思绪一直随着运河水流向历史深处。然而，当在暮色苍茫中步上邵伯湖大堤时，眼界便骤然空阔起来。

邵伯湖又名甘棠湖，位于邵伯镇西，湖体面积达二十万亩，它是扬州文化的重要发祥地之一。湖之西岸，是一片丘陵地带，一直被认为是古代邗城和广陵城的遗址所在。千百年来，湖上人家，稻饭鱼羹，悠闲富足。

而对于水系而言，邵伯湖最大的功能是充当着运河水位的调节器。运河溢泛时，它便敞开胸怀，泄洪导流；运河缺水时，它同样敞开袍襟，将湖水毫不吝啬地输送给运河，以保障运河有足够的能力浮载万千帆樯。水情平稳的日子，它则安详如慈母，用她的水乳滋养着一湖的鱼虾蟹鳖、菱芰藕荷，灌溉着湖畔的千亩良田、万顷农桑。

正因为有了这一片浩渺的湖水，邵伯的风景就显得朗润而开阔。河湖相通，湖河相拥，运河具有了湖水的壮阔雄姿，湖水也具有了运河的浪漫风情。正所谓“三十六陂落帆尽，只留一片好湖光”。

湖上的风景折射到小镇上，便是清晨市场上那一街水灵灵的湖鲜。

邵伯湖湖水清洌，水草丰美，盛产各式湖鲜，仅鱼类就有几十种。除了常见的青、白、鲤、鲫等品种之外，还有船丁鱼、条丁鱼、江鲢鱼、马鸡鱼、鳜鱼、白丝鱼、鲈鱼、虎头鲨、草鞋底、鸦片鱼、铜头鱼、鸭嘴鱼等。走进邵伯小镇的市场，就宛如走进了一个淡水生物博物馆，令人大开眼界，甚至有些目不暇接了。然而，其中最抢人眼球的自然还是邵伯龙虾。

淡水小龙虾，本是名不见经传之物，可是近年来，不知借着何等魔力，走红了大江南北、长城内外，甚至成为某些地区经济文化现象的代名词。而邵伯龙虾无疑是这场“龙虾翻身”运动中杀出的一匹黑马，以其清爽净洁、口味多样的特色而享誉遐迩。每年夏季一到，整个邵伯镇上便车水马龙，人流如织。一条街的龙虾店，家家生意兴隆，顾客盈门。再看看那些店名也颇具特色，如“窦三龙虾”“侯七龙虾”“红鼻子龙虾”等。这些店名全然没有时下某些人所追逐的土豪抖金之气，倒是如邵伯湖水一般的清纯可爱，故而生意便格外的火爆。邵伯镇已连续十五年成功举办“中国邵伯湖龙虾旅游节”。小小龙虾，竟舞动起邵伯湖上一个盛夏的火红！

“更无山碍眼，剩觉水云宽。”我们在湖边大堤上迎风而立，赏湖光帆影，看云卷云舒。陪同我们的江都区旅游局局长梁明院女士对我说，大运河给了邵伯镇深厚的文化积淀，邵伯湖赐给邵伯镇丰富的物质资源。不久的将来，一条环湖公路即将贯通，邵伯镇、邵伯湖的历史将翻开新的辉煌篇章。她的语气中很是为自己故里未来的发展愿景带有十二分的自信与自豪呢。

夕阳西山外，落霞满湖天。晚风拉动着湖上的天幕渐渐低垂下来，暮霭苍茫，渔火点点。小镇上的喧闹市声，运河上雄浑的汽笛，湖光里轻盈的渔歌，组合成一曲古韵新声的小唱，伴随着凉爽的秋风缥缈而至：

叫呀我这么哩个来，我啊就的来了，拔根嘛芦柴花花……

这就是那首著名的邵伯民歌《拔根芦柴花》，歌词和旋律都是极撩人的。

千古诗情系瓜洲

一

在我儿时的心中，瓜洲是一个极其神奇的地方。小时候听大人们提到瓜洲，说“人到瓜洲老，船到瓜洲小”，觉得那是一片烟波浩渺的天地，却又是一个遥不可及的远方。但是每当秋风一起，一群邻居又总是追随着南飞的雁影，成群结队地离开家乡，说是到“沙上”挣钱去。他们出行时的大小行李摆成了一条长龙，每个人的脸上庄严肃穆，仿佛此去万里，一去不回的架势。但每个人的脸上又洋溢着希冀。总之，在我的记忆中，那是一次仪式感极强的远征，我很羡慕那些大人能有这样远行的机会。到了过年前夕，这些邻居又纷纷回到家乡，而且一个个突然变得阔绰起来，逢人便讲“刚从瓜洲回来的”。于是，我又觉得瓜洲是一个生财的地方，心里老是想着，我什么时候能去瓜洲看上一眼呢?

20 世纪 80 年代初，带着对瓜洲的美好想象，我来到扬州读书。入学后的第一个星期天，我便迫不及待地只身来到瓜洲。初秋的阳光依然热烈，午间的暑气酷热难挡，我却全然不顾，在江堤上徘徊了大半天时间，直到长河落日，满江红瑟，才依依不舍地离去。此后，我又曾多次来到瓜洲。春天，来看她的一江春水；夏天，来看她的潮涨潮落；秋天，来看她的芦花如雪；冬天，来看她的水瘦山寒。于是，关于瓜洲的印象愈加丰满，也越来越喜欢这一片充满诗情画意的千年古渡。

瓜洲最初为长江中流沙冲积而成的水下暗滩，随江潮涨落时隐时现，因形状如瓜而得名，又称瓜步或瓜埠。大约在晋朝时露出水面，成为长江中的沙洲，岛上逐渐形成渔村、集镇。由于泥沙不断淤积，到唐代中期，瓜洲已经与北岸陆地相连，成为长江北岸的重要津渡。开元年间，齐浣开伊娄河二十五里，从扬子津南至瓜洲通长江，从此瓜洲作为运河与长江十字形黄金水道的交汇点，漕运与盐运的要冲，帆樯如林，商旅如云，迅速发展为江边巨镇。故乡人关于“沙上”的叫法，其实就是指的长江下游扬州一带的泥沙冲积平原，而这片平原的地标，便是瓜洲。

这样一个重要交通枢纽，水上津渡，由此南来北往的人自然很多，尤其是文人墨客，行到此地时，面对浩渺的长江，古老的运河，面对江南的点点吴山和江北的古城扬州，总是要生出点诗情来的。我手头上有一套曹锡恩先生编著的《瓜洲历代诗词》，书中收录了古往今来吟咏瓜洲的诗词达数千首之多，故而瓜洲是名副其实的“诗渡瓜洲”。

最早吟唱瓜洲的诗词是唐诗。唐代，是一个令我们每个中国人引以为自豪和骄傲的时代，它不仅是中华民族历史上最强盛、最繁荣的时代，而且是一个最开放、最浪漫的时代，唐诗则是记录那个浪漫时代最华美的文字。而如果要从浩如烟海的唐诗中去寻找一处诗意的绿岛，一处文人墨客的精神港湾，那么毫无疑问，它一定并且只能是扬州。唐代扬州，不仅因地处东部沿海，以其独特的地理位置和交通优势而富甲东南，而且以其先进的城市管理理念和管理方式，令天下人刮目相看，并纷至沓来。他们流连忘返，纵情放歌，用诗歌记录了扬州的繁荣景象和市井生活。而在皇皇数万首的唐诗中，有一首诗，并且只有这一首，被后人高高举起，誉为“诗中的诗，顶峰中的顶峰”。甚至有人直接拍案惊呼：“孤篇压全唐！”这首诗就是张若虚的《春江花月夜》。张若虚是唐代扬州人，尽管他的生平事迹史料记载寥寥，但是他的诗名在他生活的年代就很牛，与唱出“二月春风似剪刀”的贺知章等人并称“吴中四士”。《春江花月夜》描写的景，就是题目中的五个字：春、江、花、月、夜。张若虚对故乡风景非常熟悉，因而把春天长江月下夜色描写得出神入化。全诗三十六句，从月出写到月落。既有对景物的深情赞美，又有对人生的无限感叹，既有对爱情的热情讴歌，又有对宇宙的神往探究。因其立意清高，景象阔大，文辞华美，充满哲理，而成为唐诗中的千古绝唱。而诗人取景的地点，就是今天以瓜洲为中心的长江一带。

二

是的，瓜洲本色是诗意的。

> 汴水流，泗水流，
> 流到瓜洲古渡头，吴山点点愁。
>
> 思悠悠，恨悠悠，
> 恨到归时方始休，明月人倚楼。

唐代诗人白居易的这首《长相思》写得很婉约，这大抵是一位北国闺秀对瓜洲的想象。白居易生活的时代，大唐帝国已因“安史之乱”而无可奈何地走向衰落。然而，“安史之乱”，乱了关中，却富了扬州，原先在关中一带经营的商人们，为躲避战火，带着他们的资产来到了扬州。这里没有兵燹，没有动荡，这里是淘金的财源之地，这里是销魂的温柔之乡。“此时相望不相闻，愿逐月华流照君”，男人远在扬州打拼，守望在故乡深闺中的女人们，只能将相思之情与哀怨之泪抛向千里运河水，让它流淌到瓜洲古渡头。

> 金陵津渡小山楼，一宿行人自可愁。
> 潮落夜江斜月里，两三星火是瓜洲。

这是诗人张祜对瓜洲的隔江眺望。

张祜，字承吉。虽然在晚唐诗坛上很著名，但其人却生卒年代不详。有人说他是河北人，也有人说他是祖籍河北生在苏州，还有人说他早年寓居苏州。此人生性浪漫，一生以专门收集和传播宫闱逸事为乐趣，因而留下了许多描写唐代美女的诗歌。

如此浪漫的诗人，扬州当然是必须来游的。会昌年间，李绅在扬州任淮南节度使，张祜便想到其帐下做幕僚。由苏州到扬州，本可水路直达，从江南运河渡长江，便到扬州了。但张祜行到润州，也就是今天的镇江停下了，他似乎要对这趟扬州之行做一次情感上的铺垫。是的，他是需要铺垫与放松一下，因为他刚刚去杭州，向时任杭州刺史的白居易自荐，没想到碰了一鼻子灰。白居易没看好他，却看中了那个“天下三分明月夜，二分无赖是扬州”的徐凝。张祜一赌气，此处不留爷，自有留爷处，老子到扬州混去。但是理想是美好的，现实是残酷的，万一到了扬州再吃个闭门羹怎么办？所以张祜此刻心里是十五个吊桶打水——七上八下，忐忑不安。

张祜诗中的金陵，不是现在的南京，而是润州一处通往瓜洲的渡口。是啊，对岸瓜洲的两三星火，能否成为他今后人生道路上的灯塔呢？

寒耿稀星照碧霄，月楼吹角夜江遥。
五更人起烟霜静，一曲残声遍落潮。

张祜终于从瓜洲过了江。

来到了扬州，这个风流浪子一头就扎进了十里长街的灯红酒绿中，“一年江海恣狂游，夜宿倡家晓上楼”。

当然还是要去谋生的。

任淮南节度使的李绅，也是一个大才子。他的那首“锄禾日当午，汗滴禾下土。谁知盘中餐，粒粒皆辛苦”，在中国已是妇孺皆知的名篇。李绅有才气也很有脾气。有个和尚，云游到他的衙署求见。李绅问：你从何处来？和尚说话，禅语用惯了，便答道：贫道从来处来。李绅听了大怒，来人，把这厮打到他“由去处去”！于是和尚被暴打一顿，轰走了。

但李绅对张祜却是另眼相看的。他早知闻张祜的诗名，能够主动来投他门下，是他的面子，是他的风光。况且他自己当年也是从瓜洲过江的，并曾留下诗句《宿瓜洲》：“柳经寒露看萧索，人改衰容自寂寥。官冷旧谙唯旅馆，岁阴轻薄是凉飙……”他知道，出来混江湖都不容易，于是对张祜便关爱有加。

张祜在扬州生活了多长时间，已无从考证。但可以肯定的是，他在扬州过得很滋润，事业找到了感觉，才情得到了挥洒，情感上也有了充分的满足。张祜当初来扬州时还是一名“大龄单身青年”，后来在扬州赚得美人归。于是，那天晚上，天上风清月朗，地面灯火通明，张祜站在扬州月明桥上放声高歌：

十里长街市井连，月明桥上看神仙。

人生只合扬州死，禅智山光好墓田。

张祜在扬州住了一段日子之后，又经瓜洲南渡去进行人生漂流了，他漂到了丹阳曲阿，并在此终了一生。

三

直接写瓜洲最有名的诗，当然还是王安石的那首《泊船瓜洲》。

王安石是北宋著名的政治家、思想家、文学家，唐宋八大家之一。如果我们要在北宋的历史中去选出一个风云人物，毫无疑问，他便是王安石。1042年，王安石考取进士，这次考试是在宋代科举中非常有名的一次，在考取的三百八十九名进士中，有三人后来当了宰相，其中包括王安石。而王安石踏上官场的第一站便是扬州，他被朝廷任命为淮南节度使判官厅公事。他的仕途从扬州启航，一路担任过县官、知府、参知政事，直至宰相。

王安石仿佛是一个天生为改革而生的人物，他初入京城不久，即针砭时弊，给宋仁宗上了《万言书》，要对宋初以来的法度进行全盘改革，扭转宋朝积贫积弱的局势，但宋仁宗没理他。宋神宗继位后，王安石已位居宰相，他不改初心，熙宁初年他又大力推进改革，在宋神宗的支持下，王安石制定并推行了一系列的新法：青苗法、募役法、保甲法等等。新法的推行和实施，使宋王朝国力有所增强。但是，王安石的新法遭到了以司马光为首的保守派官僚集团的强烈反对。宋神宗熙宁七年（1074），保守势力终占上风，王安石被罢免宰相，回到江宁老家。大半辈子的人生风浪，官场沉浮，令这位北宋政坛的鹰派人物元气大伤，对政治他已经心灰意冷，此时正值春季，金陵城中花团锦簇，春意盎然：

江湖归不及花时，空绕扶疏绿玉枝。

夜直去年看蓓蕾，昼眠今日对纷披。

摆脱了钩心斗角的权力之争，抛开了朝中的繁杂事务，如今，王安石可以随心所欲地享受这一片湖光山色了，他准备在江宁的半山园中老此一生。

然而，树欲静而风不止。在王安石离开朝廷的一年中，朝政乱成一团，经历了一年多的风风雨雨之后，宋神宗越来越感觉到，朝廷所面临的各种问题，只有王安石才能把它处理好，没有王安石在朝廷执政，他的新法将趋于毁灭。于是，宋神宗决定重新起用王安石为宰相。

此时的王安石，对官场已经彻底厌倦，他真的不愿意再回到那个令人厌烦的政治旋涡中，家人也坚决反对他再度进京为相。可是君命难违呀，君教臣死，臣不得不死，何况是让你去当宰相呢！王安石只有再返京城的选择。可是此时的他再也没有了以前那样的雄心壮志，再也没有了以前那份饱满的政治热情，有的是一种伤感，一种难以言说的彷徨。他对家乡有一种难以割舍的留恋之情，他怀念在江宁的那段日子，怀念那份恬淡、闲适和宁静。去路迢迢，家山渐远。这次他是走的水路，由江宁沿江东下，顺风顺水，一日之间，已到瓜洲。此时天色向晚，夕阳西下，瓜洲是他熟悉的地方，当年他来扬州赴任，也是从瓜洲进入扬州的。但是，扬州城他这次是不打算去了，“落日平林一水边，芜城掩映只苍然”，此时他没有心情去故地重游，于是便在瓜洲码头上泊舟系缆，他走出船舱，伫立船头，回望家山，故乡遥遥。眺望京口，春色正酣。现在，他又要告别这使人赏心悦目的江南美景，前往那满目风沙的京城，又要去参与那些纷纷扰扰的朝廷政事。他不免感叹，何时才能再回到属于自己的那一片天地呢？离别家乡的不舍之情，对自己今后人生命运的不测，以及忠君报国的情怀，五味杂陈，齐上心头，旋即化成了一首不朽的诗行：

京口瓜洲一水间，钟山只隔数重山。
春风又绿江南岸，明月何时照我还？

人们历来津津乐道于诗中的“绿”字用得巧妙，据南宋洪迈《容斋随笔·续笔·卷八》记载，王安石先后用了“到”“过”“入”“满”等十多个字，最后才选定这个“绿”字。其实，结合王安石当时的境遇和心情，诗中的“还”字才是诗眼所在！

所幸的是，此去一年后，王安石终于再一次离开政治旋涡，回到江宁。又十年后，走完了他的风雨人生。

四

瓜洲千古渡，长江水悠悠。

历史走进了1840年，中华民族这艘古老的航船突然搁浅了。这一年，区区两千万人口的英国，以坚船利炮轰开了皇皇四万万人口的中国大门，清政府腐败无能，节节败退。英国军舰继占领广州、厦门、定海、镇海（今宁波）及乍浦之后，又攻下了长江门户吴淞口。吴淞失守，英军军舰直入长江。1841年7月21日，英军击败镇江城外绿营守军，越城而入，与八旗兵巷战，全城惨遭焚掠，废墟一片。在攻占镇江的同时，英军封锁了瓜洲渡口，扼住了清政府漕运的咽喉。扬州绅商，惶恐万状，向英军缴纳五十万两赎城费，免受军事占领。中国，由一个自封为天朝的大国，刹那之间土崩瓦解，沦为了半封建半殖民地的社会。

此时，在扬州城南古运河边的一处名叫絜园的寓所里，有一位思想家正在埋头撰写一本惊世之作，这本书叫《海国图志》，作者叫魏源。

魏源，清代启蒙思想家、政治家、文学家。名远达，字默深，又字墨生、汉士，号良图，湖南邵阳隆回金潭人。道光二年（1842）举人，道光二十五（1845）年进士，官高邮知州，几年前，他就举家迁至扬州。面对日益腐朽的王朝，日益颓废的世风，魏源认为论学应以“经世致用”为宗旨，提出“变古愈尽，便民愈甚”的变法主张。倡导学习西方先进科学技术，并提出了“师夷长技以制夷”的思想，开启了认识世界、向西方学习的新潮流，成为中国思想从传统转向近代的重要标志。

魏源被后人称为近代中国“睁眼看世界”的首批知识分子的优秀代表。

《海国图志》是魏源受林则徐嘱托而编著的一部世界地理历史知识的综合性图书。它以林则徐主持编译的不足九万字的《四洲志》为基础，将当时搜集到的其他文献书刊资料和魏源自撰的很多篇论文进行扩编，初刻于道光二十二年（1842），为五十卷。道光二十七年（1847）增补刊刻为六十卷。随后，又辑录徐继畬在道光二十八年（1848）所成的《瀛寰志略》及其他资料，补成一百卷，于咸丰二年（1852）刊行于世。魏源在《海国图志》一书的序中说：“是书何以作？曰：为以夷攻夷而作，为以夷款夷而作，为师夷长技以制夷而作。”

这就是说，写书的目的，是了解“夷情”，帮助人们习其“长技”，以抵御外侮，振奋国威。这给那些妄自尊大，把西方先进的科学技术视为“奇技淫巧”，盲目排外的顽固派，猛击一掌。

魏源曾将《海国图志》增补为六十卷本，刊于扬州；到1852年又扩充为百卷本，全书已达五百卷之多，这是中国近代史上最早的一部由国人自己编写的有关世界各国情况介绍的巨著。先后征引了历代史志十四种，中外古今各家著述七十多种，另外，还有各种奏折十多件和作者亲自了解的一些材料，其史料来源还有外国人的著述。其中，如英国人马礼逊的《外国史略》、葡萄牙人马吉斯的《地理备考》等。

书中系统介绍了西方各国的地理、历史、政治状况和许多先进科学技术，如火轮船、地雷等新式武器的制造和使用。还有各国气候、物产、交通贸易、民情风俗、文化教育、中外关系、宗教、历法、科学技术等。《海国图志》为国人谈世界史地之开山之作。

《海国图志》的刊出，打破了当时国人孤陋寡闻的状况，使当时的中国人通过《海国图志》这一望远镜，开眼看世界。既看到了西洋的“坚船利炮”，又看到了欧洲国家的商业、铁路交通、学校等情况，使中国人跨出了“国界”，认识了近代世界的新鲜事物。

作者不仅重视工商业，并由经济扩展到政治，由原来对西方“坚船利炮”等奇技的惊叹，发展到对西方近代资本主义民主政体的介绍。至此，魏源的“师夷”思想发展到了他那个时代的高峰。

嘉庆二十五年（1820）春，魏源畅游冀、豫、陕、川四省之后，顺长江东下，途经瓜洲，面对寥廓江天和破碎河山，留下了《瓜洲归棹》七律二首，其慷慨之气，激越之声，至今读来，犹令人荡气回肠！

其一：

去年风雪走燕关，今岁春明又报还。

见即有情横岸树，远来相迓隔江山。

涛吞北岸天无限，沙涨东头地有湾。
最是纤纤新月出，似知行客唱刀环。

其二：

霁色阴如欲晓天，乱峰青到酒樽前。
冰消淮水知家近，春入吴舠在客先。
柳岸倒翻千浪雨，鹭帆冲破一江烟。
船娃不识离人恨，但唱桃花锦浪篇。

五

瓜洲，是水陆通衢的瓜洲。

西来天上水，横泻到瓜洲。
夜雪飞津渡，紫霞照御舟。
安危关国计，锁钥系京喉。
独立秋风晚，遥思明月楼。

这是我咏瓜洲的一首诗。瓜洲面对长江，左右逢源，扼守着长江与运河的锁钥之地，它的存在，对于历代王朝具有生死攸关的意义。隋唐之后的瓜洲，无论哪个王朝的安危都与它紧密相关。中国历史上的都城大多在北方，长安、洛阳、汴梁、北京，某种程度上，这些王朝心脏的血管就是这条运河，而瓜洲便是这条血管的中枢。湖广稻米，江南丝绸，还有苏杭美女……这一切就是从这里沿河北上，进入都城的。故而，瓜洲历来是长江下游的守战要地，瓜洲一失守，京城就岌岌可危了。咸丰兵燹中，清廷官军与太平天国的军队为争夺瓜洲渡口的控制权，竟在此鏖战数年之久。因此，自古以来，为了保证漕运通畅，历代王朝从来是不惜血本，死守瓜洲的。这不，康熙皇帝为治河保漕，曾六度临江视察，其行宫就在今天瓜洲北边不远处的高旻寺。高旻寺天中塔上的灯火明灭，直接昭示着大清王朝的兴亡。

“楼船夜雪瓜洲渡，铁马秋风大散关。”陆游的诗句，是对瓜洲战略地位的最形象描述。在陆游诗句背景中，韩世忠江上激战金兵，梁红玉金山擂鼓助威，瓜洲江面演绎了一场气壮山河的抗金大决战。这一战打得金兵溃不成军。韩世忠放声高歌：

万里长江，淘不尽，壮怀秋色。
漫说道、秦宫汉帐，瑶台银阙。
长剑倚天氛雾外，宝弓挂日烟尘侧。
向星辰、拍袖整乾坤，难消息。

龙虎啸，风云泣，千古恨，凭谁说。
对山河耿耿，泪沾襟血。
汴水夜吹羌笛管，鸾舆步老辽阳月。
把唾壶敲碎问蟾蜍，圆何缺？

即使是血与火的兵戎相接，在瓜洲最终也化为激越的诗篇！

今天，历史的硝烟终于散尽。东风浩荡，冰雪消融。莺歌燕舞，柳翠花红。在和煦的春风中，我伫立于江堤上，江河如带，白鸥飞翔。远望江南，吴山点点，镇江城郭，近在咫尺。飞架南北的润扬大桥，带着我穿越历史时空——从“吴城邗，沟通江淮”，到隋炀帝开凿运河，巡游江都；从唐代的“扬一益二”，到康乾盛世的落日辉煌；从杜十娘怒沉百宝箱的故事，到白娘子水漫金山的传说；从“隔江千里远”给扬州人带来的交通阻滞，到“天堑变通途”之后扬州跨江发展，融入苏南的方便快捷，瓜洲正在春雨中苏醒。亚洲十大豪宅——芳甸，成为千年古镇的一颗璀璨明珠。瓜洲国际旅游度假区，按照“高品位、大手笔、国际化”的要求，规划宏远，蓝图辉煌，已建成“日月星”房车露营地、东大营水乡生态园、古渡春生态园……当前，瓜洲人又正抢抓国家“一带一路”和长江经济带发展战略机遇，乘着特色城镇建设的东风，描绘着古镇未来更加美好的蓝图。

好一朵茉莉花

一

在中国文化的大观园中，花文化无疑是一道绚丽的风景。

说到以花为特色的城市，人们大抵首先会想到花城广州：“海冻珊瑚万里沙，炎方六出尽成花。”或者会想到牡丹之城的洛阳，刘禹锡那首《赏牡丹》，写尽了国色风华：“庭前芍药妖无格，池上芙蕖净少情。唯有牡丹真国色，花开时节动京城。”此外，或者还会想到南京的梅花，开封的菊花，桂林的桂花，以及大理的茶花……

而在扬州，花文化也有着悠久的历史，更有着丰富的内涵。

早在汉代，辞赋家枚乘的名篇《七发》中便有关于广陵花文化的记述：“犓牛之腴，菜以笋蒲。肥狗之和，冒以山肤。楚苗之食，安胡之飰，抟之不解，一啜而散。于是使伊尹煎熬，易牙调和。熊蹯之胹，芍药之酱。薄耆之炙，鲜鲤之鲙。秋黄之苏，白露之茹。兰英之酒，酌以涤口。”

这段话译成现代汉语的意思是，煮熟小牛腹部的肥肉，用竹笋和香蒲来拌和。用肥狗肉熬的汤来调和，再铺上石耳菜。用楚苗山的稻米做饭，或用菰米做饭，这种米饭抟在一块儿就不会散开，但入口即化。于是让伊尹负责烹饪，让易牙调和味道。熊掌煮得烂熟，再用芍药酱来调味。把兽脊上的肉切成薄片制成烤肉，鲜活的鲤鱼切成鱼片。佐以秋天变黄的紫苏，被秋露浸润过的蔬菜。用兰花泡的酒来漱口。

这其中的竹笋、香蒲、菰米、芍药、紫苏、兰花等都属于花文化的范畴。

隋炀帝的宠臣虞世基有《四时白纻歌》传世，其中《江都夏》就是一首花之歌：

长洲茂苑朝夕池，映日含风结细漪。

坐当伏槛红莲披，雕轩洞户青吹。

轻幌芳烟郁金馥，绮檐花簟桃李枝。

兰苕翡翠但相逐，桂树鸳鸯恒并宿。

短短八句诗，五十六个字，涉及红莲、青苹、郁金香、桃李、兰花、桂花等多种花卉。

杨广本人笔下，江都（扬州）花的气象则更为宏大：“暮江平不动，春满花正开。”

唐人张若虚，旧瓶装新酒，沿用前朝乐府曲调，另翻新声，仅一首《春江花月夜》就被后人誉为“孤篇横绝，竟成大家”。其中的诗句“江流婉转绕芳甸，月照花林皆似霰”，给人们描绘的是一幅唯美月下花林图。

两宋时代，“四相簪花”的故事，赋予了广陵芍药的传奇色彩；而后土祠琼花的荣枯身世，又使扬州花文化生出了一份悲壮情怀。

至于清代，郑板桥笔下“千家养女先教曲，十里栽花算种田”，给我们展现的扬州城，竟是一片歌的世界、花的海洋。

茉莉花与扬州亦有奇缘。

与牡丹、芍药、菊花以及被赋予浓郁人文精神的荷花、梅花相比，在纷繁艳丽的花谱中，茉莉花也许很不起眼。但一查它的身世，竟也来历不凡。

茉莉花原产于印度、伊朗、阿拉伯等地。由于它的纯洁、分芳和美丽，在印度一直作为佛教的吉祥物，佛教弟子常将茉莉花用丝线串成花环，供奉于佛像前。宋代王十朋的《茉莉》诗云：“茉莉名佳花亦佳，远从佛国到中华。老来耻逐蝇头利，故向禅房觅此花。”

茉莉花素洁浓郁，清芬久远，它的花语，表示忠贞与清纯，许多国家将其作为爱情之花。

在中国，茉莉花的传说故事，也与爱情有关。

说的是唐代有一女子叫真娘，出身京都长安书香门第。从小聪慧娇丽，擅长歌舞，工于琴棋，精于书画。“安史之乱”时，随父母南逃途中，与家人失散，被人诱骗到妓院。因真娘才貌双全，很快名噪一时，但她只卖艺，不卖身，守身如玉。其时，有一富家公子，人品端正，颇有才气。爱上了青楼中的真娘，并想娶她为妻。真娘因幼年已由父母做主，有了婚配，只得婉言拒绝。公子岂肯罢休，用重金买通老鸨，想留宿于真娘处。真娘为保贞节，而悬梁自尽。公子得知后，懊丧不已，悲痛至极。斥资厚葬真娘，并刻碑纪念，栽种茉莉花于墓上，世称“花冢”，并发誓永不再娶。文人雅士每过真娘墓，对这位绝代红颜不免怜香惜玉，纷纷题诗于墓上。

传说茉莉花本无香味，真娘死后，其魂魄附于花上，从此茉莉花才清香无比，故而茉莉花又称“香魂”，用茉莉花制成的茶又称“香魂茶”。

二

当有一天，茉莉花成了一首歌的歌词时，它的知名度便迅速提升，几乎全世界的每个角落，都散发着茉莉芬芳。

最早与现代版本相似的《茉莉花》歌词，收编在明朝万历年间冯梦龙的《挂枝儿》中。清朝乾隆年间的戏曲剧本集《缀白裘》，收录《花鼓曲》唱词十二段，叙述的是《西厢记》中“张生戏莺莺”的故事，前两段唱词为重叠句，称为《鲜花调》，后来以其为基础，发展而成《茉莉花》。

1804 年，一个叫约翰·巴罗的英国人在他编写的《中国旅行记》中，称《茉莉花》“是中国最流行的歌曲之一”。乾隆五十七年至五十九年（1792-1794），约翰·巴罗担任英国首任驻华公使马戛尔尼伯爵的秘书，有机会接触到中国民歌和民间器乐曲牌。1794 年，巴罗卸任，途经广州返回英国。在广州停留期间，听到了《茉莉花》，非常喜欢，就把歌曲收入十年之后出版的《中国旅行记》中，书中的《茉莉花》英译歌词，是该曲在欧洲最早的英文记载，此外，巴罗在欧洲音乐史上最早对《茉莉花》采用五线谱记谱，使西方人能够开始传唱《茉莉花》。

其实，早在清乾隆三十三年（1768），卢梭的《音乐辞典》中就收有中国民歌《茉莉花》。

根据我国音乐理论家钱仁康先生考证，《茉莉花》是流传到海外的第一首中国民歌。

1926 年 4 月 25 日晚，由世界著名音乐大师普契尼作曲的歌剧《图兰朵》在意大利斯卡拉剧院首演，中国民歌《茉莉花》成为贯穿全剧的主旋律之一。《茉莉花》是普契尼 1920 年从他的朋友、曾经出任意大利驻中国领事的法西尼公爵家的八音盒中“捡”来的宝贝，他将这首“很中国的音乐”多次用男声合唱、女声合唱、交响乐队等形式巧妙地运用在歌剧里，还改编成合唱曲《月亮出来了》。

借着《图兰朵》的盛名，这首在中国早已家喻户晓的民歌《茉莉花》远播海外，为越来越多的近代观众所熟知。

三

1942 年冬天，中国抗日战争进入相持阶段，在敌后坚持抗日游击战争的新四军与日寇展开了艰苦卓绝的反“扫荡”斗争。有一位小战士才十四岁，是新四军淮南大众剧团的一名文艺兵，他的名字叫何仿，天长县人。奉上级命令，何仿随团来到江苏的六合、仪征一带开展反“扫荡”工作。

何仿有着极好的音乐天赋，部队驻扎在风景如画的江苏六合金牛山。那是一个冬天的上午，天气寒冷，雨雪霏霏。何仿得知当地一位民间艺人，不仅会吹拉弹唱，而且满腹的民歌小调，便去采访。老艺人唱出的小调中，有一首歌歌词清新美丽，乐曲婉转动人，这就是流传于苏中一带的民歌，它的名字叫《鲜花调》。何仿兴奋极了，让这位民间艺人唱了一遍又一遍，并将词和曲谱记录下来：

> 好一朵茉莉花，好一朵茉莉花，满园花草也香不过它，奴有心采一朵戴，又怕来年不发芽；
>
> 好一朵金银花，好一朵金银花，金银花开好比钩儿芽，奴有心采一朵戴，看花的人儿要将奴骂；
>
> 好一朵玫瑰花，好一朵玫瑰花，玫瑰花开碗呀碗口大，奴有心采一朵戴，又怕刺儿把手扎。

《鲜花调》来源于民间，歌词内容较散，第一段唱茉莉花，第二段又唱金银花，第三段再唱玫瑰花，不能给人以鲜明的形象和统一的格调。在人称上，“奴”字如旧戏里的“小奴家”，带有封建色彩。原歌词“奴有心采一朵戴，又怕刺儿把手扎”，有明显的挑逗性质，不适合女战士演唱。

何仿经过反复思考，对《鲜花调》动了“大手术”：首先将歌词中三种花改为一种花，即茉莉花。原来的“奴”改成了“我”，把第一段的“又怕来年不发芽”放到了歌词的最后。对曲子也作了改动，加了引子，在保留主体三段词和一段曲的同时，加强了前两句的曲调，使之更加生动曲折，并将原来的结束句进一步发展延长，加以悠扬婉转的拖腔，给人以余音绕梁之感。在排练中，何仿要求演唱者展开想象：一群天真活泼的少女轻盈地来到百花园中，被白花绿叶、清香高雅的茉莉花吸引，用甜美的声音和赞叹的语气来唱。

终于盼到全国解放。

1957 年，全军文艺会演在北京举行，由南京军区前线歌舞团选送的女声四人小组唱《茉莉花》一炮打响，并随即受到中国唱片社的青睐。不久，由前线歌舞团 1957 届学员陈鸿虹、宋桂英、计秋霞、李小林四人女声小组演唱的民歌《茉莉花》被正式录制成唱片，很快在全国流传开来。《茉莉花》在中国乐坛的地位从此确立。

1959 年，前线歌舞团受命参加在奥地利维也纳举行的“第七届世界青年与学生和平友谊联欢节”，《茉莉花》是必唱曲目。为了完成这次重要的演出任务，何仿第二次修改《茉莉花》。将“满园花草”改为“满园花开”，一字之改，变静为动，艺术夸张，全篇生动。“看花的人儿要将我骂”，太过于直白，改成了“又怕看花的人儿骂”，体现出含蓄之美。三段词的结尾统一改为“又怕”，变得更上口。在曲调上，何仿认为，原来的结束句拖腔较短，没有掀起高潮，意境没有完全出来，有必要发展、变化、延长。于是，将结束音“5”前面的“1”作了延长处理。这样一改，将少女热爱生活、热爱大自然，恋花、惜花、怜花，欲采又止、羞涩动情的美好心灵，活脱脱地表现了出来，体现了人与自然的和谐。

1965 年，周恩来率团出席万隆会议十周年纪念活动。临行前，他嘱咐随行的前线歌舞团一定要带上女声小合唱《茉莉花》。会议结束后，在中国驻印尼大使馆举行的送行晚会上，听到《茉莉花》的周恩来十分高兴。《茉莉花》勾起了他的思乡情，自从十多岁离开淮安，其时周恩来已经五十四年没有回乡。

1981 年，时任前线歌舞团团长的何仿，又对《茉莉花》进行了新的艺术尝试。他让前线歌舞团青年歌唱家程桂兰用苏州方言演唱。于是，用吴侬软语演唱的《茉莉花》再次被制成唱片，很快唱红了大江南北，以至后来有很多人将《茉莉花》误认为是一首苏南民歌。

1997 年 7 月 1 日，香港回归，交接仪式庄严隆重。中方军乐团演奏的第一首歌曲就是《茉莉花》。

此后，《茉莉花》频频在中国许多重要事件和重要国际场合亮相。

1997 年 10 月，在为欢迎江泽民主席访美而举行的音乐会上，美国交响乐团演奏了《茉莉花》。

1998 年 6 月，美国总统克林顿访华，男女二重唱《茉莉花》在人民大会堂举行的文艺晚会上响起。

同样举世瞩目的时刻，1999 年 12 月 19 日深夜 20 日零时，澳门回归，《茉莉花》在中葡澳门政府政权交接仪式上奏响。

2001 年 10 月，中国首次承办亚太经合组织（APEC）领导人非正式会议，也是由《茉莉花》的旋律拉开文艺演出序幕。

2008 年 5 月 7 日，中国爱乐交响乐团到梵蒂冈为教宗本笃十六世演出，返场曲选的也是《茉莉花》。

2006 年 4 月 29 日，中国国家主席胡锦涛在肯尼亚会见内罗毕孔子学院师生，外国学生们深情地唱着中国民歌《茉莉花》，胡锦涛主席轻轻地和着。一首悠扬的《茉莉花》，架设起中肯友好的桥梁。

第 21 届世界大学生运动会，2002 年摩纳哥蒙特卡洛上海申办世博会，2004 年俄罗斯总统普京访华……优美动听的《茉莉花》融入了一个个难忘的历史瞬间。

四

2003 年 3 月 21 日，扬州市五届人大一次会议通过决议，将民歌《好一朵茉莉花》定为扬州市歌，从而成为全国首座将民歌作为市歌的城市。

此举一时引得舆论四起，而其中最核心的争议是，《茉莉花》是否属于扬州民歌？甚至《茉莉花》民歌的整理者何仿，生前也曾明确表示：《茉莉花》属于中国人民，属于世界人民，任何一座城市想把她圈起来当市歌，我都不会同意。

是的，中国《茉莉花》版本很多，流传很广，而且各地民歌《茉莉花》在音乐形态上有着不同演绎。但是，我国著名音乐理论家、评论家易人、冯光钰和钱国桢等，在各自的论述中，都是以扬州的《茉莉花》为最基本形态，与其他地区的《茉莉花》进行比较研究的。专家们认为，纵观风格各异的《茉莉花》，当数江苏扬州民歌《茉莉花》最地道，与《鲜花调》更为相近。

《茉莉花》在各地流传至今，产生了许多的变体，多姿多彩，各具特色。究渊索本，现在最流行的《茉莉花》的采集地点在何地？毋庸置疑，在扬州。1982年由国家文化部文学艺术研究院音乐研究所编辑的《中国民歌》，与1998年中国青年出版社出版的《歌曲精品系列·中国民歌》编录的民歌中，都明白无误地在《茉莉花》的曲名后标注"江苏·扬州"和"汉族"，以示其地方与民族属性。况且，1942年何仿在六合采风并整理出《茉莉花》时，当时的六合就属于扬州地区。

2002年4月19日，《人民日报》（海外版）刊登了长篇报道《茉莉花香飘四海》，称《茉莉花》是"来自江泽民总书记家乡苏北扬州的民歌"。

曾有人填过一首《满庭芳·茉莉花》：

环佩青衣，盈盈素靥，临风无限清幽。
出尘标格，和月最温柔。
堪爱芳怀淡雅，纵离别，未肯衔愁。
浸沉水，多情化作，杯底暗香流。

凝眸，犹记得，菱花镜里，绿鬓梢头。
胜冰雪聪明，知己谁求？
馥郁诗心长系，听古韵，一曲相酬。
歌声远，余香绕枕，吹梦下扬州。

虽然不确知这首词作者是谁，但可以肯定的是，中国民歌《茉莉花》如果认祖归宗，当属扬州。

第三辑

品味闲趣

广陵听琴记

一

离丙申年冬至日还有两天，意味着将进入数九寒冬了。冬季是闲散的季节，也是浪漫的季节。“绿蚁新醅酒，红泥小火炉。晚来天欲雪，能饮一杯无？”这也许是冬日里最温暖的意象了。天气很晴朗，但真有点冷。于是心里就默念着白居易的这首小诗，由城西往城东，去参加一场琴筝雅集。

运河东岸的广陵新城，一处宽敞而宁静的庭院，名字也很雅，叫“三间苑”，这是一处城乡连接处的建筑群，初看很不起眼，但细品却大有趣味。外观简朴，内里豪华。真应了当前的流行语——低调的奢华。因其设计特别，构思新颖，该建筑获得了2010年世界建筑中国区域的提名奖。

走进庭院，蜡梅含苞，幽香袭人。于是又想起了王安石的“墙角数枝梅，凌寒独自开。遥知不是雪，为有暗香来”。很欣赏主人今天选择了这样一个幽静之所进行雅集。更何况中国音乐史上最著名的古琴曲《广陵散》、中国最著名的琴派之广陵琴派，其文脉皆与广陵这一地名有不解之缘。

应邀参加今天雅集的著名古琴、古筝家有张子盛、傅明鉴、李悦。还有正和乐器厂“正和堂古琴古筝班”的培训学员。哦，济济一堂的高朋雅客，唯有我是琴筝的圈外之人。外行就外行吧，白居易他老人家说过：“琴中古典是幽兰，为我殷勤更弄看。欲得身心俱静好，自弹不及听人弹。”

听人弹琴，也是一雅。

二

首先是年轻琴师李悦为大家献上一首《荷风》。这很有趣，大冬天，演奏一首夏天的曲子，犹如现在的人吃反季节蔬菜了。

李悦先生款款上场，优雅坐定。年轻的脸上，一副自信、沉着的神情。《荷风》吹过来了，一幅清新的画面展现到眼前。

“曲曲折折的荷塘上面，弥望的是田田的叶子。叶子出水很高，像亭亭的舞女的裙。层层的叶子中间，零星地点缀着些白花，有袅娜地开着的，有羞涩地打着朵儿的，正如一粒粒的明珠，又如碧天里的星星，又如刚出浴的美人。微风过处，送来缕缕清香，仿佛远处高楼上渺茫的歌声似的……”我在默诵着朱自清先生的散文《荷塘月色》。不仅因为荷花之缘，更因为先生说过“我是扬州人”。

李悦的手指在琴弦上舞动，把我们的思绪带出了三间苑，带出了广陵城，一直带到了西子湖畔，带到了宋人杨万里诗的意境中：“毕竟西湖六月中，风光不与四时同。接天莲叶无穷碧，映日荷花别样红。”

唐代诗人孟浩然，也写过一首关于荷风的诗：“山光忽西落，池月渐东上。散发乘夕凉，开轩卧闲敞。荷风送香气，竹露滴清响。欲取鸣琴弹，恨无知音赏。感此怀故人，中宵劳梦想。”孟浩然来过扬州，李白那首著名的《黄鹤楼送孟浩然之广陵》，是中国家喻户晓的千古名篇。看来，孟浩然不仅仅是一位优秀的田园诗人，同时还是一位古琴高手。“欲取鸣琴弹，恨无知音赏。”这语气，很自负的。

青年琴师李悦，自幼随父亲李松明先生学习古筝，十三岁时拜大师张子盛门下学习古琴，毕业于南开大学古典文学专业。曾赴新疆支教，又研习了少数民族器乐——冬不拉。多年来，李悦致力于古琴与冬不拉的教学研究工作，成为中国民族器乐学会、中国古琴学会唯一认证的高级古琴师。他有着深厚的古典文学功底，又有着琴筝童子功修养，更有行万里路的人生积累。一个艺术家应该具备的基本素养都有了，所以能够成为当代琴筝领域的新锐人物。这首《荷风》，就是他自己创作的一首古琴乐曲。

接着，李悦先生又演示了古琴版的《渔舟唱晚》。

《渔舟唱晚》的文学典故，来自初唐著名诗人王勃的《滕王阁序》。王勃少负才名，随父亲做客洪都（今南昌）滕王阁，而赋名篇《滕王阁序》。文中的“落霞与孤鹜齐飞，秋水共长天一色。渔舟唱晚，响穷彭蠡之滨；雁阵惊寒，声断衡阳之浦”更成为千古名句。20世纪20年代，著名音乐家、古筝家娄树华先生，以古曲《归去来辞》为素材，根据王勃笔下的意境，创作了中国古筝史上的划时代作品《渔舟唱晚》。乐曲描绘了夕阳晚照、碧波万顷的湖上风景，表现水面波动舟摇、渔民悠然自得的美好心情，是在中国流传最广、影响最大的一首古筝独奏曲。

古筝曲《渔舟唱晚》，因其超然的艺术魅力，被多种乐器改编，首先由朱郁之、曹正先生改编成古筝、高胡三重奏，并曾在苏联举行的世界青年艺术节上表演。后又有黎国荃先生将其改编成小提琴曲，浦琦璋先生将其改编成电子综合器曲。还有钢琴曲、高胡曲等。中央电视台选取其乐曲片断作为天气预报的背景音乐，一直使用至今，成为中国人最喜爱和最熟悉的民族乐曲。而今天李悦先生给我们带来的，则是由他将古筝曲《渔舟唱晚》改编成的古琴曲，听来又别有味道。

三

傅明鉴先生是著名古筝大师。他少习琵琶，又习古琴，再习古筝，是集古筝演奏、教学、研究、作曲、制作、营销于一身的名家。曾经担任过扬州大学艺术学院音乐系主任，桃李满天下，美誉遍东南。他对唐筝历史的研究成果，在古筝理论界引起了强烈反响，填补了该领域的空白。他长期受邀于中国著名高校及东南亚各国讲学，传播古筝文化。前不久，在泰州保利大剧院，“傅明鉴古筝乐曲作品专场音乐会”隆重上演。大剧院座无虚席，我有幸亲眼见证了这场古筝音乐盛宴。我和傅先生是朋友、诗友、酒友，时下正值隆冬，今天又不妨称之为“岁寒三友”了。

四年前春天的一个夜晚，我读《谢灵运传》，有感谢氏命运，而得诗一首：

祖荫曾显赫，卿命却悲哀。
忧郁建康去，乐游永嘉来。
仕途终未显，诗赋永不衰。
穷达由天定，何须苦剪裁。

谢灵运为东晋大将谢安之曾孙，谢玄之嫡孙。但一生坎坷，被逐出朝廷，谪于永嘉。在永嘉期间，他纵情山水，成好诗无数，开中国山水诗之先河。我以此诗寄傅先生，傅先生乃民国贵族后裔、南京风流人物，得谢氏遗风，故而一哂之。

傅先生很快和诗：

祖荫曾显赫，少时常悲哀。
喜乐金陵去，弄筝绿杨来。
不为仕途达，矢志久未衰。
穷不废心定，嫁衣自剪裁。

我大赞，回复他："明公和诗，真情自心，气韵流畅。公出生贵胄之家，长于'左'倾之乱。上山下乡，颠沛流离。然能不懈其志，性情宽达，风流倜傥。棋琴书画诗酒花茶，无所不通，而尤精于古筝之道。乃人中精英，友中知己也。"同时戏言："上述文字，差可作公之墓志铭也。"未曾想，傅先生立马回复："为了这墓志铭，我明天就想死。"其爽朗性情可见一斑。

傅先生今天首先给我们带来的是一首独具特色的古筝曲《铁马吟》，这是著名古筝家赵登山先生创作的古筝曲。全曲表现的是一个人朗诵佛经的情形，带有浓浓的禅意。铁马，是古代庙宇屋檐下挂的铁片，风吹铁片，发出相击的金属之声。古诗有"山峰悄上白玉阶，古墙探出菩提叶。莲花座前香火幽，铁马轻声唤明月"。清代学者顾张思《土风录·卷一》云："檐前悬铁马，始于隋炀帝。"隋炀帝青年时代即镇守扬州，登基后又三巡江都（扬州），并在此建有规模很大的宫殿、庙宇。可见，这"铁马"的出处很可能跟咱们扬州有关呢。

傅先生演绎的《铁马吟》，起始才拨几弦，就让人联想起唐代诗人张继笔下寒山寺的夜半钟声，使你的思绪一下子进入了禅意的境界。弹至舒缓处，不由得让人想起了唐代另一位诗人贾岛笔下的"鸟宿池边树，僧敲月下门"。

傅先生演奏的第二首曲子是著名古筝曲《高山流水》。音符自琴弦飞泻，在青山绿水间流淌，穿过条条湿漉漉的林荫小径，采了花草的芳香，携了叮咚的清泉，经过两千多年的跋涉，款款来到我们的身边，以一个谦谦君子的诱人微笑，礼送给我们无比融融的暖意。傅先生端坐琴前，身着古装，花白的头发与白皙的脸颊上，透出的是智慧、风度与学养。琴上的弦，正被他那双有力而纤长的手拨弄着。此时天人合一，此时物我两忘。

四

第三个表演的是著名古琴大师张子盛先生。张子盛先生师从津门九嶷派琴家，主攻九嶷，兼修其他。他先后组织了中国古琴学会成立音乐会、中国古琴新年音乐会、全国古琴打谱音乐会等重要活动，致力于推动古琴事业的传承与发展。现任中国民族器乐学会副秘书长、古琴学会秘书长、北京乐器学会古琴学术委员会常务副会长兼秘书长、天津七弦院院长等。

张子盛先生带来的第一个曲子是古琴曲《酒狂》。该曲传为魏晋时期阮籍所作。魏晋是中国政治最黑暗的时代之一，但又是思想最活跃、才情最迸发的时代。因为政治黑暗，当时的文人动辄得咎，一不留神就会招致杀身之祸。很多人便躲避现实，逃遁山林，于是便有了“竹林七贤”。竹林七贤个个都是文章高手、艺术名流、酒场健将。他们隐聚山林，评议朝政，沉湎诗酒。

正如《广陵散》绝响了千年一样，《酒狂》这首曲子到明代已经失传，近代古琴家姚丙炎先生重新进行了整理编订。我过去没听过这首曲子，在张子盛先生弹琴之前，我在想象着，这是一部什么样的狂想曲呢？但听过之后，才觉得曲子一点也不狂，很斯文的。可见古人很风雅，即使发狂野，也有范儿，不失风度。可赞的是，张子盛先生在演奏时又即兴发挥，把音乐主题几经移位转辗，使得乐曲情绪产生了动力，颇具新意。

感悟了《酒狂》的意境，让我从反面照观了现代酒场。桌上乌烟瘴气，席间吆五喝六。而且一言不合，友谊的小船说翻就翻。文学史上给魏晋时期的人一种特别赞誉“魏晋风度”，我们现在缺少的正是这种风度。

《流水》是古琴中最有代表性的一首曲子，关于这个曲子有一段古老而动人的传说。春秋时期，有个善弹琴的人叫俞伯牙，他练琴很刻苦，为了表现山的气势，他住在山中练琴；为了表现水的磅礴，他来到海上练琴。山里一名叫钟子期的樵夫，听到琴声便丢下背篓和柴刀，立耳静听。方鼓琴而志在泰山，子期曰：“善哉乎鼓琴！巍巍乎若泰山；”稍时而志在流水，子期曰：“善哉乎鼓琴！洋洋乎若流水。”曲罢，伯牙起身，施礼与子期，“吾乃楚国郢都人，晋大夫俞瑞，字伯牙是也。”子期亦施礼以答：“一介草根钟家子期。”几语寒暄，伯牙复琴，琴声又起：雨落山涧，山洪暴发，岩土崩塌……樵夫辄诣其趣，把曲中意象无不说得穷极通透。伯牙子期，互谈琴律，两相爱慕，及致暮色十分。伯牙应子期邀去林中寒舍餐宿，杀鸡饮血结为兄弟。次日破晓伯牙惜别子期使楚，相约翌年中秋再会。一年时光瞬息，伯牙守约而至，孰料子期已身埋黄土。新坟前，伯牙泪沾衣襟，无以言表，取出琴来，席地而拂。琴声在山林中飘荡：虚微，缥缈，若隐若现，犹见高山之巅云雾缭绕，飘忽无定。呜呼！斯人远去，昔日知音面目模糊。伯牙琴声琤琤琮琮，如幽涧之寒水；清清泠泠，似松根之细流。回想我们相知相交的知音之情，我心是满满的晴柔。你能听出我曲中志趣，君所思即吾所思，在你面前我竟无法掩藏自己，这等快意之事，竟一如这扬扬悠悠、行云流水的曲子了。可人生就是那海上的一叶孤舟，一任在汹涌波涛中沉浮，在蛟龙怒吼中逃生，在狼奔豕突中惊慌失措，而此身正在群山奔赴、万壑争流中奋力前行。

就这样，伯牙把自己与子期人生遇合的美妙以及人生不遇的缺憾，通过琴声幽幽地诉说了出来。尾音未毕，却见伯牙摔琴绝弦，掩泪而去，从此不再抚琴。但“高山流水谢知音”的动人故事却千年不衰地传诵下来。《高山流水》也成了古琴古筝名曲。唐代音乐家将《高山流水》改编成了《高山》和《流水》两部曲子，今天张子盛先生给我们带来的是《流水》。

美好的时光总是过得很快。古人说“莫放春秋佳日过，最难风雨故人来”。此番听了那么多美妙的音乐，又结识了这么多的新朋友，其间有香道相伴，香茶相佐。壁上有字画，台上有鲜花，古代文人八大雅事齐了。哦，还差一样，酒！特别是听了张子盛先生的《酒狂》之后，这酒虫蠕动，还等什么呢？喝酒去！

华子即席诗曰：

故国广陵邑，雅集运河东。
梅香伴流水，琴韵忆荷风。
铁马吟禅趣，渔舟唱晚空。
酒狂快意起，把盏兴情融。

漫品扬州早茶

一

扬州茶事，中国一派。

就茶叶出产而言，扬州并无多少可资夸耀之处。但茶叶出产不多的扬州竟是饮茶大埠，以至蔚然成风。尤其是扬州早茶，已成为扬州城市文化的标志性符号而名扬天下。

于是，扬州不少老字号的饭店、酒楼，竟都是以茶社、茶楼命名的，如富春茶社、冶春茶社、月明轩茶楼、九如分座茶社、花园茶楼、杏园茶社等等，还有旧时的惜余春茶社、且停车茶社、七贤居茶社。在老城区西边，曾有一家六安和尚开的青莲斋茶馆尤负盛名，有不少市民和读书人在此品茗、议事。该僧有茶田数十亩，春夏入山，秋冬居肆，生意极为红火。茶社内悬挂众多名人书画，甚为典雅。其中有一副郑板桥书写的楹联：

从来名士能评水，
自古高僧爱斗茶。

清人李斗《扬州画舫录》记载："吾乡茶肆，甲于天下。"

近代百年，扬州因交通闭塞而落后，康乾盛世的辉煌，被抹去了最后一丝亮色。然而，先前富商大贾养成的吃茶遗风，却被扬州人完整无缺地继承下来。一座本已冷冷清清的江北小城，早晨的茶馆依旧人声鼎沸，依旧热气腾腾。

80 年代以来，随着交通及城市环境的改善，扬州茶社又有了新的发展。数十平方公里的小城，大小茶馆、茶楼、茶座，多达百余家。喝茶，尤其是吃早茶，延续了扬州人经年不变的习俗，扬州人将此习俗戏称为“皮包水”。

较之于其他地区，如广东、四川等地的饮茶习俗而言，扬州早茶有其独特的传统与风格，这就是饮茶与筵席相结合。不妨将扬州早茶与广东早茶作一番比较：广东早茶也是喝茶与菜点相结合，但不同的是，广东早茶的茶点是自助选择的方式，而扬州早茶有一套完整的礼仪程式，一餐早茶就是一桌完整的筵席，往往要吃一两个小时。从凉菜到炒菜，再到各式点心、主食、水果、调味小碟等一应俱全。其中菜肴与点心品种之繁多、制作之精细，令人叹为观止，我称之为“饮茶如筵”。南京艺术学院周积寅教授，是中国美术史论知名专家、书画家，一手仿“板桥体”书法写得形神兼备。我向他介绍了扬州早茶文化的特色之后，他十分赞同，欣然挥笔题写“饮茶如筵”。

扬州早茶的“饮茶如筵”，仅举现今扬州人宴客早茶之一例，可见一斑：

茶：每人一杯一级绿茶

冷菜：水晶肴肉、盐水河虾、葱油海蜇、鸡汁香菇、蓑衣黄瓜、五香牛肉、家常面酱、咸菜豆米

主冷盘：烫干丝

四调味碟：扬州酱菜、油炸生仁、椒盐白果、鲜美泡菜

热菜：清炒虾仁、大煮干丝、文思豆腐、生煸时蔬、清汤鸽蛋

点心：三丁包子、月牙蒸饺、翡翠烧卖、千层油糕、萝卜丝包、细沙包子、梅干菜包、蟹黄汤包

主食：紫糯米粥、鱼汤小刀面水果：西瓜或橙子等

以上这份食单，仅仅是一顿通常宴客的早茶。如遇贵宾适至，则还要增加炖、焖、火锅等菜品及其他点心。甚至在扬州早茶席上，还会时常见到就着茶菜喝酒的，这便是名副其实的“饮茶如筵”了。

于是，领略过扬州早茶的外地客人往往惊叹：“不吃扬州早茶，等于没到扬州。”

干丝是扬州早茶中最具地方特色的佐茶菜肴，其原料价廉，不过是被扬州人称为“大方干”的豆腐干而已。但干丝的制作工序则很讲究，先开片再切丝，扬

州人叫作“劈干丝”。劈干丝的标准很严格，以至会不会劈干丝，是考量一个扬州厨师合格与否的重要标准。

干丝的烹饪方式有两种：一是做凉菜，叫作“烫干丝”；一是做热菜，叫作“大煮干丝”。“烫干丝”即以开水浇烫切好的干丝，少顷装盘，在盘中堆成塔状，淋入酱油、芝麻油，再加上切成丝状的生姜，撒上开洋末，端上餐桌。只见老茶客轻抖衣袖，以竹筷将盘中之“塔”轻轻推倒，略略拌和，夹起一撮送入口中，皱眉缩脖，五官齐聚，突然，一声“好”字出口，面容又全部松弛下来。这是扬州茶馆里常见的一景。“大煮干丝”，则是用老母鸡汤来煮干丝，配以虾仁、笋片、木耳、小青菜等。干丝两吃，美味可口，营养丰富，为淮扬菜系中的代表作。

二

富春茶社是现存扬州早茶文化最古老的符号。清光绪年间，它是一批有闲之人莳花种草、养鸟斗鸡的场所，称为“富春花局”，在此相聚的客人边喝茶边玩耍。民国初年，富春主人陈步云因势乘便，设立茶室。初为花局时，茶客在赏花品茗之余，又有了吃点心的需求，为此，陈步云于1913年冬天筹资盖房起灶，请来两位师傅做点心。从此开始，富春除了供应茶水外，还供应包子、点心，生意十分兴隆。富春茶社的名称也就由此叫开了。

由于来往客人都是点心品尝行家，每做一道点心，陈步云都要请客人点评不足，并不断改善。蟹黄包、雪菜包、干菜包、野鸭菜包、细沙包、枣泥包等纷纷面市，至1931年前后，富春点心品种已经研制到一百多种。

为与名点创新相匹配，富春老板陈步云别出心裁，创制了一种独特的“魁龙珠”茶。此茶系用浙江之龙井、安徽之魁针，加上富春自家种植的珠兰合成制作。取龙井之味、魁针之形、珠兰之香，以扬子江水泡沏，融苏、浙、皖名茶于一壶。茶色清澈，别具芳香，入口柔和，解渴去腻，号称“一江水煮三省茶”，从而成为富春茶社的品牌。

起初，出入富春茶社的大多为当时的盐商、士绅与文人雅士，他们来此品茗、赏花、对弈、吟诗。后来，茶客中也融入了扬州城里的各种行业，呼朋引伴而来。但喝茶时，不同的群体有各自习惯落座的区域，于是茶社里渐渐形成了几个区域。有人把每个区域按客人的身份定下不同名称，分别称为“乡贤祠”“教育厅”“商业厅”“县政府”等，后来又演变为“乡贤祠”“大成殿”“土地庙”“义冢地”四个堂口。各式人等按地位、身份入座，各得其所，各取所需。

富春茶社一开始就以价廉物美著称，当时一般茶馆里的点心都是以笼计算，一笼十六个，客人买点心至少也得半笼。于是富春首创“杂花式”供应，一笼罗列八种点心，每种两件，四咸四甜，味道各别，这样客人就可以一次尝到富春的各种主要点心。另外，无论新旧茶客，都可以只叫一件两件，按件计算。

1913 年，富春一位黄姓师傅，改良了传统千层油糕和翡翠烧卖的制作方法，大受顾客欢迎。黄师傅制作的千层油糕通体半透明，柔韧异常，层层相叠，又层层相分，甜糯适度而爽口；翡翠烧卖则以绿色菜叶为馅，口味既甜又咸，馅心的绿色透过薄皮，色如碧玉。这两道点心被称为扬州“面点双绝”。另有一位陈师傅，除了精于制作酥饼、双麻烧饼等点心外，煨面是他的杰作，品种多，味道好，脍炙人口。之后，名厨尹长山在包子的花色品种上又下了一番功夫，著名的三丁包子就是他的首创；席点高手张广庆创制的口蘑锅巴、蛋糕、鸡丝卷等也开始在富春茶社供应。除了席点之外，富春还通过“粗改细”的方法增加花色品种，比如油饺子、开花馒头，原本是烧饼店里卖的粗点，经富春一改进，口味别具一格，深受食客好评。

顾客多了，生意火了，经营者更在花色品种上大做文章：端阳节有火腿粽子，夏天有细沙包、白菜包及煎饼、糖藕、双麻烧饼、蛋糕等，秋天增加蟹黄汤包，冬天则有雪笋包、黑芝麻包、野鸭菜包等上市。

经过几代人的不断创新，富春茶点制作技术已成为国家“非遗”保护项目，富春点心在全国同行中独树一帜，尤其是包子的特色最为显著。造型上，口似鲫鱼嘴，形如荸荠，波浪式皱褶三十余道；口味上，讲究配料，注重提鲜，每点一味，各有特色；品种上，因时而变，四季有别，应时上市。烹饪学上的发酵、油酥、水调、澄粉等面团制品多达上百种。

富春茶社的菜肴以清淡味雅、与面点配合见长。大煮干丝刀工精细；水晶肴蹄香酥爽口；鸡包鱼翅功夫独到；富春鸡、叉烧鳜鱼、烤乳猪、扒烧猪头等等，无不滋味隽永、美不胜收。不断创新是富春菜肴的生命之源。富春创新的菜肴有牡丹鳜鱼、八宝鸡腿、草菇花篮、松子板虾、炸串虾仁、橄榄豆腐、金凤鱼皮、八宝蘑菇球、三丝刀鱼面等三十多种。

富春茶社以它悠久的传统、独特的风姿，享誉百余年，名扬中外。

然而，作为一家老字号，富春老而不迈。在改革浪潮推动下，富春开始了小巷突围，一个上规模的富春系列餐饮产业链已经形成。以富春茶社为核心，先后在扬州多处，继而在南京、深圳、台湾，乃至日本都开设了富春大酒店、富春连锁酒楼。

富春茶社还斥巨资，在扬州市经济开发区，按国际标准兴建了富春牌系列产品工业化生产基地，推行 HACCP 国际管理体系，开发生产符合现代生活形态的速冻包子等系列产品。富春牌放心早餐曾经遍及扬城大街小巷，为百万扬州人吃早餐提供了便捷。富春速冻包子作为最富扬州特色的土特产，迅速走向全国，走向世界。

富春早茶，真是“包”打天下。

三

“冶春”一词，在扬州是有些古雅之趣的。起初，它是扬州西郊城河边上的一家酒楼。清朝初年，扬州的一批文人便在虹桥水滨组织修禊盛事，并组建了冶春诗社。清末民初，又有一批文人调续前弦，成立了冶春后社。今日之冶春花园，与历史上的冶春诗社虽无直接关联，却是一线文脉。

今日冶春花园茶社，位于北护城河之外的丰乐街。此处名胜聚集、风景优美，加之冶春花园的早茶，可谓人文、风景、美食三绝合一。

毗邻冶春花园入口，有千年古刹天宁寺。北宋靖康年间，金兵南犯，汴梁失守，宋高宗赵构匆匆登基，曾在扬州指挥抗金，此寺传为临时“行在”。清兵入关，攻占扬州，南明兵部尚书史可法死守城池，直至城破人亡。清兵在扬州屠城十日，惨绝人寰。今之史可法纪念馆，就在天宁寺东百步之遥。康熙年间，江宁织造曹寅，曾兼任两淮巡盐监察御史，在天宁寺主持刊刻了《全唐诗》《佩文韵府》等中国文化史上的鸿篇巨制。天宁寺西边为乾隆皇帝南巡行宫，还有专藏《四库全书》的文汇阁，惜行宫与藏书阁皆毁于咸丰兵火。近年，扬州人花重金重印了《四库全书》，如今就陈列在天宁寺内。冶春入口处的码头，即是当年乾隆皇帝的专用御码头，皇帝由此登龙舟游览湖上风景。

冶春花园位于古城护城河北岸，城内小秦淮河水在北水关桥下与护城河相汇，形成“丁”字水道。流水悠悠，垂柳依依，画楼重重，笙歌隐隐。冶春花园乃维扬二十四景之“丰市层楼”旧址。此处草店茅舍，临水而建，曲径回廊，雕窗勾栏，地处闹市而见乡野之趣。游人在此登上画舫直抵蜀冈。

冶春，以其优雅的环境及丰厚的人文底蕴，成为来扬观光者和扬州土著们吃早茶之佳处。此处的早茶经营模式及其品类有自身的特色，点心中最为上品者，名月牙蒸饺，其馅心饱满，富含汤汁，咸中微甜，形如月牙，是有口皆碑的扬州点心之极品。此外冶春的黄桥烧饼、徽州饼也堪称名品。近年来，为了弘扬扬州早茶文化，冶春茶社大胆革新，将传统的封闭式生产间用透明玻璃装潢，将点心的整个生产过程，呈示给食客观赏。这一创意，彰显了扬州烹饪的文化与技术内涵，使人们在品尝早茶的同时，欣赏到点心生产过程的工艺之美。得闲之时，品茶冶春，一边品尝干丝、肴肉及精美细点，一边看鱼跃涟漪、画舫往来，实为赏心乐事。我有《冶春》绝句以赞之：

帘外一川疏雨斜，清溪夹岸旧人家。
千层楼宇万重阁，偏向茅檐来问茶。

四

扬州人，即使不到茶馆去，在家吃早饭也叫作吃早茶。清早，往往见到两个老扬州相互打招呼“早茶吃过啦”？对方客气地回答“吃过了”。扬州人在家里吃早茶也很讲究。主食一般是米粥，辅之以豆浆、牛奶等饮品。点心就根据各个家庭和家庭成员的喜好而选择了，常见的有烧饼、油条、包子、火烧、葱油饼、烧卖、蒸饺、锅贴等。小菜有扬州酱菜、乳豆腐。讲究一些的老式人家，还有自制的豆瓣酱、十香菜。十香菜，顾名思义，就是用多种原料做成的小菜，通常用金针、木耳、香菇、小青菜、火腿丝、花生米等，加上葱姜酒等配料炒制而成，这是扬州人家最具亲情的一道早茶小菜。鸡蛋是家家都必备的，但吃法却大有不同。有的喜欢煎鸡蛋，有的喜欢茶叶蛋，有的喜欢煮鸡蛋，用盐蘸着吃。最讲究的是煮荷包蛋，将鸡蛋在油锅里煎好，放开水烧开，然后配上佐料。这种荷包蛋，既有煎鸡蛋的香味，又有浓厚雪白的汤汁，是很有营养的一种吃法。

年轻人大多喜欢在外面吃早茶。扬州的街头巷尾，吃早茶的小店小摊到处都是。天刚放亮，街头的小吃摊铺便纷纷开张，那番热气腾腾，使满城都充满了诱人的香气。摊铺经营的品种有干拌面、阳春面、饺面、鱼汤面、盖浇面等。其中干拌面可能是最具扬州特色的吃法了。干拌面，就是不放汤的面，将佐料准备在一个碗里，面条成熟了盛进去，迅速搅拌，使调味均匀。吃干拌面要有“伴侣”，最常见的伴侣是豆浆。一碗干拌面，一碗豆浆，一个煎鸡蛋，似乎成了扬州人早餐的“标配”。更讲究的“伴侣”有腰花汤、猪肝汤、榨菜肉丝汤。秋冬时节，还有羊肉汤、牛肉汤等等。干拌面是年轻人的最爱，早晨上班路上，走近一个面摊铺，老远的一声喊：“来个干拌！”因为吃面的大多是熟客，下面条的人一听，便知这人喜欢什么口味、需要多大分量。吃干拌面的架势也很有趣，有坐着吃的，有站着吃的，有蹲着吃的。还有人一只脚立在地上，一只脚叉在墙上，端着面碗，边吃面，边聊天，三下五除二，一大碗面条“顺”（扬州话是吃的意思）下去了，一边抹嘴，一边跨上自行车走人。一碗干拌面，饱腹、解馋又省事，无怪乎它成了扬州人吃早茶的最爱。

五

在外面吃早茶的时间长了，就对小吃店、面摊铺有了选择。老一辈的扬州人都知道，扬州茶社老字号传下来的有“三春”，除了富春和冶春，还有一家叫共和春。如果说富春早茶以历史悠久而著名，冶春以环境优美而取胜，那么，共和春为代表的普通茶馆，则以面向大众的经营之道而深受扬州百姓的青睐。

共和春创办于 1933 年，始创人王学成出身草根，原是一家面店伙计。他用省吃俭用积攒的钱，在扬州蒋家桥开了一家四美春面馆。为了招揽食客，他琢磨出了一个新品种——饺面，就是将馄饨和面条盛在一个碗里。顾客花了一份钱，却尝到了两个品种，自然高兴。他家的锅贴也很有名，其色泽金黄、外脆里嫩、馅心饱满、口味鲜美。

由于坚持质量、薄利多销，故生意红火，顾客盈门。后来又在闹市口的南柳巷大儒坊开设共和春饺面店，经营品种仍以饺面、锅贴、馄饨为主。

老扬州人几乎都知道共和春早茶的“制胜法宝”。

一是精心制面。过去没有机制面，面条要人工擀制，称之为“跳面”。共和春的“跳面”有韧性，有毛孔，能渗透调料，耐咀嚼。每层面片之间用小粉撒匀，确保下锅不烂、不粘。

二是虾籽做汤。用高邮湖、邵伯湖虾籽做底汤，下出来的面条自然味鲜口醇。

三是馄饨皮薄肉鲜。共和春的馄饨皮，薄可映字而有韧性。饺馅用猪后腿肉去皮去骨，剁碎后放入酱油、麻油及少量碱水、葱姜等，徐徐渗入冷水用手臂搅拌，直至肉泥发黏。包馄饨也有讲究，外形像麻雀头，边似荷叶，底若金钱。下锅装碗后，个个头向上，像朵朵荷花。

四是服务周到。一律服务到桌，先吃后付账。对顾客的要求尽可能满足，如下面条可免青（冬天不放青蒜）、免辣（不放胡椒）、重辣、宽汤、半汤、双咸、脆面、保一勺（即多油、干拌另放一碗汤）等等。

共和春的经营理念始终面向“草根”阶层。今天，共和春前身——蒋家桥饺面店已发展成连锁餐饮公司，经营店铺遍及扬城。提起共和春、蒋家桥，扬州人便有家一般的温馨。

饮食文化是人类文化的源头。扬州早茶文化是扬州文化大观园中的一朵奇葩。有人说，千年的扬州文化都浸泡在早晨的这一壶茶中。此话不无道理。

美食之都扬州味

一

品味扬州美食，先从寻常百姓一天的家常便饭说起。

旧时扬州有一首关于吃的民谣：

早上起来日已高，只觉心里闹潮潮。茶馆里头走一遭，拌干丝，风味高；蟹壳黄、千层糕，翡翠烧卖三丁包，清汤面、脆火烧，龙井茶叶香气飘。

吃过早饭想中饭。狮子头、菜心烧，煨猪蹄、酱油浇，大烧马鞍桥，醋溜鳜鱼炒虾腰，绍兴酒、陈花雕，一斤下肚乐陶陶。

吃过中饭想“下午”。浇切糖、云片糕，再来一包香橼条。

吃过“下午”想晚饭。开水烧泡饭，搭上咸鸭蛋，扬州酱菜浇麻油，就着两个大馒头。

这段民谣，对扬州人的饮食风俗作了形象的描述。

其实，扬州的旧式人家，一日是要吃五餐的。除了早中晚三顿之外，上下午还要各加一餐。早茶是第一餐，我在《漫品扬州早茶》中已作详述。到了上午九十点钟光景，要吃第二餐了。旧时的扬州街头，在这个时候，你会看到一些裹着小脚的老太，一手拿着盛器，一手牵着小孙子，走出家门来到街头，或在饼店买几个烧饼，或到茶食店里买几个“金刚脐”，回到家中，一家老小分着吃。这是为午餐铺垫的一顿小吃，故有个专门名词叫“小中”。

吃过“小中”之后，就忙着拾掇午餐了。

午餐是一天中的正餐，所以极其认真对待。在吃早茶之前，家庭主妇就一边构思着今日菜单，一边挎着菜篮子去菜市场了。到了菜场，不急于采买，而是先在菜场上转一圈，这家看看，那家瞧瞧，看今天有什么新鲜的蔬菜上市了，哪家肉墩子上的肉最中意，哪家鱼贩子的鱼最鲜活。这么走一圈，看一圈，才根据自己事先构思的菜单采购。每天上菜场买菜的大多是街坊邻里，张家奶奶李家婶，一路买菜，一路招呼，一路交流，今天买的什么原料，准备回去做什么菜。这么说笑着，不经意就完成了一次烹饪技艺的交流。

寻常人家桌上的午餐，一般不会少于三菜一汤。其中至少一道烧菜，一道炒菜，一道素菜，一道汤。无论荤素菜，扬州人特别讲究时令，比如吃鱼，讲究“正月河蚌二月刀，三月鱼当走俏。四月鲥鱼肥又嫩，五月黄鱼蒜头烧”。再如烧肉类，春天有河蚌烧咸肉，秋天有芋头烧猪肉，冬天有青菜烧牛肉、胡萝卜炖羊肉。扬州人吃牛羊肉的季节性特别明显，只在秋冬春三季，清明一过就“歇夏”。当然，现在年轻人的饮食观念更新了，货物流通也方便，过去固守的“不时不食”观念也在随时代悄然变化。

上班族平时没有更多时间来认真细致地制作和品尝美食，只有到了休息或节假日方有闲暇。扬州的家庭主妇大多会做几道扬州传统菜肴，于是平时没时间表现的女人们，一到休息日，厨房便成了她们展示身手的舞台。而且要么不出手，出手便不凡，家常菜也做得有滋有味，有色有形。像狮子头、红烧老鹅、醋溜鳜鱼、大烧马鞍桥这些“大菜”，也都是她们的拿手好戏。

扬州人的第四餐在下午四点前后，有一个特别的名字叫“吃下午”。这与西方的“下午茶”在文字上只差一个字，扬州人突出的是一个“吃”字。既然是“吃下午”，那就以吃为主了，吃的东西也着实丰富，或者一碗豆腐花、胡辣汤，或一块火烧、糍粑。考究的，则去共和春或蒋家桥来一碗饺面或馄饨，或者尝几个滚烫流油的锅贴。这种“吃下午”的习惯，直到现在，依然在扬州人的生活习惯中保持着。

吃过了下午，就是准备晚餐的节奏了。扬州人的晚餐一般比较清淡，中午剩下的饭，用水煮了，叫作“烫饭”。上班族回家时，往往会在单位食堂或街头店铺买几个白馒头回家，就着烫饭啃馒头，搭着扬州酱菜，这便是扬州晚餐的常见模式。但也有些上班族，白天工作紧张，无暇享受美食，下班回家时，顺便在熟食摊上斩一夹盐水鹅，切一块猪头肉，约几个朋友，晚上微醺一下，则是晚餐中的另番风景。

于是不能不特别介绍一下盐水鹅。

盐水鹅，扬州人又称“老鹅”，算得上是扬州第一风味，是扬州人的最爱。街头巷尾，卖盐水鹅的摊点星罗棋布。一个“老扬州”到外地出差三五天回来，第一件事就是直奔熏烧摊子，买点老鹅回家下酒。吃了，喝了，再到澡堂子里去泡上一把，这才圆了那份归乡之梦。

消夜不计在日常饮食之中，但扬州人吃消夜同样是有传统的。

唐代扬州是不夜城，消夜很流行。“扬州从事夜相寻，无限新诗月下吟。……语余时举一杯酒，坐久方闻四处砧。”（刘禹锡）康乾盛世的扬州，消夜也大行其道。“花魂欲睡隐苍烟，重结清游异日缘。风露峭凉人半醉，满湖灯火夜归船。”（赵翼）

近代百年，扬州衰落，消夜习惯，渐次淡然。

但当人们告别了食品短缺时代，随着生活节奏的加快，消夜又回到了扬州人的生活中。今天的扬州城，即使过了子夜，街头巷尾依然香气四溢，食者如潮。而且消夜的内容比过去要丰富得多，从传统的面条、馄饨、水饺、元宵，发展到了小炒、砂锅、火锅、烧烤。

二

扬州家常饮食之特色，还在于四时八节的食风之中。

当然，首先要说春节。

扬州城几乎是一入冬就有了春节的氛围。这时候你会看到家家户户在忙着腌制咸鱼咸肉，忙着制作风鸡风鹅，忙着灌制香肠。这些腌腊制品都是为春节准备的。即使现在各大超市也可买到现成的，但传统扬州人家依然要坚持自己制作。更讲究一些的，连腌肉的猪都是到农村去“定制”的，养猪场的猪不中意，那是工业饲料喂出来的。一定要选农民自家用原生态的饲料喂出来的猪，这样的猪肉有香气，口感好，又安全。这些腌腊制品每天要拿到太阳下晾晒，家家户户的屋檐下那一串串腌腊制品，晒着的是人们对当下生活的满足，悬挂的是对春天期盼的那份心情。

蒸包子可能是最具扬州春节饮食文化特色的项目了。

扬州，古属吴地。地缘文化应属于大吴文化的范畴，饮食上以稻米为主。但它的位置又在长江之北，决定了它兼有北方文化的因素。这种南北交融的文化特征，表现在饮食上就是稻米为主，面食为辅。据说，扬州人吃面食始于西汉，是董仲舒在江都国为相时传来的。董仲舒是汉代大儒，老家河北，汉武帝曾将他派至广陵，辅佐江都王刘非，他将麦子种植技术带到了扬州，由此开启了扬州人吃面食的历史。

过年蒸包子，扬州人称之为“年蒸”，这可能是扬州人吃面食最群体的风情。大概进入腊月二十，年蒸就忙活开了。面一律是发酵的，扬州人称之为“老肥”。但馅心就五花八门了，有纯肉的、青菜的、豆沙的、萝卜丝的、梅干菜的、豆腐皮的……不下十几种之多。每家每户至少有三五个品种以上。老式的扬州人家，都备有专用于年蒸的大锅灶。年蒸的这一天，老少忙碌，热气腾腾。现在年蒸一般不在家里进行，而是调制好了馅心，到茶社、饭店去加工。年蒸的包子，可以吃到正月十五哩。

年夜饭是地方饮食文化的标本。扬州年夜饭的食材大多为江淮地区的水产、禽类、蔬菜。有几样菜是必备的：鱼，寓意“年年有余”；豆腐，寓意“富裕”；水芹是一种长茎水生蔬菜，因为茎秆空心，扬州人称为“路路通”，这种寓意与扬州历史上曾是数度繁盛的商业城市有关，商人企求“生意兴隆通四海，财源茂盛达三江”，“路路通”体现的是商业文化特征；豌豆苗，扬州人叫作“安豆苗”，寓意“平安”。由于水芹菜与安豆苗是年夜饭必备蔬菜，以至到春节时供不应求，价格疯涨。

春卷是一道带有诗意的应时美点，也是春节家宴的美味佳肴。考其来历，据说与我国的养蚕业有关。相传，古人于立春日祈祷蚕业丰收，以面为皮，包以馅心，做成蚕茧状的食品，称为“探春蛋”，作为蚕业丰收之瑞兆。南宋时称“春蛋”，元代之后演变成春卷。春卷形制精巧，风味独特，点肴兼备，深得人们喜爱。有古诗赞之“调羹汤饼佐春卮，春到人间一卷之”。春节前后，春卷便作为食物中春的使者，应时来到扬州城。人们偏爱这款点心，因为含有迎春之意。品尝春卷，牵动的是对春天的情思。

春卷荤素兼备，外酥内嫩，香气诱人，清淡不腻，美味可口。其制作工艺奇特，要把面烙成薄如蝉翼、柔软不破的皮，制馅心原料也有讲究，有肉类和荠菜、韭黄、芽笋、芹菜、玉兰片混合的，有虾仁鸡蛋的，也有豆沙猪油、蜜桂花、蜜橘饼的。原料丰富，风味各异，其中荠菜馅心的最富诗意——“春在溪头荠菜花”。

端午节，扬州与汉民族其他地区一样，吃粽子是这个节日的主旋律。过节之前，各家各户就纷纷购买糯米、粽叶了。到端午节前一天，家庭主妇们便三五成群地相互帮裹。扬州人裹粽子很讲究，从选料到火候都十分重视，清代美食家袁枚《随园食单》“扬州洪府粽子”有记载：“取其顶高糯米，捡其完善长白者，去其半颗散碎者，淘之极熟，用大箬叶裹之，中放火腿一大块，封闷锅一日一夜，柴薪不断。食之滑腻温柔，肉与米化。”粽子的品种也很多，有咸肉粽子、鲜肉粽子、赤豆粽子、蚕豆粽子、白糖粽子、咸鸭蛋粽子等等。粽子形状多样，其名称有小脚粽子、元宝粽子、三角粽子等。

“十二红”是端午节除了吃粽子之外，最显著的饮食特征。所谓十二红，即所食之物都是红颜色的：有的原料本来就是红色，如杨花萝卜、樱桃、苋菜、咸鸭蛋黄等；有的是烹饪之后形成红色或酱红色，如盐水虾、烧老鹅、烧黄鱼、红烧肉等。十二红并无固定的菜目，只要凑齐十二红即可。关于十二红的来历，可能与物候特征有关。端午时节的江淮平原已进入夏季，春花谢去，红稀香少。此时食“十二红”，是否怀有对逝去春色的祭奠?

秋天是收获的季节，因此中秋节的饮食相对更为丰富多彩。此时的水产品菜肴主要有菱米烧肉、鲜肉藕夹、桂花糖藕等。除了日常的菜品之外，螃蟹是中秋节餐桌上的必备之物。扬州地处江河湖交汇之处，螃蟹种类较多。沿江地区有江蟹，湖荡地区有湖蟹，里下河地区有河蟹，也有叫作红膏蟹的。螃蟹吃法有多种，以清蒸大螃蟹为最佳吃法。此外还有蟹粉狮子头、蟹粉烧豆腐、面拖蟹等。

月饼当然是中秋节的必备之品。月饼主要由茶食店专门生产。中秋节之前一两个月，茶食店就忙着备货了。扬州月饼品种繁多，做工讲究，有苏式、广式、京式等。荤素兼备，味美形佳。饼馅有果仁、葱油、火腿、肉松、葡萄、莲蓉等等。制作最精美者，是百年老店大麒麟阁。中秋这一天，扬州人走亲访友，总要捎上一两盒月饼。

旧时吃月饼，仪式很神圣。必须是到了中秋节晚上，一家人吃过团圆饭之后，等到皓月当空、月华如水，各家在庭院间摆上香案，有红烛摇影、丹桂飘香，案几正中供上月饼、水果等物品，合家焚香礼拜，对月祈祷之后，方可由家中年长者用刀切开月饼，家庭成员分而食之。这便是中秋赏月、吃月饼的全过程。但正如很多传统文化都变成了快餐文化一样，如今的中秋月饼也已“变味”。月饼做得越来越讲究，包装也越来越豪华，价格也越来越昂贵。中秋食月饼的风俗似未改变，但缺失的是我们曾经有过的那份对人、对月、对大自然的一颗虔诚之心。

中秋节做烧饼，是旧时扬州人家的一大景观。家制的烧饼有两种，一种用发酵面，一种用实面。不发酵实面做的饼有一个专门名词，叫“烂面饼”，烂面饼的技术关键在和面，讲究水分要多，即做即炕。炕好的烧饼，对着阳光可见薄皮中的馅心。烧饼的馅心也有多种，如萝卜丝肉馅的、芝麻糖馅的等等。烧饼应该是食品短缺时代的产物，做出来以补月饼之不足。今天，吃月饼已不是奢侈之事，故而很少有人做烧饼了。但是，在中秋节，一家人围着火炉炕烧饼的那份温馨，却使上了年纪的人时常回味。

三

中国烹饪理论的“菜系”说，最早提出的是四大菜系，曰：粤菜、川菜、淮扬菜、鲁菜。扬州则是淮扬菜系的中心。

从汉唐至明清，扬州的繁华与辉煌，得益于占尽地利的盐漕之利和传统农业的支撑。扬州漕运始于春秋时代，汉、唐和清代康雍乾三朝，扬州均是全国盐业与漕运中心。江河湖海之汇，五谷菜蔬之品，构成了淮扬地区饭稻羹鱼的基本饮食格局。而便利的交通，开放的文化，又使作为江淮地区中心城市的扬州，在食物原料的取舍上能够广采博纳，兼收并蓄，取人之长，为我所用，从而形成了选料严谨、因材施艺、制作精细、风格雅丽、追求本味、清新平和的风味特征。扬州地丰物美，出产富饶，商贾云集，财货集中，催生出了灿烂辉煌的饮食文化。“万商日落船交尾，一市春风酒并垆。”在历代强盛经济的推动下，扬州餐饮市场火爆，厨师技艺日益精湛。淮扬菜，作为一个风味体系，在汉代初成滥觞，唐代基本成型。特别是到了清代，扬州的盐漕枢纽地位，使其无可争议地成为淮扬菜的重要发源地，并雄踞东南美食中心的宝座。烹饪业界对四大菜系有一个形象比喻：广东菜是商人菜，北方菜是官府菜，四川菜是农家菜，淮扬菜是文人菜。

淮扬菜精湛的烹饪制作工艺享誉全国，乾隆时期就已经有盛名远播的各类宴席，而且代有发展，不断丰富。有满汉全席、乾隆御宴、三头宴、红楼宴、全鱼宴、全鸭宴、全牛宴、全羊宴、全鹅宴、全藕宴、扬州画舫宴、广陵春潮宴、秦少游宴、板桥宴、秋瑞宴、鉴真素宴等等。

1949 年 10 月 1 日，新中国的第一次盛大国宴，选用的就是淮扬菜。从此，淮扬菜享有了“开国第一宴”之美誉。

前些时候有网友发起推荐中国的“一省一菜”，江苏的代表菜便是扬州的狮子头。

狮子头是一道淮扬名菜，也是三头宴中的主菜品之一，然而不晓得此事者，若在点菜单上头一回见到“狮子头”这三个触目惊心的字，不管肚子有多饿，可能还是要被吓着的。据说曾有外地客来扬州，见此菜名而拍案惊奇道：“哇，狮子头？吃狮子头啊！”其实，扬州的狮子头，就是北方人所谓的大肉丸子，但因其从原料选择到烹饪工艺都独具特色，故而成为名菜。

狮子头的来历，据说与隋炀帝出游扬州有关。民间相传，隋炀帝当年巡游到江都（今扬州），饱览了扬州的万松山、重钱墩、象牙林、葵花岗等四大景点。回到行宫，即唤来御厨，让他对景生情，做出四道菜，以纪念这次游览。御厨费尽心机，终于制出松鼠鳜鱼、重钱虾饼、象牙鸡条、葵花斩肉四样菜。隋炀帝品尝之后，就对其中的葵花斩肉非常赞赏。后来，唐朝郇国公韦陟在扬州宴客时也做了上述四道菜，席间，宾客无不叹为观止，特别是葵花大斩肉，入口而化，咸鲜隽永。而且，品相美轮美奂，形似雄狮之头。于是大家便建议，将葵花斩肉改名为狮子头。传说只是兴味之谈，扬州狮子头，实际上是扬州人在徽州肉圆与北方四喜丸子的基础上，改造创新后形成的一道菜品。

扬州狮子头，之所以盛誉不衰，与它灵活的制作方法有关。一般选用猪肋条肉或五花肉为主料，其他配料因季节而异。初春用风鹅，春中用牙笋、河蚌，初夏用鱼，秋季用螃蟹，冬季用黄芽菜。也可用虾仁、鱼丁、荸荠丁、萝卜丁、山药丁、面筋丁、豆腐泥、藕丁、糯米等作配料，从而形成了各具特色的品种。有河蚌炖狮子头、芽笋焖狮子头、面筋烧狮子头、清炖蟹粉狮子头、风鸡炖狮子头等，其中以清炖蟹粉狮子头最具特色。不同配料的掺和，使狮子头具有各种不同的风味，因此被列为国宴的精品菜肴。清代饮食专著《调鼎集》中收录此菜，并一直传至后世。有人赞曰：东南歌舞几时休？清风明月满扬州。六分肥膘四分瘦，清汤炖出狮子头。

提到扬州，很多人会想到李白笔下的烟花三月，或者会津津乐道于扬州出美女的故事。但是，一个不容否认的事实是，近代以来，许多人是通过一种食物知道扬州的，这就是扬州炒饭。

自从温饱不再成为多数人所忧虑的问题之后，扬州炒饭几乎在一夜之间炒红，全世界凡有华人生存的地方，都会有扬州炒饭的飘香。扬州炒饭已无可争议地与肯德基、麦当劳、比萨饼等一同标榜于世界快餐美食之林。中国乃至世界各地，炒饭的品种成百上千，炒饭的制作工艺也并不十分复杂，可为什么就没有派生出“纽约炒饭”“上海炒饭”，而偏偏是扬州炒饭炒红了天下呢？原因很简单，因为它植根于博大精深的扬州文化的沃土中。

最早记载有关扬州炒饭的，是隋代谢讽的《食经》。书中记载一种“碎金饭”，即鸡蛋炒饭。因裹上蛋液的米粒，经炒制后，如碎金闪烁，因此得名。隋炀帝巡游江都时，将其传入扬州。清代嘉庆年间，汀州人伊秉绶奉知扬州。伊秉绶学术超群，艺术造诣深厚，诗、书、画三才俱佳，同时，他还是一位美食家，他不仅“知味”，而且常与家厨探讨烹饪之道。但由于公务繁忙，又常常食不安席，往往来不及领略家厨的厨艺，便要匆匆去办理公务。因此，他要求厨师创制出一种既当饭又当菜的食品，这样，既不耽误公事，又不亏口福。在他与家厨的共同探索下，终于在过去碎金炒饭的基础上，创制出了一种用多种应时原料与米饭一起炒制的食物。扬州炒饭，在扬州这座文化大熔炉中蒸煮了千年之后，终于新鲜出炉，闪亮登场了。

扬州炒饭，以其配伍合理、口味鲜香而备受人们的喜爱。世界各地的许多华人餐馆都在经营扬州炒饭，而且生意都十分红火。许多国外政要、名流，都品尝过并且盛赞过扬州炒饭。我国的国宴、APEC 峰会、华商大会等重要宴席上也端上了扬州炒饭。1990 年，中国烹饪协会编著出版的《中国名菜》中，将扬州炒饭列入其中。扬州炒饭，以其“金裹银、银裹金”的色香味形，备受美食家们的青睐；以其制作快捷，食用方便，而成为时代新宠。为了使扬州炒饭更加标准化、规范化，2002 年 4 月，扬州市颁布了扬州炒饭的国家标准，并申请了国家专利。扬州炒饭作为淮扬菜系的代表，又迎来了一个香飘四海的新时代，从而成为古城扬州一张银光闪烁、金光灿烂的城市名片。

四

扬州美食，不仅菜系风味自成一派，小吃也极富特色。如果将淮扬菜的宴席和名馔佳肴比作一首气势磅礴的交响曲，那么扬州小吃，便是一组清新动人的轻音乐。

先说面条。扬州面食蔚为大观，这除了扬州地处南北过渡地带的地域因素之外，与它在历史上是一个移民城市有关。汉唐清三朝鼎盛时期，扬州城聚集着无数外来商贾和文人墨客，他们来自四面八方。一些以面食为主的北方人，将面食制作工艺带到了扬州，融入了淮扬菜系，丰富了扬州面食。可以毫不夸张地说，扬州虽然不是麦类主产区，但面食工艺之精湛却堪称全国一流。仅就面条而论，就有阳春面、煨面、饺面、炒面、干拌面等不下数十种之多。

面食的另一个家族是饼类。扬州的饼各种各样，而扬州最有乡土风味的饼，当数草炉烧饼。这是一种以稻草做燃料，用土式草炉烘烤方法制成的饼。其色泽金黄，香味扑鼻，口感坚韧，是老扬州特别钟爱的一种小吃。还有擦酥烧饼，这种烧饼是以油酥面反复擀折，经烘烤成熟，口感酥脆而富有层次。扬州饼类口味也很多，有糖馅、肉馅、干菜馅、青菜馅、萝卜丝馅等等，不同馅心形成了扬州烧饼的多种风味。

徽州饼是扬州烧饼中带有典型文化意义的一种饼。徽州饼源自于古徽州，过去叫“石头粿”，是一种耐保存、耐咀嚼的大众食品。制作方法是，将面粉与五花肉丁等调成馅心，包入面团，外撒芝麻，放入烧热的平锅，每个饼上压一块黑黝黝的石头，一边烤一边转动石头。石头粿因此而得名。石头粿随着徽商传到扬州，变成了徽州饼。据说当年所有从徽州出发，做着发财梦的年轻人，行囊中都带有石头粿，这种点心对于徽商而言，不仅是一种充饥的食品，更重要的是，它饱含着艰苦创业的记忆。如今，徽商在扬州精心构筑的园林豪宅依然高阔敞亮，但徽州饼却渐渐淡出了扬州人的视线。

在扬州小吃这组清新的乐曲中，最动人的音符还是扬州点心。烹饪学科中有“四大面团”之说：水调面团、发酵面团、油酥面团和澄粉面团。这四大面团在扬州都有代表性产品。扬州点心，以薄皮馅大、皮馅相宜、馅心口味多、适应时令、做工精美而著称。馅心调味突出主味，咸中带甜，以甜起鲜，兼有北式点心浓郁实惠、南式点心精细多姿的特色。其中三丁包子、双麻酥饼、翡翠烧卖、千层油糕、干菜包子、野鸭菜包、糯米烧卖、蟹黄蒸饺、车螯烧卖、鸡丝卷子被称为扬州的十大名点；笋肉锅贴、扬州饼、蟹壳黄、鸡蛋火烧、咸锅饼、萝卜丝酥饼、银丝卷、三鲜锅饼、桂花糖藕粥、三色油饺被称为十大风味小吃；四喜汤团、生肉藕夹、豆腐卷、笋肉小烧卖、赤豆元宵、五仁糕、葱油酥饼、黄桥烧饼、虾籽饺面、笋肉馄饨被称为十佳特色小吃。新中国成立后，原商业部曾组织过一次全国十大名点评比，扬州的三丁包子、月牙蒸饺、翡翠烧卖、千层油糕同时入选。

扬州小吃是古城街巷中别样的风景，无论何时何地，总有各色小吃飘出异香。其中风味最浓者，莫过于油炸臭豆腐干。一块小小的豆腐干放在油锅中，慢慢地炸得泡起来，松松脆脆的，用剪子剪成小块，浇上酱油、辣椒酱等调料，配些黄豆芽、香菜末，那味道有一种难以言状的诱人。扬州人说，臭豆腐生臭熟香。当你站在油炸臭干子摊前，就会有真切的体会。

鸡蛋煎饼，属于扬州传统小吃家族里的新成员，但由于其善于张扬风味个性而很快崭露头角。它制作简便，只在火烧的铁板上，铺上一层薄薄的面浆，敲上一只鸡蛋，放进葱花、香菜、榨菜等，烤熟了，再夹上一根油条，咬嚼起来极有味道。它是学生一族的最爱，清晨上学路上，买一块鸡蛋饼，边走边吃，既当饱又有营养，还能节约时间。从买鸡蛋饼的摊头走到学校，饼也就吃完了。

粢饭是极具江南特色的小吃，与豆浆、油条、烧饼一起，被称为早餐“四大金刚”。但粢饭的口味相对鸡蛋煎饼而言要低调得多。这是用糯米饭包油条的一种吃法，基本不加任何调味料，只坚守着自身的本味，因而成为女士们的最爱。

豆腐卷子和锅贴。豆腐卷子使用的是发酵面，面中放豆腐丁、葱花等，待卷制成型，置于平锅里，半油半水地煎。豆腐卷子成熟的香气浸润了一条街，吃在嘴里，咸香松软，极能勾起人的食欲。锅贴与豆腐卷子的烹制方法差不多，也是平锅中半油半水地煎熟。在扬州，要数东圈门朱记牛肉锅贴及其配套的牛肉汤味道最佳。冬季的下午，就着一碗滚烫的牛肉汤，吃着煎得香脆鲜美的锅贴，那绝对是逛街之后的一件乐事。

胡辣汤、豆腐脑、酒酿，这三种小吃似乎是相伴共生的，街头上卖豆腐脑的往往也卖胡辣汤。以前卖豆腐脑的总是挑着担子沿街叫卖，现在只是在街边摆个摊子，放上三四张小桌小凳招呼客人。卖酒酿的总还是老样子，酒酿放在盆里，用担子挑着走，或者用自行车驮着，并不吆喝，而是两片竹板边走边敲。喜食酒酿者，听到那清脆的竹板声，自然会拿着碗盆奔着而来。

随着饮食文化的交流扩大，扬州小吃家族中尚有数不清的成员。在街头巷尾的小摊上，在繁华市区的大排档中，小吃品种之多，令人目不暇接，南北风味会于一城，仅串烧一项，便可以列出几十种！

扬州人将火锅也归入小吃的一种，各种风味的火锅店遍地开花。四川火锅、重庆火锅、滋奇火锅、老妈火锅、大胡子汤馆、田园肥牛府、沸腾鱼、百岁鱼、老土灶……竟有数百家之多。火锅中鲜美的汤料，飘散出一派热气腾腾、温馨宜人的景象。围在火锅旁，来几瓶啤酒，悠悠地蘸着各种调料，真是快意至极。

扬州茶食，应该是扬州小吃家族中的一个特殊成员。茶食之名，想必最初是喝茶时吃的小食品。但今天，茶食的含义已远远超出了喝茶的意义。扬州人所说的茶食，是指油果子、大金果子、云片糕、金刚脐、桃酥等小食品。京果粉是扬州茶食中的重要角色，它不是就着茶吃的，而是用开水冲泡的一种方便食品。扬州茶食非常有名，是我国茶食中扬式、苏式、宁式、广式、京式、潮式、西式、高桥式等八大帮式之一。京果粉、绿豆糕、薄脆、浇切饼、董塘、牛皮糖等行销省内外。大麒麟阁是扬州老字号茶食店中名气最响的一家，它建立于辛亥革命之后，当时全国上下一片实业救国的热潮，扬州人周明全积累了部分资本，开了当时扬州唯一前店后坊的茶食店。如今，这个百年老店，生意依然兴隆，除了国庆路的店面之外，还在扬州许多街道上开了分店，依旧保持着前店后坊的老格局。

扬州茶食的文化的含义，远不止一个“食”字。它融入了扬州人太多的情感。扬州人四时八节孝敬老人，走亲访友，总要提两盒茶食，以表达孝心与敬意。即便是今天，可作为送礼的物品已很多，可茶食依然没有退出扬州人情感的舞台，家有红白喜事总有茶食的身影。

对于长期旅居外地的扬州籍人士来说，扬州茶食，简直成了他们寄托乡思的情感图腾。许多漂流海外的老扬州人，每每见到扬州茶食，都会睹物思情，感慨万分。

小小茶食，怎一个情字了得！

> 扬州好，
>
> 小吃劝君尝。
>
> 蜜饯溅牙桃杏脯，
>
> 酥糖到口桂兰香。
>
> 风味最难忘。

这是民国初年，一个号为“惺庵居士”的黄鼎铭先生，为扬州小吃吆喝的“广告词”。

园林品读记

——个园、何园比较赏析

一

“中国四大名园”，这可能是扬州个园最抢人眼球的一个头衔了。以区区数亩之田的私家园林，竟然能与颐和园、避暑山庄、苏州拙政园并称“四大”。扬州何园也毫不示弱，“晚清江南第一名园”赫然昭告于入口处，鲜红的大字，圆润的书体，那么的夺目。

以往，单纯对这两个园子的欣赏文字可谓汗牛充栋。但是，当我尝试着将个园、何园放在同一个维度去解读它们的时候，倒觉得有些别样的意思了。

个园营造于清嘉庆年间。有资料记载，在此之前，此处已有园林存在，其中黄山石堆砌的“秋山”，据说在明末清初就有了，而且传为石涛遗构。嘉庆时代，康乾盛世业已谢幕，扬州在封建社会所呈现的第三次辉煌渐显黯然。但是嘉庆时代毕竟是紧跟着盛世之后的，因而还拖着盛世光华的尾巴。乾隆时代扬州造园鼎盛之风，尚有余响未绝。

个园主人黄至筠是盐商，对于他的身世之说，至今仍扑朔迷离，甚至连他的籍贯都未有定论。比如，清代曾亮所撰《黄个园家传》说他是“甘泉县人”，而《扬州画苑录》则称他“本浙人，后移入甘泉县”。还有说他是山西人、安徽人等。也有史料说，黄至筠本是盐铺学徒出身，后来发迹较快，属于暴发户型。扬州文化学者方晓伟先生考证出黄至筠的父亲曾花钱捐得一知州职位，算是给个园身世增添了一些“来头”。个园后人传承，史料漫漶不清，使得当今个园研究者和管理者花了很大力气去寻找，却仅得一鳞半爪。

而何园主人何芷舠则不同，无论是家族渊源，还是本人身世，史料记载清晰可缕。他本籍安徽望江，父亲何俊曾在扬州做官，他本人官至汉黄道台，49 岁挂冠退职，隐居扬州而筑此园。由于是官宦之族，何家十分注意家族渊源的传承。打开何园家谱，从何俊、何芷舠，到当代名士何祚庥等，血脉相承，一目了然。

何园营造于光绪年间，也是在旧园基础上营建的。巧的是，何园中也有一个石涛遗构——片石山房。光绪时代，整个国家风雨飘摇。由于运河淤塞，盐业衰微，交通闭塞，扬州已彻底失却了往日风华。在这样的背景下，园主人能够营建规模如此之大、艺术水准如此之高的私家园林，足见经济实力之雄厚。从而也给后人留下了谜团，即何园主人不是商人，而是政府官员，哪里来的如此巨额资金营造此园?

二

园林与文章一样，凡是经典园林，必有建园主题。而建园主题，又因园林主人的身世、修养、身份、财产多寡而有不同呈现。个园主人是盐商，兼有诗画之能，尤以扇面见长，加之他又是当时的扬州商总，也算风流风光之人，尤其是他资财超人，实力雄厚，所以他所给定自家花园的主题设计，体现的是排场阔绰。春夏秋冬四季假山、抱山楼、宜雨轩等建筑都集中在一个园子中，居住部分与园子截然分开，相对独立，且假山山体高大，用石多样，给人以阔大、显现之感。所以，透过春夏秋冬四季假山的主题，在欣赏叠石造山艺术的同时，盐商那种斗富、显摆的心理也是掩饰不住的。

何园的主题是归隐。何园主人何芷舠，出身书香门第、官宦之家，自己又是官场人物，49 岁担任相当于今天的副部级干部，已属春风得意了。但是，由于他所处的时代正逢国运多舛之时，政府昏庸无能，官场腐败黑暗，使正处壮年的何芷舠急流勇退，决意归隐。为何选择扬州，大致原因有三：一是这里是他父亲工作过的地方，或许人脉关系较好；二是扬州此时虽然衰落，但瘦死的骆驼比马大，毕竟是曾经的大码头；三是何家以诗书传家，扬州深厚的文化积淀或许是何芷舠选择扬州的一个重要原因吧。

何园的归隐主题体现得十分充分，首先园子的名字“寄啸山庄”，是从陶渊明的《归去来辞》中选字组合。陶文中有“倚南窗以寄傲”“登东皋以舒啸”之句，“寄啸”二字由此而来。陶渊明是东晋时代的著名隐士，他在担任彭泽县令八十二天之后，就辞官挂印，决意归田。又由于他田园生活的诗文风采，遂成中国隐士中的典范人物。陶渊明家乡彭泽与何芷舠家乡望江，不足百里之遥，想必何芷舠对这位乡贤是很敬佩的。

既然以隐居为主题，何园在布局和建筑上就刻意追求这样的意境。何园的总体规划分五个部分：东园、西园、玉绣楼、南大门及骑马楼、片石山房（后来购得）。这五个部分既相互联系，又单独成片。居住与景点布局交替其间，给人以内敛之感。

个园、何园，一事张扬，一求内敛；一个场面宏大，一个曲径通幽。说到底，是园主人心态的表现。

三

个园、何园，同属于江南园林代表，在园林艺术上都堪称中国私家园林之典范。但是，由于造园时代背景、园主人身世、园林主题等因素不同，因而，两个园林在艺术风格上亦各呈特色。

一是总体布局上的集中呈现与分散呈现。

个园的住宅与园林是前宅后园，其住宅部分是传统中国民居。民居部分规划严整，开间设计、居住区功能分配等，长幼有序，完全符合中国儒家的秩序思想和宗法意识。园林部分“春、夏、秋、冬”四季假山合于一园，其中配以亭台楼阁，其功能区分也十分清楚。如抱山楼是家庭大型宴宾之所，宜雨轩是接待重要客人之所，透风漏月轩是晚间活动之所，住秋阁、戏台是娱乐小憩之所，丛书楼、览句廊是读书之所。

何园的住宅与园林没有截然分开，而是相辅相成，以板块的形式呈现。东园部分，既有门厅、牡丹厅、船厅等用于居住及娱游的建筑，亦有小桥流水、贴壁假山、太湖石屏风、小品及牡丹花圃、赏月亭等景点布置。西园部分，既有蝴蝶厅为主体的宴客厅堂等，更有复道回廊和池沼及水面亭台等景点安排。玉绣楼则以居住为主，但其天井中亦有玉兰和绣球树以及绿草铺地等植物景观。南园部分，既有骑马楼、楠木厅等居住、迎宾之所，更有明代大画家石涛和尚之山石遗构——片石山房及曲水池沼。

二是建筑风格的纯中式与中西合璧。

个园的建筑成于清代中叶，其风格是中式宅院，五排建筑以福禄寿财禧吉祥之意名之（目前修复三排）。由南而北，最南为门楼，乃家佣所居，其后每纵有数进，每进三间（亦有个别是明三暗五）。进与进之间有天井，天井上方有四面屋檐，向天井倾斜，取意为“四水归堂”。民居文化意义上引申为“肥水不流外人田”。每进之间有门相通，既分隔而居，又隔而不断，典型体现了中国式家族生活的宗法思想。

何园营造于清光绪年间，此时，中国国门已被列强打开，西风渐入，加之园主人曾任汉黄道台（亦有说何芷舠曾任驻法公使，但未有史料证实）。故何园建筑有明显的中西合璧之特征。其东园是纯中式建筑，而西园在中式建筑为主的基础上，增加了复道回廊、铸铁门窗，更有回廊内通向玉绣楼的花窗，则是西洋几何图形。至于玉绣楼，无论建筑风格还是室内陈设，都显得洋味十足。

三是叠石造山艺术各具千秋。

叠石造山艺术是扬州园林艺术的精华。扬州无山，这是造园的先天不足。但是自古以来，扬州人为了弥补这个缺陷，致力于人造假山的营构。这样的风气到清代康乾年间达到高峰。清人刘大观曾说“杭州以湖山胜，苏州以市肆胜，扬州以园亭胜”。清扬州人李斗在《扬州画舫录》中则明说“扬州园林以叠石胜”。乾隆年间，扬州造园风气甚烈，而造园中的一项重要内容就是叠石造山。因而在清代中叶，扬州涌现了一批叠石造山的高手，不仅在扬州有名，而且名闻京师。当年皇帝南巡驻跸扬州时，为扬州叠石造山艺术之高超精湛而赞叹，以至后来在颐和园、圆明园营造过程中，大量征用了扬州叠石艺术家前往北京参加营建皇家园林。

个园假山艺术总体来说有四大特色：一是“分峰用石”，即用不同的石料，堆砌成风格不同的假山，如用笋石表现春山，用太湖石表现夏山，用黄山石表现秋山，用石英石表现冬山。二是假山体量大，特别是太湖石之夏山和黄山石之秋山，是私家园林中体量较大的假山。三是美学风格对比强烈，这是个园假山中最显著的艺术特色。这主要集中在夏、秋二山上。夏山用清一色太湖石堆砌而成，太湖石集“漏、透、瘦、皱、丑”等美学特征于一体，色泽灰白，线条柔和，从美学风格上说，呈现的是一种优美；而秋山是用黄山石堆砌，黄山石色泽深沉，线条刚劲，而且从体量上看，秋山为最，故秋山所呈现的是一种壮美。以园林美学而言，夏山所呈现的是中国南方园林之秀，秋山所呈现的则是中国北方园林之雄。两座假山，由抱山楼串连成一个整体，一柔一刚、一南一北，两种风格形成强烈对比和冲突，却又在对比与冲突中达到了相互映衬、相互照应之和谐。此乃个园假山最珍贵的艺术价值之所在。也是个园能以区区数亩之田，而称全国“四大名园”的底气所在。四是精巧。陈从周先生曾这样评价个园：“个园以假山堆叠的精巧而出名，在建时，就有超出扬州其他园林之上的意图，故以石斗奇，采取分峰叠石的手法，号称‘四季假山’，为国内唯一孤例。这种假山似乎概括了画家所谓‘春山淡冶而如笑，夏山苍翠而如滴，秋山明净而如妆，冬山惨淡而如睡’以及‘春山宜于游，夏山宜于看，秋山宜于登，冬山宜于居’的画理，实为扬州园林中最具地方特色的一景。”

相比于个园而言，何园的假山比较分散，体量也小一些。但它至少也有三大特色：一是贴壁假山。此种假山，既节省石料，又别具匠心。它以墙壁为纸，山石作墨，所呈现的艺术效果，犹如一幅水墨烟云图。二是体现隐逸主题。位于西园复道回廊尽头，以太湖石堆砌而成的假山，是何园中最高的一座山，上植白皮松两株。它所体现的是唐代诗人王维《山居秋暝》之诗意：“空山新雨后，天气晚来秋。明月松间照，清泉石上流。竹喧归浣女，莲动下渔舟。随意春芳歇，王孙自可留。”这首诗是王维隐居辋川别墅所作，表现的是山间的明月秋色，以及诗人随遇而安的宁静心态。而这正是何园主人何芷舠隐居扬州时的心态——人生的春天已经过去，明月秋风也一样地美妙惬意。灰白色的太湖石堆砌山体，植两株扬州很少见的白皮松，无疑是在刻意体现“明月松间照，清泉石上流”之意境。三是片石山房的价值。位于何园东南部的片石山房，已被我国著名园林学家们认定为明末石涛之遗构。它于水滨层层叠高，主峰峭拔突兀，侧有高梧映带，峰有绿树冠荫，山前池水照影。山腹置石室，东西有洞可入，此即“片石山房”含意之由来。由主峰东延，山体笔削，山势骤断，但仅一步之遥，山势又起，逶迤而东。此种山势，正如石涛画论中所谓“一峰突起，连冈断堑，变幻顷刻，似续不续”。

四

如果说规划布局、建筑风格以及叠石造山是园林“硬件”的重要元素，是园林之“躯体”，那么园林中的翰墨书香和人文底蕴，便是园林之精神，园林之灵魂。

有学者认为，个园前身为乾隆时期扬州盐商兄弟马曰琯、马曰璐的私人别业——小玲珑山馆的一部分。马氏兄弟不仅以业盐而知名，更以私人藏书丰富及与文人雅士往来甚密而著称当时，并载于史册。马氏兄弟的藏书之所——丛书楼，是当时江南四大私人藏书楼之一。乾隆朝编《四库全书》，令全国各地向朝廷进献图书，扬州马氏兄弟为全国私人进书最多者。小玲珑山馆的北园部分，到嘉庆年间转至黄至筠手中时，马氏家藏图书已随马氏家族的式微而散佚，丛书楼也已凋敝零落。然而，黄至筠在营建个园时，下意识地重建了丛书楼。虽然个园的丛书楼与小玲珑山馆之丛书楼已不可同日而语，但其翰墨书香却一脉相承。

除了丛书楼之外，还有觅句廊等构建。而最能体现个园书香之味的还是园主人及其几个儿子的文化艺术修养。黄至筠虽然是盐商，但却善丹青。至今个园抱山楼下嵌壁石刻上还有黄至筠的一幅拟宋人小品的扇面画。

黄至筠的子孙们也都是颇富学术造诣的雅士。黄至筠有四个儿子，长子黄锡庆被钦赐为举人，官至广东候补道。工书画，尤善花卉，取法恽南田，擅诗词，有著作《铁庵词乙稿》遗世。

次子黄锡麟（黄奭），对经学极感兴趣，将一生精力献给了古书辑佚事业，一生著述，量可等身，他在个园所居其屋取名“汉学堂”。直至今天，我们走进个园，仍能闻得到书香缕缕，看得见诗画纷呈。

相比于个园，何园的书香之气更加浓郁。

何园主人为世代书香门第，其主人之父何俊，为道光壬午（1822）江南举人，已丑（1829）进士，翰林院庶吉士，官阶至正一品封典。何芷舠本人曾为国子监太学生，咸丰五年（1855）参加顺天乡试，后以咸丰己卯科誊录的身份，当上户部郎中，官阶亦至正一品封典。何芷舠的儿子何声灏，于光绪十一年（1885）江南乡试中举，光绪十六年（1890）中进士，并被钦点为翰林院庶吉士。何园后人中有众多的科学家、艺术家、教育家和社会活动家。可谓文脉相传，代有名士。

何园中除了书房、读书楼之外，其最大特色是藏有众多的碑帖、石刻、木刻等艺术珍品。如廊墙之东的苏轼《海市帖》，廊墙之西的《颜鲁公三表》《唐人双钩十七帖》。蝴蝶厅中藏有木刻“苏轼竹图”、宋人小品木刻、唐寅花鸟木刻、郑板桥竹石木刻、刘墉和郑谷的书法木刻等。最为难得的是，这些珍贵艺术品很多是造园时的原物。

个园、何园，其营造时代、主人身份等各不相同，其园林艺术各有千秋。不仅在扬州，而且在全国都当之无愧地堪称园林艺术的两颗明珠。

诗情画意江南春

一

江南好，风景旧曾谙。
日出江花红胜火，
春来江水绿如蓝。
能不忆江南？

每到春天，白乐天这首词便如琵琶女那纤纤玉指，撩拨着我出游江南的心弦，于是便说走就走，毫不犹豫地驾车上路，目标：杏花春雨江南。

春日艳阳照耀着无垠的旷野，二月的风吹在脸上，软绵绵地，那“吹面不寒杨柳风”的感觉是如此的真实而贴切。轻车胜似马蹄疾，才上高速，整个田野便如诗如画地撞入了眼帘。路边柳枝随风起舞，麦苗的油绿与菜花的金黄是这幅图画的主色调。路边小草也不再是“草色遥看近却无”了，而是如绿色的地毯一样，向着无尽的远方铺展开去。一排排高大挺拔的白杨树虽然还光着枝丫，但看得出，它们返青的愿望是那么的强烈……

眼前这番景象与在城里赏春的感受是截然不同的，城里赏春看到的无非是小区里的树木与园林中的花卉。尽管梅花、迎春、玉兰次第开放也给人送来春的消息，带来美的欢娱，但与这无边的旷野比起来，还是显得太逼仄，太小气。春天的原野，是一种无拘无束的大美，是一种震撼人心的壮美，更是一种能够洗涤心灵尘垢的纯洁之美。无怪乎古往今来的文人雅士很少流连于庭院风景的，在他们的笔下是“大漠孤烟直，长河落日圆”，是“平芜尽处是春山，行人更在春山外”。于是便常常羡慕古人的那种胸襟，那份眼光，那份从容与悠然。比如同样是过长江，白居易是驻足在江岸边，悠然地打着节拍，哼着小调：“汴水流，泗水流，流到瓜洲古渡头，吴山点点愁。”而今天的我，那句“一桥飞架南北，天堑变通途”尚未念完，便一步迈入了“米家山水”的境界。

每次经过镇江时，总是要缅怀一下米芾的。这位北宋时代的书画大师，以师法自然的精神，不仅成了一代书法宗师，而且在绘画上力求革新，创造了被后人称为“米家雨点”的技法，而令人倍加尊崇。前几年，镇江建了一处米芾广场，我曾多次从门前匆匆走过，竟是不敢前去看上一眼，因为我想象，那里一定很狭隘，它无法装下豪气跌宕的米芾笔墨，更难体现那神奇变幻的米家雨点。倒是那耸峙于江边的北固山，虽然没有入云的巍峨，却是一派真山真水的风骨，我是极爱去游的。不必纠缠刘备是否在此上演过招亲的活剧，也不必去考据风流浪子柳永是否真的魂归此山，单凭南宋词人辛弃疾在此仰天一问“何处望神州？满眼风光北固楼”，便教这千古江山令人神往不已。想必此时正山花烂漫，游人如织吧。

春风得意，车轮飞驰，高速上出现了指向茅山的路标。这又是江南山水的一处名胜了。茅山的知名，固然因为它是道教文化的开宗立派之地，大多游人也是奔此而去的。喜欢唐代诗人顾况写茅山的那首绝句：“日暮衔花飞鸟还，月明溪上见青山。遥知玉女窗前树，不是仙人不得攀。”而我登茅山时，却更欣赏这座江南小山所凸显的那份嵯峨雄姿，欣赏它“冬春有芳草，朝暮多鲜云”的幽静。登上大茅峰顶，或远眺林海云雾，小桥横跨山崖；或近观新笋破土，翠竹掩映红墙；或仰视楼台亭阁，飞檐风铃轻摇。远视群山，俯瞰大地，竟也有“一览众山小”的阔大境界呢。

二

扬溧高速的南端是溧阳。在大文化视野里，真正意义上的江南是从这里才开始的。这个古老的江南小县，青山拥簇，绿水如织。传说，伍子胥过昭关，倒马登山，于是有了伍员山，由此，溧阳的山增了一份雄迈；又传说，姜子牙直钩垂钓于此，留下“太公石”，于是，溧阳的水又添了一份神奇。南山竹成海，波动着江南的柔美；天目水成文，闪烁着江南的娇媚，“树头蜂抱花须落，池面鱼吹柳絮行”。白芹，绿茗，香椿，臭干，小蒜，大栗，鱼头，肫肝，家珍足数。溧阳之神秘美丽，真是攒足了江南的灵秀。然而，此刻最牵动我思绪的是车过别桥时，对此处所珍藏的《淳化阁帖》的向往。

《淳化阁帖》是中国最早一部汇集各家书法墨迹的法帖。收录了中国先秦至隋唐一千多年的书法墨迹，包括帝王、臣子和著名书法家等103人的420篇作品，被后世誉为中国法帖之冠和“丛帖始祖”。淳化是宋太宗赵炅年号，阁为宋太宗藏书之阁，太宗以年号名阁，因称淳化阁。帖为名人书法之拓本，宋太宗将此法帖藏于淳化阁，故称《淳化阁帖》。

宋太宗命王著将这部《淳化阁帖》刻在枣木板上，然后以拓本赐给王府亲族及文武大臣。珍贵的《淳化阁帖》，我国现仅存两套半，两套在西安，半套则为溧阳别桥（原名甓桥）虞氏所保存。

别桥虞氏之有《淳化阁帖》，缘因别桥虞氏始迁祖虞维，字敦素，于南宋绍兴时授宣议郎之职，并娶宋赵氏郡王之女郡主为妻。郡主能文能诗，尤工书法，有钟王笔意。王府内外把她比作东晋汝阴太守李矩之妻、书法家卫铄。赵郡王府亦曾获赐《淳化阁帖》，原藏于内库，很少外传，但郡主深得乃父心爱，视为掌上明珠，故得常入内库欣赏。郡主本爱书法，看到这副阁帖自然十分欣喜，于是征得其父同意，将法帖移储她的书室，朝夕观摩摹临。到她出嫁时，她父亲知爱女平时对法帖爱不释手，便把这件珍品作为妆奁，随郡主来归虞氏。

由于世事沧桑，到明朝时，天下所藏《淳化阁帖》原拓本大都损残佚亡，而虞氏珍藏的拓本，犹保存完整，并在此时依此拓本勒刻于石，此即别桥虞氏现所保存之《淳化阁帖》石刻。

帖勒石后，虞氏历代子孙以“族中宝”视之。清代咸丰年间，太平天国兵火频仍，虞氏族人为确保“族宝”，众议选族中望户每户善事分管两块。然而在太平天国失败后，虞氏族人能安然返回故里者十不足四五，为此石刻亦遭损失，十去其一。现存的计一百一十八块，保存完整者四十七块，破损七十一块。其中梁武帝、钟繇、卫铄、王羲之、王献之、柳公权、颜真卿、欧阳询、张旭等大书法家的手迹，仍一一可睹。

“文革”时期，《淳化阁帖》又几因“破四旧”而险遭破坏，幸赖虞氏后人将石刻粉上石灰，巧妙珍藏，方使这一珍品躲过一劫。

溧阳虞氏所藏《淳化阁帖》之传奇故事，折射出的是江南人自古崇文尚德的优良品德与淳朴民风。我查过别桥虞氏的家族源流，其祖先在北宋乃丹徒人士，宋金对峙时丹徒不太安宁，虞维举家迁至溧阳别桥，并成为南宋朝廷著名官僚。中国书法史上有句俗语：王羲之后，凡书法人尽法之；米芾后，凡书法人尽摹之。虞维祖居丹徒，米芾的字想必他也是临过的，又娶了一位酷爱书法的佳人，其对《淳化阁帖》之钟爱便在情理之中了。

我的思绪在历史时空穿越着，不经意，别桥已匆匆掠过，但我依然在反光镜中对别桥这座普通而又特别的江南小镇投去崇敬的一望，感谢虞维以及他的后人们，为中国书法艺术保存了一笔弥足珍贵的财富，更为江南、为溧阳增添了一道亮丽的人文风景。

三

宁杭高速，车流如潮。春风相伴，山水相依。我此行的目的地——宜兴近在眼前。

宜兴，古称阳羡，山明水秀，人杰地灵。她的地形地貌与地理位置之绝佳配置，在整个中国都极为罕见。以宜兴市区为中心，其南部为延绵起伏的丘陵山地，北部是平坦肥沃的太滆平原，东部则是濒临万顷碧波的太湖湿地。因而，自古以来，宜兴便是富足丰饶之乡，人文荟萃之地，曾有“四百进士出阳羡”之美誉。历史上，宜兴一地，竟出过十位宰相。中国文化泰斗人物苏轼，晚年酷喜宜兴，曾决计在此颐养天年。其《菩萨蛮·阳羡作》写道：“买田阳羡吾将老，从来只为溪山好。来往一虚舟，聊从造物游。有书仍懒著，且漫歌归去。筋力不辞诗，要须风雨时。”苏轼最终病逝于常州，但至今，宜兴尚流传着许多与东坡先生有关的趣闻逸事。

宋明之后，文人画兴起，太湖之滨的文人墨客多会于此，米芾、朱熹、文徵明等都曾在此流连。清代常州画派的代表人物恽南田的写生大多在宜兴山中。今天，翻开他的画作，仿佛还带着宜兴南山花草的芬芳。近代以来，宜兴在文学艺术界、科技界更是大师成林，名人辈出。宜兴除了茶的绿洲、洞的世界、竹的海洋、陶的故都之后，又有着“教授之乡”“书画之乡”的盛誉。中国现代美术事业的奠基者、杰出画家、美术教育家徐悲鸿享誉海内外，吴冠中、吴大羽、尹瘦石、钱松喦等一批画家皆是当代一流大师。同时，宜兴还是一个浪漫之乡，当你徜徉于林间花丛，你一定能看到颉颃翻飞、蹁跹相随、自由美丽的梁祝蝶影；当你驻足于太湖岸边，在汩汩成韵的波涛声中，你一定能听出范蠡与西施乘桴泛舟的欸乃桨声。

最喜欢宜兴山中的这条香樟大道，它如一条绿色隧道，直通万顷竹海的深处。路边紫色的二月兰、山坳里鲜艳的桃花、雪白的梨花、粉嘟嘟的海棠花争先恐后地绽放着。最是那一望无际的茶田，此时正换上了碧绿的新装，如春波泛起，似绿浪翻腾。唐代卢仝赞美宜兴茶诗云：“天子须尝阳羡茶，百草不敢先开花。仁风暗结珠蓓蕾，先春抽出黄金芽。”正是春茶上市时节，虽未及品茗，却已有一股清香扑鼻而来。万顷竹海，去年冬天遭遇了严重的霜雪与低温打击，此刻似乎还未缓过神来，竹叶显得有些枯萎，但却丝毫不影响春笋的萌动与生长。于是路边上早有山农将竹笋叠放整齐，还未谈价钱，那山民脸上悦人的春意已令人有了非买不可的冲动，于是便毫不犹豫地将那一筐春色装进了行囊。

薄暮冥冥，落霞满天，我漫步在新建成的油车水库大堤上，看群山叠翠，水天苍茫。晚霞中，烟岚缥缈，鸥鹭飞翔，那是一幅天然的写意大山水。便情不自禁默念着范仲淹《岳阳楼记》名句：“而或长烟一空，皓月千里，浮光跃金，静影沉璧，渔歌互答，此乐何极！登斯楼也，则有心旷神怡，宠辱偕忘，把酒临风，其喜洋洋者矣。”

哦，真的，把酒时刻到了，山里人家的农家宴，那又是一篇绝妙好文呢！

第四辑

逆旅行人

大学梦

一

我的大学梦始于十五岁，那时我是一青涩少年初中生。

我们这一代人的中小学阶段，基本在“文革”中度过。我的故乡，又是一个地处偏僻、交通不便的水乡小村落，到我记事为止，只出过一名大学生，“文革”前毕业于华东水利学院（今河海大学）。据说这人书读得很迂腐，在村里留下很多笑话，但我却是很崇敬这位前辈的。

让我做起大学梦，那是 20 世纪 70 年代初，“文革”中推荐首批工农兵上大学，我们村上有一个插队知青被推荐上了中专。那时候乡下人分不清什么是中专，什么是大学，都一律叫作上大学。对世事似懂非懂的我，听着大人们描述，大学生是端国家饭碗，做国家栋梁的人。于是便觉得，我将来的人生应该朝着上大学的理想去努力。我从小爱好文艺，吹拉弹唱样样在行，于是常常憧憬有一天能成为一名艺术学院的学生。

1973 年，我初中毕业，国家决定在推荐工农兵学员上大学时增加文化考试。这是一个风向标，于是我们这一届的初中升高中是通过严格考试升学的。全公社十几所初中，二百多名毕业生，只招六十名上高中，这是我人生中遇到的第一次竞争。我从初中开始就有点偏科，语文是我的强项。中考成绩出来了，果然语文考得很好，数学很低。但是，高中的一位语文老师看中了我，他曾经批改过我的作文，又是唐刘中学的语文教研组长。据说在录取时他曾说过这样的话：“我只关心那个叫华干林的学生是否能录取，其他人我不问。”这位老师就是我恩师之一的孔沁梅先生，孔先生是货真价实的孔门后裔，学问上博学多才，课堂上汪洋恣肆，他的文风影响了唐刘中学一代代学子。

高中生活极其艰苦，学校是由原“唐刘农业中学”改办成普中的，课桌用土坯垒成，板凳自带，晚自习用的是汽油灯，灯油钱是同学们一分钱、两分钱凑起来的。学校离家十华里路，途中还要摆渡过河，因此，我们只能住宿。住宿的床板自带，有的同学家里没有床板，只得把大门卸下来作床板。开学报到时，我们华庄同批录取的五名学生——丁昌林、华培德、华荣桂、章乃文还有我，借了一条船，装上床板、板凳以及其他简单的生活用品，三个人在岸上拉纤，两个人在船上驾船，就这样去学校报到了。

床铺也是自己动手搭起的，全班近四十名男同学挤在一间大教室里，这就是我们的高中宿舍。学校里有食堂“代伙”，所谓“代伙”，就是学生自己带米去，学校代煮。每星期六天，交七斤米，五毛钱代伙费。早晨每人两勺稀饭，中午一碗米饭，一份菜汤，晚上仍然是两勺稀饭。因为国家在抓教育质量，所以尽管生活艰苦，但学风很好，老师们教得负责，学生们学得认真。尽管是乡村中学，但师资力量并不差，有些教师原本是在县城教书的，因政治运动而被下放到乡下来。华岳老师便是一位德高望重的语文教师，他是我一个村上的，还是同宗本家，辈分是我的伯伯，中华人民共和国成立前就是共产党的“老文教”，曾在兴化城做过小学校长。他的古文功底扎实，尤其是一手好字，名冠乡里。他是我们的班主任兼语文老师，因我语文成绩好，所以他很赏识我。

每周六放学回家是很快乐的时光。我们华庄、港南、杭堡等几个村的男生，往往结伴而行，有几个和我一样爱唱歌的，如蒋春湘、刁立旺、张凤山等，我们一路走来一路歌，常常引得行人驻足，农田里干活的人也被我们的歌声吸引，一起直起身、抬起头来，对我们这群活泼的少年投来友善的笑意。

离家一周后归来，父母自然很高兴，平日里有些好吃的总是等到这一天才舍得吃，因此，星期天的午餐是一周中伙食最好的。做午餐时，家人还得帮我们熬上一罐子咸菜带到学校去。于是周日晚上返校后，相互品尝各自从家中带来的咸菜，便又成了周日午间美味的余兴。但这种“品尝”也只能“浅尝辄止”哦，因为毕竟这一罐咸菜要打发六天的稀饭。甚至有些连菜汤钱也交不起的同学，一日三餐都靠这一罐咸菜来打发呢。

高中的日子艰苦但快乐着。由于学制改革，我们的高一上了三个学期（先由秋季招生改为春季招生，后又由春季招生改为秋季招生）。1974 年暑假，我读完了高一。但这时候，父亲却突然决定让我辍学去学手艺。

我父亲出身贫苦，中华人民共和国成立初期被选为村干部，60 年代已担任大队支部书记。不料“文革”风暴骤起，父亲遭受批斗，长达数年，几欲自绝。1967 年，因为家庭遭难，我已被迫辍学过一年。“文革”后期落实政策，父亲又当上了基层干部。当时上大学是推荐制，父亲很有自知之明，认为这等好事轮不到我，于是让我中断学业，去工厂学一门手艺。父亲的想法有他的道理，农村人有句俗话“荒年成，饿不死手艺人”。我虽然极不愿意，但是少年的我却无法改变父亲的决定，于是不得不再次中断学业，到戴南镇上一个机械厂去当学徒。

戴南镇是家乡方圆百里的大镇，水陆交通发达，商业氛围浓厚，也是中国乡镇企业的发祥地之一，当时有“小上海”之称。直到今天，依然是我们那一带农村政治、经济、文化中心。我学的是钳工，师傅叫严宝善，手艺极好，人也好，常把我带到他家吃饭。记得有一次在他家吃团子，那团子是用猪油丁和芝麻、白糖包起来的，一口咬下去香甜无比，至今我都认为，这是我一生中吃过的最佳美味。但是，尽管戴南镇上的生活丰富多彩，却拴不住我一颗求学之心。这一年春节，我与父亲大吵一场，我申明了要继续读书的决心。所幸我的想法得到了母亲的理解。母亲不识字，她常埋怨我的外公重男轻女，没让她上学，使她成了“睁眼瞎”，所以她支持我读书。

在我的极力抗争和母亲的支持下，我终于得以重返校园。然而此时的校园已今非昔比，“学风恶化。这半年，正值全县举行文艺调演，学校老师和公社文化站陈翔站长指导我与顾建华同学排练了一个对口快板节目，参加县里的会演并得了奖。除此之外，几乎没有学到文化知识。顾建华是一个德智体全面发展的同学，可惜天妒英才，高中毕业不久便因病去世了。

二

高中毕业回到家乡，我与父亲又发生了一场“战争”。父亲要求我去社办厂（后来叫乡镇企业）上班，而我则坚持要在农村“滚一身泥巴，炼一颗红心”，走“又红又专”的道路，最终能实现上大学的梦想。但是，在农村干了半年之后，“胳膊没拧得过大腿”，我再次屈从了父亲，又来到戴南镇，在一家不锈钢拉丝厂上班。工厂里的生活对我来说平凡而机械，除了上班，我的业余时间都用看书来打发。那时看的书主要是“红色经典”，如《艳阳天》《金光大道》《欧阳海之歌》等，还有老一辈无产阶级革命家的诗词。除了毛泽东诗词之外，我还喜欢陈毅的诗词，充满了革命激情，那首“断头今日意如何？创业艰难百战多。此去泉台招旧部，旌旗十万斩阎罗”，读来感到豪气冲天。这些诗词也给了我人生的力量，我不甘心在平庸的状态中生活下去，于是我在寻找人生的出路。

天无绝人之路，机会果然来了。

当时“农业学大寨，工业学大庆”运动如火如荼。我的家乡那时还属于扬州地区，扬州地委组织了“农业学大寨工作队”，从地委机关抽调了一批干部到基层，同时，从农村基层选拔一批年轻人跟班培养，我有幸被选中。三月份，在早春的暖风中，我辞别了工厂，来到了“农业学大寨工作队”。

我工作的地点在兴化城南的临城公社，地名叫十里亭，这是一个古代驿站的名称。工作队下面有工作组，我被分配在“企事业工作组”，这个工作组的职责是指导临城公社社办企业的“工业学大庆”工作。这个组共六个人，除我之外，其他五位都来自扬州地委机关，论年龄都是我的长辈，论资历大多是参加过解放战争的老同志。组长王瑞云还是一位抗战老兵，他是扬州水利局治淮指挥部材料供应科科长，为人极谦和，是我成长过程中对我影响最大的一个人。

我在组里负责文字材料之类的事，但当时我的字写得太差。王组长对我说：“小华，你的文章写得很好，但钢笔字需要提高。”于是，我便下决心练钢笔字。那时没有字帖可临，我就从横平竖直开始，在旧报纸、玻璃台板上一笔一画地练，终于练出了一手可以见人的钢笔字。

在工作组里，我是唯一来自农村的青年，有很多不良的生活习惯，几个老同志时时向我指出。这一年，他们把我一个农村孩子培养成了一个文明人。

更重要的是，这一年我真正懂得了如何做人。

工作队的生活很艰苦。几个老同志，都来自扬州地委机关，住的是公社农机厂临时改造的宿舍，六个人挤在不到五十平方米的平房里，住宿办公于一体，没有卫生设施，吃的是厂里的大食堂。在此工作一年，我们从未接受过任何宴请。

这一年，我们国家经历了很多大事，最大的事当然是毛泽东主席逝世。但之于我，有一件小事却令我终生铭记。

公社农机厂生产一个产品——塑料手电筒，这在当时是很潮流的“家电”了，厂里的团支书私下送我一支（是检验后的不合格产品）。后来这事让王组长知道了，他便找我谈话，很严肃地指出了问题的严重性。我吓坏了，第二天就将手电筒还给了那位团支书。年终，组织上讨论我入党事宜，这件事成了“硬伤”，我没有能够入党。但是通过这件事，我却终生感谢王组长对我的批评教育和人生引导。

与扬州老首长同事的时光很快就要结束了，这是元旦前的最后一个冬夜，他们第二天将返回扬州。可是晚饭后，王组长却突然发病，于是立即送县医院，各种检查、手术治疗都做过了。王组长被安置在急诊室继续观察，同时等待着扬州的车辆接他回家。那时的条件差，即使是县城医院也没有空调，这一夜显得特别寒冷而漫长，我一直守护在他身旁。由于他喉管做了手术，已不能说话，只是紧紧抓着我的手，一刻也不松开。

天终于亮了，扬州派来接他的车已经抵达，我扶着他上车，他紧紧握着我的手。汽车开动时，他用微弱的声音对我说了一句话：“争取到扬州上大学！”

三

时间进入 1977 年，扬州的领导回扬州了，但我们这些“培养对象”如同服兵役一样，要历时三年。“农业学大寨工作队”也由“扬州地委农业学大寨工作队”降格为“兴化县委农业学大寨工作队”。这一年，我工作的地点在兴化县陈堡乡向沟村。去年是在企事业单位工作，现在则直接到了农业生产第一线。我们的组长姓赵，大胖子，山东人，性子直，嗜烟酒。第一次小组成员分工，要把每个人定到每个生产队。征求我意见时，我说：“哪个生产队最落后我就去哪个队。”结果把我分到了第四生产队。这个生产队很特别，其他生产队的社员都住在同一个村上，邻里街坊相近，唯有这个生产队的几十户人家坐落在离村子几里路的西大河边上。那时对工作队员的要求是与社员同劳动，也就是说，我除了肩负着“农业学大寨”精神的宣传组织工作之外，同时还是生产队里的一名劳动力，每天必须与农民一起出工，挑担、挖沟、播种、收割的活都干过。这个生产队确实是全村最“落后”的生产队。所谓落后，就是粮食产量低，社员收入不高。如何改变这一落后状况？只有一个途径，就是提高粮食产量，提高农民收入。那么提高粮食产量的瓶颈是什么？肥料！因为传统的种田，肥田完全靠基肥。基肥，就是粪灰以及绿肥等。而要想较大幅度地提高亩产数量，化肥是不可缺少的因素。我在的这个生产队地多田薄，如何提高单位面积产量，是一个最突出的问题。郁鹤林，一位老资格的生产队长，他与我分析生产队落后的原因时说："如果有一千斤化肥，我们队里今年的粮食产量能够超全大队！"

地还是这块地，人还是这些人，只要有一千斤化肥，就可以大幅度提高粮食产量，增加农民收入。可那是一个计划供应的时代，一千斤化肥谈何容易！怎样解决这个问题，此时成了我心头最大的心思。村支书告诉我，如果能找到人，可以批到计划外的化肥条子。于是我想到了去年"扬州地委农业学大寨工作队"的老首长们，我决定试一试。

没有与任何人商量，我向组长请假到扬州去看望老首长。平生第一次来到扬州找到老首长，说明来意，老首长赞扬我说："小小年纪，有这种责任感，不容易。给你解决一吨化肥吧。"说来也真神奇，这一年我蹲点的这个生产队，总产和单位面积产量，跃居全村第一，社员们年终分配得到了进入人民公社成立以来最好的收入。

转眼，在工作队的第二个年头结束了，告别向沟，回到县城做一年的总结，并准备转战下一个目的地。但此时，我却无心恋战了，因为国家已恢复高考，我要回去考大学。

四

1978 年初，我回到家乡，正是恢复高考之后第一届学生发榜之时。我儿时的伙伴华学诚参加了这届高考，并接到了扬州师范学院的录取通知书。那天晚上，他家请客庆贺，众人贺喜，我却黯然神伤。学诚看出了我的心事，夜阑人静，在他的房间里，我们说了一个晚上的话，然后他把一支钢笔送给我。他说："这支笔陪我完成了高考，现在送给你吧，愿它也能陪同你完成高考，实现理想！"

于是，我谢绝了组织上的一切行政安排，在孔沁梅老师的帮助下，回到母校——唐刘中学，当了一名代课教师，一边教学，一边复习迎考。

转眼就到了1978年高考的日子，这一年的作文考题是将一篇长文章缩写成800字的短文，文章的题目是《速度问题是政治问题》，极有时代色彩的。因为是第一次参加高考，又没有统一教材，也没有复习资料，完全靠自己平时积累的知识，所以各科考得如何，自己心里毫无把握。

终于等到分数公布的日子，当时文理科均以300分为体检资格线，全公社过300分的有十个人，我的分数309，排第九名。

这个分数对我来说有点意外的惊喜，我没想到自己还有这样的实力；但又很尴尬，因为仅仅过了体检分数9分，没有什么竞争力。接下来填报志愿，没有人能够指导我，完全凭想象、凭感觉。等待录取通知书的日子里，眼看着同时过线的那九个人（包括排第十的那位）都先后拿到了录取通知书，而属于我的那张通知书却迟迟没来，并且这一年始终没有来……

但是第一年高考的成绩，却给了我信心。

不气馁，接着干!

1979年我再度参加高考，我落榜了。这给我的打击很大，父亲本来就不主张我读书，这一来对我更失望了，父子之间矛盾不断。

夏去秋来，黄叶遍地，我的心绪如秋风般悲凉。

就在这时，一个人的出现彻底改变了我的人生，他就是我的堂伯华义南。

伯伯青年时代参加中国人民解放军，跟着叶飞将军一直打到福建前线，先后镇守南日岛、平潭岛等重要军事基地，官至师长级。因为他离乡日久，又极少回家探亲，以至我常听说却从未见过这位长辈。这一年秋天，伯伯从部队转业到了扬州师范学院工作，在正式上班之前，他带着全家回乡探亲。伯伯是全村在外当的最大的官呢，他的归来，在村子里成了一时热点，亲戚本家轮流宴请。轮到我家宴请时，他不免要查问我，我向他报告了两次参加高考落榜的情况。他是部队政委，一副和蔼可亲的样子，做思想工作是他的拿手好戏。他轻声细语地询问了我各门学科的情况，又帮我分析了我两次落榜的原因：一是不能做到专心致志的复习，二是复习内容不系统、不科学。然后问我：“还有没有信心再考了？”我说：“当然有！”他又问：“如果我把你带到扬州去复习，明年再考，你有没有把握在今年总分的基础上再增加一百分？”我默默测算了一下，很有信心地回答：“能。”于是他以军人的口气果断地说：“一过春节，你就去扬州复习！”

在焦虑与期盼中，终于迎来了1980年春节，大年初三，我便迫不及待地来到了扬州伯伯家。

伯父刚刚转业到扬州师范学院，全家七口人还住在筒子楼里。伯父伯母要上班，五个孩子中除了大女儿工作之外，其余四个还都在上学，家庭负担很重。他们几个儿子，即我的堂弟们合住在一间学生宿舍里。此情此景，令我十分感动，伯父伯母的生活条件如此艰苦，还把我接到家中来复习迎考，这是一种多么大的胸怀！我暗下决心，一定不能辜负了伯父伯母的一片良苦用心，一定要刻苦复习，今年高考一定要成功。

为了让我能够得到系统复习，伯父把我安排到扬州师范学院工会办的一个高考补习班去听课。这是专门为教职工子女办的高复班，晚上听课，讲课的老师都是从扬州各中学请过来的名师。记得有一位姓赵的历史老师，她的课讲得条理清楚，生动有趣，使我受益良多。

高考的日子临近了，我踌躇满志地辞别了伯父伯母全家，回家参加1980年的高考。

高考时间是7月7、8、9三天，考试地点在戴南中学。那年夏季是一个多雨的季节，考试在非常舒适的状态下进行。第一场是语文，我考得很顺利，尤其那篇《画蛋有感》的作文，我写来得心应手，酣畅淋漓。政治、历史、地理考下来感觉都挺好。数学题大多不会做，但最后一道几何题很多人做不出，却居然让我做对了。

等待公布分数的日子总是显得那么漫长。

8月上旬的一天，大队支部书记如山叔到兴化出差，从我家门前路过，见到我。他说："干林，别老是闷在家里，跑兴化玩玩去。"于是我随手抓了几件换洗衣服，就随他上县城了。

坐了六个小时的轮船到了兴化城，在水乡旅社办理好住宿手续，便到街上吃点东西。刚坐到一个小吃铺里，就听有人在议论，"高考分数公布了"。如山叔说："干林，快去看看你的分数！"于是，我飞也似的跑到县教育局，只见那里人头攒动，议论纷纷。迎头碰到了高雁，他是我当年在唐刘中学代课时的同事，更是我的老大哥，对我很关心。见到我便大声喊："小子，祝贺你，考上了！"说着便拉着我的手来到教育局办公楼的山墙前。山墙上贴满了红纸，红纸上写着考生的名字、考号和考分，高雁指着我的名字说："喏，在这里，376分，这成绩上扬州师范学院没话说了。"我看着自己的分数，稍稍一算，比去年增加了97分，离伯伯的设想还差三分！

接下来便是填报志愿了，我毫不犹豫地将扬州师范学院中文系填报了第一志愿。因为那里有我的伯父伯母，有我工作队的老首长，有华学诚，还有扬州八怪中的兴化老乡——郑板桥、李鱓。

8月中旬，接到扬州师范学院的录取通知书。9月初，我怀揣着追逐多年的大学梦，跨进了扬州师范学院的大门，开启了我人生的新旅程。

我的发小华学诚

一

华学诚，我的发小。中国当代语言学大师、“王力语言学奖”得主、长江学者、北京语言大学教授、博导……一连串的头衔。他现在成大学者、大名人了，甚至与习近平总书记一起上了《中华儿女》杂志，但丝毫不影响我们的发小关系。我们俩有很多相同之处，比如同村、同姓、同龄、同小学、同中学、同大学、同专业……同的，那是多了去了。

少小在家时，我俩的共同爱好，除了文学，那就是酒。这正应了古人一说：“从来文士多耽酒。”

我俩从幼年喝到少年，从少年喝到青年，从青年喝到中年，眼下正从中年往老年坚持不懈地喝下去。

喝酒，我们永远在路上！

有一次，一干人，喝到忘情处，就吹牛。我说：“我断了奶就会喝酒。”心想，我这句话一定很有杀伤力。

没想到，学诚冷不丁地跟上了一句：“我没断奶就会喝酒！”

于是一桌人，包括我在内，都很愕然。十几双眼睛盯着他问：“你咋会没断奶就会喝酒耶？”

且听学诚娓娓道来。

原来，他妈妈生下他之后，又给他添了个小妹妹。学诚上下四个姐妹，就他一个男孩，这是传宗接代之种啊。于是，她妈妈为了让这个男孩长得壮实一些，本来应该给他小妹妹喝的奶，却都给他喝了。这里可是要给学诚的老妈妈大大地点个赞，一个不识字的农村妇女，60 年前就懂得母乳喂养的好处。天才怎么培养的，你整明白了不？但是小妹断奶了，你还没断奶，学诚你现在有啥感觉？哈哈！

学诚喝奶差不多喝到快十岁。那时候我俩的父亲都是村里的干部，乡里乡亲，家边邻里，逢年过节以及家里办大事，要请个客啥的，都要请村干部。有时候请的人家多了，老爸忙不过来，就叫儿子去顶替，所以我俩从小就常常代替老爸坐上了酒席。先是大人们用筷子蘸点酒给我们尝尝，后来慢慢跟着大人们端上了酒杯，后来嘛就有了酒量，再后来，就有了酒瘾。而今，一个成了酒圣，一个成了酒仙。至于谁是圣，谁是仙，您看着猜去。

这么一解释，学诚说他没断奶就会喝酒，不仅不是夸张的说辞，而且无论从理论上还是实践上，都站得住脚哦。

我和学诚虽然有这么多的“同”，可是十岁之前我们竟是互不相识的，这又是为什么呢？因为在他未满周岁时，他的父亲被调到邻村去任村支书，直到1966年底，“文革”风暴来临，他全家才回到我们村上。这时候我们正读三年级，有一天去上学，班上突然多出了一个男同学，老师介绍，他叫华学诚，新来的插班生。更巧合的是，他居然和我一样，头上扎个小辫子。此乃吾乡民俗，说是阎王爷喜欢童男子，因此家有宝贝儿子，担心被阎王爷抓了去，就给男孩子留个小辫子，当女儿养，直到满十岁，方才将辫子剪去，男孩剪辫子，那可是十分隆重的仪式呢。

于是两个“小辫子”便自然而然地走到了一起。那时候他刚刚进入一个新环境，满眼的陌生，而我却是当时的孩子王。于是，学诚那时候成了我的“跟班”。抓鱼摸虾捉田鸡，什么都玩过；冬拔萝卜夏摘瓜，什么都干过。

可是与学诚同班没几天，我却因家庭原因而辍学一年，谁知这一年的辍学，竟使我们俩的人生差距不断拉大。1977年恢复高考，他一举成功，而我，则在迟他三年后才跌跌爬爬地跨进大学门。再后来，他成了知名教授，我却至今一艺未成。人生啊，真是失之毫厘，谬以千里！

话题还是回到少年时代。虽然我俩不同班了，但我们的友情却始终如一，只是角色发生了本质性转换：原先我的“跟班”华学诚，后来却一直是我的学长，竟至成了我一生敬佩和学习的榜样。

二

高中毕业之后，我俩先后都回到家乡当农民，准备磨一双老茧，炼一颗红心。很快我俩就成了村上的模范青年，学诚更担任了公社团委委员兼村上的团支书，进入了村领导班子阶层。我则另辟蹊径，外出闯荡。再后来他做了民办教师，在村里教学。对他做教师，当时的我很是不屑，可他却说："干林，我们将有可能殊途同归哟。"

几年后，当我们再次相遇在扬州师范学院中文系，他已是大四，我才大一。此时想想当初学诚讲的"殊途同归"，才觉得意味深长。

在师范学院同窗生活的一年时光，尽管我俩生活费都不宽裕，但两人还是经常悄悄地在小酒馆里去喝两口的。

七七级毕业分配时，在校一直担任班长，并且学生时代就已经在训诂研究方面初见才华的学诚，一直被看好是留校人选，但却意想不到地遭遇了"滑铁卢"。他和他的恋人——后来成为他贤妻的邹敏，双双被分配到了苏北某市的一个市属高校。而我，三年之后却意外地留在扬州。

学诚是憋着一肚子气去单位报到的，内心如走麦城，当即立下雄心壮志，一定要考研考出去！于是，又如当年冲刺高考一样头悬梁、锥刺股，一头扎进书本，备战考研。他甚至在房门上贴张纸条："来人闲谈不得超过五分钟！"就这样，那几年，他完成了人生三件大事——结婚、生子、考研。

这阶段有一细节要特别提及，他已是拿工资的人，而我还在读书，于是他常常从工资中省下一点钱接济我，以解我囊中羞涩。

学诚读研在四川，中国著名酒乡。他从四川给我寄来的书笺中，都常常带着酒香的。可在他读研期间，我竟没有入川去看他一次，俩人没在天府之国同醉一回，乃成憾事！

后来他夫人邹敏调回扬州，学诚过寒暑假时，总有泸州老窖、绵竹大曲、绿豆大曲等好酒捎回来与我同饮。

三年后，学诚研究生毕业了。那时候的研究生可是香饽饽，工作可以任意选。可是倔强的华学诚，哪里都不去，偏要回扬州，而且偏要回到扬州师范学院，其心态，你懂的。

学诚回来，我们喝酒的机会就更多了，尤其是他在四川读研，不仅习得学问，而且将四川火锅的制作方法也学回来了，于是在扬州师范学院红三楼集体宿舍的学诚家，一帮朋友围在一起喝酒涮火锅，便成了一道风景。

再后来，成立了扬州大学，我们又成了同事。

1998 年，已是正教授，还顶着扬州大学科研处副处长兼学报编辑部主任两顶官帽的华学诚，内心又骚动起来，他动起了考博的念头，而且一考便中。可学校竟不同意他去读博，僵持一阵之后，学诚以辞去一切职务为代价，成为华东师范大学的博士生。博士尚在读，却已被华师大盯上。未毕业，即被作为优秀人才引进，此类情形，华东师大此前未有，全国也属罕见！2003 年，全国博士论文评比，一不小心，他的论文又被评为“全国百篇优秀博士论文”。

三

华师大与扬大，经过多少次拉锯式的谈判，最终学诚还是被华师大以“重新建档人员”引进了，且博士一毕业就当上了博导。不久，学诚离多聚少的一家人，终于得以在上海安家团聚。

学诚在上海，因为相隔不远，所以我俩常有往来。只要一到上海，你就能感到他在上海朋友圈、同学圈、校友圈中的领袖地位和酒司令风采。一次，我去浦东办事，晚上约他小聚，他从浦西赶到浦东，来回打的三百多元，就为了咱们见个面，畅饮畅叙一下。还有一次去上海，晚上他设席，又是一场酣畅淋漓。不过这一次结果惨痛，我因为酒高，脚步不稳，踉跄一滑，摔伤了腿，当了半年的“跛足大仙”。

作为知名学者的华学诚，侠肝义胆，性情刚烈，用家乡话说，他是“杨木扁担，宁折不弯”。他曾担任过多个单位和部门领导，但也曾数次因看不惯势利人与势利事，愤然挂印。尤其逢到酒场，更是气比樊哙——丈夫死且不惧，还在乎你一杯酒？于是他一年一度的衣锦还乡之时，往往不喝到嗓音嘶哑，口不能言，是决不会鸣金收兵的。

说到这儿，话题大多与酒相关。但是，你可千万别以为学诚就是个酒徒。如果这样想，你就大错特错了。学诚，事业上那绝对是蛮拼的角儿，他首先是个大学者、名教授、“朋友圈”中的铁汉子兼好哥儿们。喝酒，仅是其人品的一个符号而已。他说：“在哆哆（家乡话，爷儿们的意思）们领域中形成了酒文化——酒量就是雅量，酒性就是人性，酒品就是人品……哆哆们以酒识人，以酒阅世。”

至于他的学问，我真不敢谈，或者说，直接不会谈，那玩意太深奥，一般人很难弄得懂。此处借用学诚大学时的同班同学、扬州文化局创作室主任、知名作家殷伯达先生的一段精彩说辞，以补吾之笔拙也：

> 华学诚，扬师院中文系七七级3班的同学们习惯称其为“华班”。解读华班，是一件很困难的事。生活中，他是一位豪放不羁者。在与之交往中，他所有的日子都被激情所燃烧。我们豪饮，我们如角斗士一般地掼蛋，我们通宵达旦地侃大山，似乎一切，都与学问无关。但，一段日子失联之后，他便有了令人惊奇的成就。我们的惊奇，不只在他所斩获的诸多国内顶尖学术殊荣，更在于他所涉猎的领域，令我们怀疑自己的阅读能力。其实，还不是怀疑，是确定地说，是很难轻松走进他的语言文字的艰深世界。那个世界，如同海上潜水，其深度已经超越了绝大多数人的承受能力。但，他怎么可以自由地出入？他给我们的，不只是惊奇，而是一个谜。他的所有的著作以及研究成果，既立足当世，又直达未来；既属于小众，又适宜于汉语言文字大众性的释疑解惑。他畅游于华夏有文字记载以来的文化长河之中，他还会深潜及遨游到哪一处远岸，不可知。无坚韧之心志者，无以成大业；无情感之烈焰者，无以成大器。华学诚，我们一同走过了四十年岁月，他为什么还没有老？这是令我们心生妒恨的事情。再见面，其实是经常见面的，我们能做到的，就是灌醉他，再灌醉他。诱惑他打通宵的牌，一个通宵，再一个通宵。但，其实，是很难做到的。因为，即使玩，我们也难以胜过他的能量与精力。好吧，四十年过往的细节与故事，这里就略去了。那是一部书。

哦，伯达兄，你也未能免俗啊，说学诚，还是绕不过一“酒”字！

四

或许如学诚自己所言，他的人生“漂泊已成常态”。

儿时从华庄到东戚，再从东戚回到华庄；从家乡到负笈扬州，从扬州到盐城；从盐城到成都读研，再从成都回到扬州；又从扬州到上海……本以为他到了华东师范大学，当上了博导，成了“百优”得主，且已大作纵横，蜚声学界，大概会稳步中年，而后安享晚年了。可正当他在华师大干得风生水起的时候，却又突然心血来潮：“世界那么大，我想去看看。”他毅然挥别了摩登的东方明珠，转教于北京语言大学。一家人，刚刚团聚了几天，又南云北梦，分处二地。

北京语言大学是中国对外汉语教育与文化交流最重要、最有特色的学府，校领导多次延请，学诚为他们求贤若渴而感动。而华学诚的加盟，无疑使北语学术团队如虎添翼。当年从扬州大学考入华师大读博，以及留在华师大任教后，已脱去了所有行政帽子的华学诚，又无可奈何地被任命为北京语言大学人文学院院长。而巧的是，此后不久，我也被扬州大学任命为艺术学院党委书记兼常务副院长。于是有人戏言，一个华庄，出了两个华院长。

学诚到了北语，事业蒸蒸日上，声名如日中天。特聘教授，博士研究生导师，教育部长江学者，享受国务院特殊津贴专家。北京语言大学人文社会科学学部主任、文献语言学研究所所长、《文献语言学》主编，兼任北京市语言文字工作委员会专家委员会委员、北京语言文化建设促进会理事、人社部国家职业汉语专家委员会委员、中国训诂学研究会理事，以及北京大学“王力语言学奖”特邀评审委员、北京大学《中国语言学》编委……诸多桂冠接踵而至。

学诚也常有回扬省亲、讲学的时候。往往是人没到扬州，我却已经接到赴宴电话。打电话的人一般这么说：“学诚回来了，小范围聚聚，学诚就让我通知你。”于是，每次相聚，总很尽兴；每次相聚，总有故事……最精彩的故事，是在丁酉年正月初，这是我俩的本命年。学诚全家来到扬州，华庄在扬州的几位老乡小聚，做东之人华永银，比学诚小十几岁，但论辈分却是他的爷爷！而学诚这次又带着他自己的孙子来了，于是这顿酒便喝出了一个五代同堂的奇缘。

北京我难得去，但只要去了，第一个电话总是打给学诚，而且少不了一场大酒，而且是酒店喝过了，到他家要再浮三大白，而且往往喝得肴核既尽，杯盘狼藉，相与枕藉乎沙发，不知东方之既白。

最近一次去北京，我想出这本散文集，请他作序，他则说：“此活非我莫属！”我在电话里让他帮我在西郊宾馆订个房间，他气冲斗牛地回我：“订什么房间?！到我家来住‘总统套间’！”于是，不由分说，晚餐先在酒店一阵猛喝，再随他回家，又胡吹海喝到凌晨。天一亮，我带着醉意赶路，漫说“总统套间”，可怜我，连他家房间长啥样子都没看得清。只记得临走时他对我说：“你回去闭关几天，再认真整理一下书稿，出版的事交给我了！”

我匆忙抓起两只他蒸得热气腾腾的包子，边往嘴里塞着，边下楼赶的士。带着醉意与快意，转道黄山。人到徽州，酒香犹存，乃赋诗一首寄与学诚。

丁酉早春入京与学诚夜饮后别京入皖抒怀：

京华落拓故人酬，甲子从头忆旧游。

昨夜酒香不肯散，且随快意入徽州。

低头思故乡

一

我一口气写了这么多关于扬州的文字，终于想静下心来，泡一壶茶，对着窗外发一会儿呆。夜色中的天空，月朗星稀，明月湖的波光，绚烂炫目。这情景让我想起了方文山一首歌的歌词：

弯成一弯的桥梁，
倒映在这湖面上。
你从那头瞧这看，
月光下一轮美满，
青石板的老街上，
你我走过的地方，
那段斑驳的砖墙，
如今到底啥模样？
到不了的都叫远方，
回不去的名字叫家乡……

哦，故乡，今夜我要借着这清朗的月色，在你的历史天空中作一番巡游了。

故乡兴化，旧有“水乡泽国”之称。为何会有这样的名称？与兴化历史和地理环境有关。

兴化是里下河水乡地势最低的地区，境内河流纵横，俗称“锅底洼”。由于水多，该地区的土质为黏土，只适合种水生作物，而不适合种旱地作物。因而在

20世纪60年代之前，兴化的土地一年只能种一季水稻，秋季稻子收割之后，农田里就放满水，农民们称此为“老沤田”。所谓“沤”，就是将土地泡在水里，经过一个秋冬的“沤”，能增添土地肥力。因而，从上一年秋收之后，到下一年春耕之前，整个田野里是白茫茫水天一色，加之河湖众多，因而就有了“水乡泽国”之称。北宋范仲淹曾任兴化知县并有诗云：“我邑独少宛马来，大泽茫茫不通陆。”

在“沤田”的这段时间里，故乡人没多少农活可干，称之为农闲季节。

然而，所谓的农闲季节，并非想象中的那么轻松与闲适。恰恰相反，因为那时的土地只能产一季粮食，而且产量很低，所以，当秋季过去，冬季来临，农民们的口粮便紧张起来。一过春节，很多人家几乎揭不开锅，家乡人将此时称为“春荒”。为了求生存，头脑灵活一些的人就外出谋生，有的去做点小买卖，有的去城市里捡破烂——今天称之为“物资回收”了。还有些人为了度过“春荒”，却又没有谋生能力，干脆就去做了乞讨者。家乡人对乞讨者有个专门名称——“花子”。但是，那时候，善良的老乡们并不歧视这些“花子”，相反，花子乞讨到哪家门上，总能得到一些饭菜、衣物之类的东西。

然而，饥饿还不是“春荒”时节的最难，更为艰难的是开春之后的“春耕”。此时，正是春寒料峭，水田里冰还没有完全融化，而饥寒交迫的农民则要光着腿脚在“沤田”里劳作了。劳作的主要项目是犁田，那时的生产力水平低下，漫说是拖拉机，连耕牛的数量都远远满足不了农业生产的需求，只能靠人力来拉动犁铧。早春瑟瑟寒风中，在一望无边的水田里，一群群面色如土的农民，上身穿着破旧的老棉袄，两腿浸没在初春冰冷刺骨的泥水中。他们吃力地拉动着犁铧，一步一步艰难前行……这一幕场景，在我心中定格成了永恒而又辛酸的记忆。

终于有一天，一场关于里下河地区的农业科学革命，改变了这一切。

那是我国刚刚度过了一场全国性的大饥荒之后，政府提出了“大办农业”“大办粮食”的口号。为了提高里下河地区的粮食亩产数量，中国农业科学院和扬州里下河农业科学研究所联合攻关，决定实行“沤改旱”试验。“沤改旱”就是将老沤田改造成可种旱地作物的土地。这样，同一块土地，一年就能种两季粮食，一季稻子，一季麦子。操作方式就是把“老沤田”的水放掉，让土地干燥，而后挖地三尺，把多年沤得发黏的土埋到地下，把深处的干土翻到地表来，因为这样的干土才适宜麦子等旱地作物的生长。这场沤改旱运动，农民们称之为“深翻”。但是头几年的沤改旱进展得并不顺利，由于土壤长期浸泡在水中，黏性大，透气性能差，不利于麦子生长，很多地块甚至长不出麦子，而成了“白田”。而这种“白田”再种水稻，其产量又不如沤田。因此，沤改旱运动一时遭到抵制，甚至有人说“沤改旱，必讨饭”。后来，坚持了几年，情况好转了，沤改旱终于获得成功，过去一年只能生产一季稻子的里下河，现在能够生产两季粮食，这就大大改善了父老乡亲的生活水平，至少口粮问题得到了根本性的改善。

这场农业革命，也使“水乡泽国”成了一道逝去久远的风景。

二

我的桑梓之地，便是这片“水乡泽国”中的一个村子，它的名字叫华庄。关于这个村子的历史，我小时候一直听老人们讲着一个古老的故事。

元末明初，天下大乱，群雄纷争。长期的兵火浩劫，使里下河地区赤地千里，一片荒凉。明太祖朱元璋，使尽洪荒之力，终于战胜了最后一个劲敌张士诚，坐得江山。为了迅速恢复农业生产，同时也是为了彻底铲除张士诚的社会根基，朱元璋决定在全国范围内进行一次大移民，这就是历史上著名的“洪武赶散”。这次大移民，就包括了我们华庄人的祖先，他们是从张士诚最后的堡垒——苏州迁来。被迁徙到我们故乡的这些人，自然不可能是名门望族，因为名门望族都给朱元璋迁到南京、凤阳和朱元璋祖籍盱眙去了，剩下的便是些草根之民。兴化是水乡，被水包围着的那一块块陆地，家乡人叫作垛子。据说，移民的时候是按照垛子大小来安置移民人数的。一般垛子安置一男一女；大一点的垛子，则安置两男一女。为了防止挑肥拣瘦，女的是用麻袋装着，随机派发给男人。我们这里是一个大垛子，就安置了两男一女。巧的是，这俩男人竟是华氏亲弟兄。而派给的那个女的，又是这两位兄弟的表妹，姓黄。这三个人就在咱们这个垛子上成家、立业、繁衍后代了。随着时间的推移，这个家族越来越大，为了便于管理，经商议，决定将大家庭拆分成三支。一支哥哥领着，一支弟弟领着，还有一支随母亲姓了黄。

后来官方实行甲保制，哥哥领的那一支被划成八甲，弟弟领的那一支被划为九甲，随母亲姓黄的那一支被划为六甲（甲保制是自北宋开始实行的一种户籍管理制度，以家族血缘为基础，十户为一甲，五甲为一保。除华庄的六、八、九甲之外的编制待考）。再后来，村子里有了外姓人氏的迁入，如武姓、乐姓等。由于随母亲姓黄的那一支人丁不够兴旺，而经常受外姓人氏的欺负，于是，三家商议决定，将随母亲的那一支改为姓华，这样华庄就有了三门华姓，每门都有各自的祠堂。由于八、九两甲是嫡亲兄弟，因此家族规定，八、九两甲之间是不能通婚的。而六甲与八、九两甲之间皆能通婚，这种族规，一直持续到 20 世纪 60 年代。

那么，流传在华庄的这一段历史传说，是否有依据呢？我一直在求索这个问题，我的结论是，这个传说是有历史依据的。

一是“洪武赶散”，历史上确有其事。据史料记载，洪武初年的扬州府，除了少数复业的当地居民外，其余皆为流寓人口，根据现存的地方志及族谱资料，以及在苏北地区一带的民间传说，他们的祖先是明初从苏州阊门迁移而来。

二是村上的人代代口口相传，我们这一带的人是移民而来。最早的村庄地点也不在现在这个位置上，而是在现今村庄的东南和东北方向数里地，过去村上的老人称那里为“南庄子”与“北庄子”。大概明末清初的时候，因洪水冲垮了原来的村庄，才移居到如今村庄的位置重建家园。

三是我们村上的居民是否由苏南移民而来？这个答案也应该是肯定的。华庄之名，现在的人都读近似普通话的书面语。但是，我们的父辈和我们这一代人，都将华庄读成“哇庄”的。这个“哇”的发音，就是吴语区“华”的发音。还有“谢谢”这个词，老一代的人都不读“谢谢”，而是读成“虾虾”，这也是典型的吴语发音。这样的例证在我们庄上的方言中还有很多。再从民俗方面看，我们华庄这一带的人，过年都是吃糕团为主（而不是饺子或馒头、包子之类），而这正是苏南吴地饮食文化的特征。

从明朝初年到民国后期的六百多年间，勤劳智慧的华庄人民，已经将华庄建设成了一个美丽、文明、富裕、祥和的家园。

1949 年，新中国成立之后，华庄又迎来了一次新的发展机遇。政府在华庄设立了一个以棉花加工为主的企业，叫棉花加工厂。华庄，这个世代农耕的村庄，比其他乡村先一步跨进了工业社会。在当时一穷二白的中国，华庄已有了大机器的轰鸣声，并且通了电。村南面的大河上，舟楫往来，汽笛声声。紧接着又有了供销社、粮管所等大型机构落户华庄。此时，沿着村庄南面的一条小夹河两边，店铺林立，百业兴旺。杂货店、饮食店、缝纫店、药铺、八鲜行、肉铺等应有尽有。夹河边上的市声中，印象最深的是一位叫华田香的老人，他以小商小贩为业，村里码头上，每有捕鱼船来，他便沿着村中的街巷吆喝："大——小——鱼——啊！"那声音极有穿透力，一声吆喝，响彻全庄。于是，在他吆喝声中，便从各家厨房里飘出了鲜鱼美味。

此时的华庄很快成为四乡八镇人向往的闹市。邻村的小伙子、大姑娘往往结伴而行，以能够来华庄逛一趟为荣耀呢。

三

因华庄规模超大，人口众多，故而在20世纪60年代初期，便大抵以夹河边一带为南北界，分设华东、华西两个行政大队。

夹河边上，最热闹的地方是供销社。

华庄供销社，据说是兴化县最早的农村基层供销社，是紧跟着棉花加工厂之后，政府在华庄设立的又一大型机构。它规模很大，整个夹河边上，大多数房子都属它所有，那排场，在50年代的中国农村，可用气势磅礴来形容。供销社门市部设置了日用百货、文具用品、日用土杂、布匹等柜台，以及生产资料门市部。商品琳琅满目，整天顾客盈门。供销社有个巨大的仓库，儿时的我，对它充满了神秘感。这里原是村上的一座寺庙，名广福禅院，因庙宇建筑宏大，村民们呼之为"大庙"。然而抗战期间，日本鬼子进村，放火烧了大庙。设立供销社时，为了储存供销物资，在大庙旧址上建了一个大仓库。由于大仓库建得特别高大上，故被村里人称为"洋房"。洋房高大巍峨，坚固无比，以至我小时候走过它的墙根下，既有些恐惧，又有些好奇。总在想象着，这么大的房子，是什么人住在里边呢？

与华庄的土著村民相比，供销社等这些国家机构的工作人员属于白领阶层，他们都是有文化的人，大多来自外地的城镇，吃的是国家饭。戴着手表，穿着皮鞋，大夏天里，脚上竟然还穿着袜子。他们的言行举止，极大地推动了华庄的文明进程。举凡村容村貌、乡规民俗、文化活动等都在方圆几十里的乡村中位居翘楚。特别是华庄的饮食文化令他乡人羡慕不已，“华庄菜”香飘百里，华庄涌现出一批民间厨艺高手，他们中有老一代的华爱如、华友清、汪德根、华德林、华春山、杨宝贵，年轻一些的有华培荣、王三益、华松俊等。时至今日，很多人一提起华庄菜，仍然会情不自禁地咽两次口水的。

这些“厨师”，都不是专业厨师，他们完全是业余爱好。如其中的华友清，他的本职工作是理发。

按辈分，友清是我的“大大”（伯伯）。我小的时候，他已人到中年。他理发手艺很好，只是乡下人也没太多讲究，反正不是小平顶就是小分头，或者年纪大些的就干脆剃个光头。理发师傅人很热情，所以在村子上人缘极好。只要他的店一开门，就总有很多人挤进来——尽管大多数人都不是来理发的。有机工张师傅，有卖肉的朱爹爹。烧饼店里的赵师傅，早市一忙完，甚至来不及放下他那高高挽起的袖子，便带着满身的面粉和烧饼的香气挤过来了，很善于“说书”的金安爷爷则更是每天必到的常客。理发店里有两样东西是常备的。一是白开水，总在老虎灶上烧着；二是水烟袋。这些常客一来，理发师傅就扯着嗓子道：“炉子上水滚了，自己去冲啊！”于是，大家便先后倒杯白开水凉着，有人会不停地喝，也有人会倒下来放半天也不喝。但那支水烟袋总不会闲着，大家轮流吸，那咕噜咕噜的声音，伴随着一阵阵青烟，始终在理发店中弥漫飘荡着。大家喝着白开水，吸着水烟袋，漫无主题、信口开河地聊着天：张家又添孙子啦，王二家的老母猪一窝生了十五头……

实在无话题可聊了，大家便央求金安爷爷说上一段书。金安爷爷读过很多书，记性又特别的好，似乎有讲不完的故事。而且金安爷爷总是有求必应的，只要大家一哄，什么《三侠五义》《七侠五义》《薛仁贵征东》《薛丁山征西》《杨家将》等，一大串一大串的故事便从他的肚子里溜出来，往往听得大家误了吃饭的时辰。但后来“文革”发生，他便不敢随便说了，因为他讲的那些在当时都是属“封资修”一类的。但也有被大家闹得没办法的时候，于是就讲一段带有男女之事的荤段子，往往引得大家哄堂大笑。

因为热闹，我们这些孩子也常到理发店去玩耍。理发师傅特别喜欢小孩。每每我们一来，他总会从口袋中摸出一块糖，或者是一分钱硬币——一分钱硬币足以买一块糖哩。然而这“赏头”并不是轻易能得到的，往往要接受他的“考试”。

如：“山字打摞摞”是什么字？还有“百钱买百鸟”之类的算术游戏题，或者至少要唱一首歌。孩子们是极想得到那一块糖的，可往往因为回答不了问题或不会表现而空流口涎。我小时候有点小聪明，时常能得到点奖赏。现在想来，那其实便是最好的启蒙教育哩。后来，我长大外出求学、工作了，偶尔回乡，总忘不了去理发店看看理发伯伯。理发伯伯老了，但店里总还有些人，只是没有了水烟袋咕噜咕噜的声音，也没有了金安爷爷的故事。理发伯伯在客堂里放了一台电视机，很多时候，大家都在围着电视机看节目。

理发伯伯已作古多年，理发店也早已歇业，但我的脑海里却时常浮现出理发店里那一派祥和的氛围和理发伯伯那和蔼可亲的音容。

四

华庄，从50年代到60年代初期，无可奈何地走向了繁盛的极顶，而那阵繁盛又来得太突然，以至华庄人民尚未有任何精神准备，它就横空而降了，或许这也就注定了这段繁盛的短命。果然好景不长，棉花加工厂设立了没几年就搬离了华庄。当时搬迁的理由是，华庄的河道太小，吨位大的船难以通行。那时的华庄是水网地区，陆上交通不发达，水面河道又太狭窄，无奈之下，加工厂只得往北搬迁到戴窑去办。加工厂一走，华庄又重新回到了纯农业时代。

60年代中期，粮管所也从华庄迁往公社所在地的唐刘庄。两处大型机构的迁出，使华庄的景象一落千丈。虽然70年代华庄的社队企业也曾一度受人瞩目，但却由于生产方式过于粗放和严重的环境污染，而终致昙花一现。到80年代之后，各种改制层出不穷，华庄供销社也被迫改制，改制之后的供销社已名存实亡。至此，曾经繁华一时的华庄迅速走向衰微。夹河边没有了车水马龙，没有了人来人往，也没有了老田香的吆喝声。店铺关门，人员歇业，只有那条街上的一块块青砖，仿佛一行行漫漶的文字，记录着华庄曾经的辉煌。

走向式微之后的华庄，仍有一件事足以书史，这就是华庄中学的诞生。

华庄的教育有其良好的群众基础与历史传承。1949年之前，华庄的私塾先生都是极有学问、远近闻名的，许多邻村的学子都到华庄来求学。新中国成立之后，成立了公立华庄完小，周围几个村子的学生，高年级都要到华庄来读。当时的华庄是一个惠风和畅、书香充盈的村庄。从这个村上，走出了当代著名语言学家、长江学者华学诚。

20世纪70年代初，华庄有了“戴帽子初中”（在原小学基础上加一个初中班），我便是这个戴帽子初中的学生。

历史的脚步跨进了1976年，这一年在中国历史上注定是个“多事之秋”，而在华庄历史上也是一个不平凡的岁月。是年六月，华庄“戴帽子”初中七六届的四十多名同学毕业了。这些学生来源于华庄以及华庄周围的朱家、东戚、西戚、吁垛等大队。当时，农村初中毕业生的出路只有两条，一是继续升学读高中，可是当时乡办唐刘中学每年只招两个高中班，每个大队只能有两三个名额，而且要经过群众推荐，其结果只能是少数学生继续读高中。而不能升学读高中的多数学生只有另一条路：当农民。可那都是十三四岁的孩子，他们面临的将是“面朝黄土背朝天”的草根命运，“眼睛一睁，干到熄灯”的繁重农活。舐犊情深啊，许多家长心急如焚。家长们呼吁，宁可自己多吃苦，也要让孩子多读点书；明知当时即使读了高中，也未必能跳出“农门”，但他们认准了一个死理，多读一点书对孩子没坏处。面对众多学生家长的迫切要求，经过华庄学校与华东、华西两个大队党支部、“革委会”商量，决定在华庄小学戴初中帽子上面再加一个高中帽子。没有校舍设备，没有教师队伍，没有办学经费，甚至没有招生计划……一切从零开始。一个在华庄历史上开天辟地的决策形成了，华庄中学呼之欲出。

1976年的那个秋冬，中国人民是在经历着政治与自然的双重“地震”中度过的。而华庄高中班的第一届学生，也在“全民抗震”的背景下跨进了新学年。由于“抗震”，七八届高一新生，只能在一个农舍里开启他们高中的学程。由华培民任教文科课程兼班主任，华元瑞任教理科课程。这两位当年兴化中学老三届的高才生，因“文革”动乱而回乡务农，后来成为民办教师，也成为华庄人之所以有胆量办中学的最宝贵的人才之本。学生上午上四节文化课，下午到田间参加集体劳动，以获取低微的报酬。没有教材，教师自己编；没有桌凳，师生自己用泥草做。一个六十多人的半工半读高中班就这样诞生了。

五

这个诞生于政治风雨、乡村泥淖中的华庄高中班，深受当时干群和学生家长的欢迎和赞扬。然而开学刚半个月，一件意料不到的事情发生了，由于学校内部矛盾一时无法解决，当时公社中心校做出了把华庄学校中学部与小学部分离的决定，中学由华梅喜校长负责，撤出原华庄学校，选址另建新校。

1976 年深秋的某一天，唐刘人民公社夏如琳老社长挥锹一铲，奠定了华庄中学五亩地的校园，华东大队党支部书记华龙俊、华西大队党支部书记华如山、唐刘公社文教助理徐春曙的三支笔，使学校拥有了首批建校经费。建校的工钱由华东、华西两个大队支付。地、钱、物等基本到位，校名也已确定，取名为华庄中学。

十月下旬，建校工作紧锣密鼓地展开了。首先是搬运砖瓦，华西大队购回准备建厂的五万块砖，决定先给中学建校舍，但堆放地点离校址有三华里地，当时正是秋播农忙季节，大队无法组织劳力搬运。于是，学校就组织教师和学生搬运，力气大的师生用担挑，力气小的用手搬。近两公里长的搬运线上，师生们来来往往，热情高涨。华东大队也装回了五万块砖，只要船一靠岸，师生们就争先恐后，搬砖上岸。就这样，十万块砖都是师生们搬运到工地。

建校期间，当时在校的教师，都是白天上课，晚上在工地看管建筑器材，持续两个多月，无人叫苦叫累。教导主任华培民就曾说过，他永远也忘不了那个天寒地冻的夜晚——寒风刺骨、滴水成冰。半夜时分，教师华学诚的母亲在家做了一顿热气腾腾的夜餐请值岗教师吃。白米饭、鲢子鱼、青菜汤，那一餐，胜过山珍海味，它饱含着广大干群对教育的支持，对教师的关爱。

在建校过程中，华东、华西两个大队各派出了一支工程队，仅用了两个多月的时间，就建成了当时在全乡乃至全县都少有的六间宽敞明亮、红砖红瓦、钢窗木门的大教室，质量和规模超过了当年的公办中学——唐刘中学，确保了当时四个班的学生在寒潮来临之前搬进新校舍。

华庄中学的名字虽然有了，但却不合法，因为它没有得到上级教育主管部门的批准，连公章都没有，更没有资格发毕业证书。因此，从该校毕业出去的七八、七九两届高中毕业生的毕业证书都是盖的唐刘中心小学的公章。直到 1980 年，经多方努力，学校才获准批复为“兴化县唐刘人民公社华庄初级中学”。

华庄中学从1976年诞生，到1995年撤并至唐刘中心中学，办学二十年，毕业了两届高中生，二十届初中生，为大中院校、兴化中学、唐刘中学等高一级学校输送了数百名合格新生，是当时全县知名的中学。它为教育事业作出的贡献不可磨灭，它将活在几代学子和华庄人民的心中。

华庄中学，犹如一颗流星在华庄的天空中划过，它虽已消失，但华庄的历史应该记住始创华庄中学的几位才俊，他们是：华梅喜、华培民、华元瑞、华永兵、华学诚……

其后被撤并的不仅是华庄中学，唐刘乡也被撤并了，培养出一批杰出人才的唐刘中学也被撤销了，华东、华西两个行政村也合并成一个华庄村。

华庄，经过了六十年的风风雨雨之后，仿佛又回到了原点。不，它没有回到原点，那个街巷幽深、宁静祥和的华庄没有了，那个河水清澈、绿树成荫的华庄没有了，那个民风淳朴、夜不闭户的华庄没有了，那个文明风雅、书声琅琅的华庄没有了！

我想起了英国作家狄更斯的那段名言：

> 这是一个最好的时代，这是一个最坏的时代；
>
> 这是一个智慧的年代，这是一个愚蠢的年代；
>
> 这是一个光明的季节，这是一个黑暗的季节；
>
> 这是希望之春，这是失望之冬；
>
> 人们面前应有尽有，人们面前一无所有；
>
> 人们正踏上天堂之路，人们正走向地狱之门。

故乡，你也是如此地挣扎吗？

六

前几年，家乡的族人做了一件好事，将我们九甲华门的家族谱系排出来了，确认了我们祖先是来自于苏州阊门华家巷三祝堂华氏，并且将族谱溯至天祖一辈。

我的天祖名华勤丰，高祖名华俊，太祖名华恒玉，曾祖名华孔时，祖父名华德宝。我记事时，祖父祖母尚健在。后来奶奶先去世，爷爷还与我们共同生活了很长时间。

爷爷年轻的时候也算是一个高大俊朗的男子，只是后来年纪大了，腰背驼下来。爷爷是个闲不住的人，整天捶草、搓绳、挣工分，即使到了晚年，他已经患病在身，还坚持为我们一家大小做饭。爷爷平时话不多，说话常带幽默感。无论生活多么艰苦，爷爷总是一副淡定而乐观的神情。

我的老爸是一个不太会赚家产的人。他与我母亲成家之后，一直是租别人的房子住，直到我十岁那年，家中依然“上无片瓦，下无寸土”。那一年，“文革”政治风暴彻底改变了我家的生存状态，原来担任农村基层干部的父亲被打倒了。1966 年一个大雪纷飞的深夜，我们借居的家被抄，只好又借一处破房子暂住了一年。后来还是我爷爷做主，在爷爷的自留地上搭建了最简陋的房子——土墙茅舍。但爷爷说：“这块地是我家的祖产，风水好，将来我家的后人会发达的。”尽管房子简陋，但是正所谓“金窝银窝，不如自己的狗窝”。有了自己的家，全家人多了一份踏实。房子虽小，但爷爷把家里家外收拾得干干净净。庭院里长满了各式蔬菜，水边上长着芦苇，河水清清，游鱼可数。少年的我，在屋子的周围栽下了一棵棵小树。70 年代，“文革”风暴渐次消退，父母又将房子翻盖成了三间瓦房。我也有了属于我自己的房间，最难忘的是我在房间中读书的情形，尤其是夏日的夜晚，我坐在灯下，月光将树的投影映在我眼前的窗户上，犹如水墨画一般。我想，那可能是我对艺术美的最初体验。然而，我在老屋生活的时间并不长，中学毕业之后，我便告别了老屋，踏上了自己的人生之旅。后来，我考取了大学，留在城里工作，我的弟弟妹妹也先后进城，继而父母也被我接到城里来。老屋，成了记忆中的依稀，成了父母如候鸟般迁徙的临时“鸟巢”。

我偶然会回到故乡的老屋，我也和屋子一起变老了。儿时看上去宽敞的堂屋，现在显得很逼仄，原先我住过的房间，曾经存放过我太多的梦想，今天它也显得太狭小。儿时的我感到宽不可渡的门前河水，今天已变成了一条浑浊的水沟。只有院中的几棵树，让我感觉到“它长我也长”。我在老屋生活时，这些树才与我比肩，而今天，它们已让我高高地仰望。

我常会想起去世已久的爷爷，想起他那慈祥的笑容，想起他那慢吞吞但又充满自信的话语：“我们家这块地风水好……”

月华如水，寒霜侵人。我方才从故乡历史长河的梦游中转过身来，却又与另一位历史老人撞了满怀。他是一千三百年前的李白，正病困于扬州一家旅馆里，手把书卷，对月沉吟：

床前明月光，疑是地上霜。

举头望明月，低头思故乡。

便益门，最忆是商专

一

便益，是古汉语中的一个词汇，意为“方便；便利”。

《元典章　户部六　伪钞》：“如准所言，立法禁治，诚为便益。”《水浒传》第四十四回：“……那里井水又便，可做作坊，就教叔叔做房在里面，又好照管。石秀见了，也喜端的便益。”《西游记》第八回，行者道：“你那嘴长，驮着他，转过嘴来，计较私情话儿，却不便益？”《儒林外史》第三十二回：“我家太老爷拿几千银子盖了考棚，白白便益众人。”

扬州古城有个便益门。

中国古代凡有衙署驻治的城市，都有宵禁的规定。宵禁，即晚上禁止随便走路。如果有人不经官府批准随便走路，轻则挨打，重则坐牢。因此，城门关闭的时间非常严格，不得提前或推迟。但为了方便在城门关闭时，有人进出办事，比如求医买药、婚丧嫁娶等特殊事项，明朝中后期的扬州有司，在扬州新城东南和东北角各设了一座便门，可以机动开关城门。新城东南之门，叫徐宁门；新城东北之门就叫便益门。

便益门朝北开，东城墙边上有一条大街叫便益门大街。这条街北至城门口，南到大草巷，旧时是一条商业街。有 1905 年开张的张万元豆腐店，1931 年开业的广盛源酱园，还有 1938 年开业的顺心饼面店等。清宣统二年（1910），曾在便益门大街 103 号设立私立惠明路小学。宣统三年（1911），美翰中学从左卫街搬迁到便益门。因该校曾经得到美国海军大将美翰所捐巨款，故而取名为美翰中学。这是一所教会学校，后来江苏商专校园里的小洋楼、教堂等，都是该校的历史遗迹。民国元年（1912），改名为美汉中学，为上海圣约翰大学的附属中学，学生毕业后可直接升到上海圣约翰大学本部。设国文和英文两科，学制为正科四年，预科三年，美翰中学培养出了许多杰出人才。

1951 年，扬州开始拆除城墙，从 3 月开始动工到年底结束。拆除城墙后，用拆下的城砖修筑道路，于是便有了盐阜东路、盐阜西路、泰州路、南通东路、南通西路。这几条路连通了原有的淮海路，而形成了城区“口”字形的环城马路。为什么这些路名都要用其他城市的名字来命名呢？这与解放初期扬州的一段历史有关。1949 年 4 月 21 日，国家成立了苏北行政公署，驻泰州市。下辖泰州、扬州、盐城、淮阴、南通 5 个行政分区，41 个县市。1950 年 1 月 1 日，撤销扬州行政分区，并入泰州行政分区。同月 13 日，苏北行署驻地从泰州移至扬州。1952 年 11 月 15 日，中央人民政府委员会第 19 次会议，通过了关于调整省区建制的决议，决定成立江苏省人民政府。江苏省人民政府成立之后，撤销苏北行政公署。而扬州市的盐阜路、泰州路、南通路等都是 1951 年修筑的，是扬州作为当时苏北行署机关所在地，具有纪念意义的路名。

便益门北面是护城河，东面是古运河。大运河有节制闸通向护城河，来调节市内河道包括瘦西湖的水位。便益门北面还有一条街，叫便益门外大街，随着城墙拆除，便益门外大街店铺林立，有粮食店、熟食店、烧饼店、煤炭店、裁缝店等，还有一个红旗剧场，其繁荣逐渐取代了便益门大街的地位。护城河北面还有玉器厂、漆器厂，这是扬州传统工艺美术的集散地，故而形成了一条街叫玉器街。

城墙拆除之后，原来的城墙根成了马路。盐阜路傍着护城河，河中流水清澈，路边林木参天。有槐树、榆树、水杉、杨柳、银杏等。随着季节的变化，树叶呈现出不同的颜色，春天槐花飘香，夏日榴花似火，秋来银杏金黄。因此盐阜路被扬州人誉为“最有魅力的城市道路”。

盐阜东路一号，原先的美翰中学（美汉中学），1951 年春改名为扬州私立群力中学。1951 年 8 月，扬州市政府决定将扬州私立群力中学与扬州中学的财经班、新华中学的财经班，合并成立扬州财经技术学校，其后，又几易校名，1955 年为财政部扬州财政学校。

1955 年 8 月，原镇江商校搬迁到扬州，在便益门扬州财政学校的校址办学，校名为江苏省商业学校，隶属于江苏省商业厅，扬州人习惯称之为“省商校”。1969 年 10 月，省商校停办，教师有的转岗，有的下放到农村。

1973 年 5 月，省商校在原址复校。

1982 年 2 月，江苏省将原设立于南京的江苏商业专科学校搬迁到扬州，与省商校合并办学，成立新的江苏商业专科学校，由此开启了扬州商科高等教育的历史。

二

1984 年 7 月，我从扬州师范学院中文系毕业，被分配到江苏商业专科学校。

办理完了毕业手续，我雇了一辆三轮车，将自己的家当搬到商专来报到。我在师范学院读书四年，还没到过商专，根本不知道商专长啥样。初进门，一条不长的通道，两边栽着梧桐树，除了一幢教学楼，其余大多是原美翰中学留下的旧房子。当时我的心凉了半截。这校园还不如我们母校一角大，才进门就走到头了。

8 月中旬，我正式来到学校上班，被安排在校长办公室做秘书，从此，我成了江苏商专的一员。

校办有个小伙子叫司前，沭阳人，两年前中专毕业留校工作，他热情幽默，是我工作之后的第一个师傅。校长办公室副主任袁松岩是“老商校”，他当过行政科长、学生科长，是商校的活档案，袁主任老家无锡，讲起话来一口的“锡普”，非常和蔼可亲，他习惯叫我“阿华”，直到现在依然如此。

办公室的工作氛围很好，上班没几天，我就找到了家的感觉。

工作不久，11 月就碰到了一次大型活动——全国商业中专函授教学研讨会在扬州召开，我校承办。会议地点在扬州宾馆。那时候扬宾刚建好，还在试营业，我作为会务组成员，负责接待工作。会务组有个专门房间，袁主任要我晚上住在宾馆，以方便工作。这是我第一次住高级宾馆，睡的是席梦思，看的是彩电，龙头一开有热水，电梯上下，房价是 28 元一晚（超过我半个月的工资）。那一夜我没睡好，太兴奋了，想想自己一个农家子弟，竟然能住这么高级的宾馆。那时候有篇很有名的短篇小说叫《陈奂生上城》，其中有个细节，陈奂生进城，来到了一个机关办公室，人家让他坐沙发，他一屁股坐下去，吓一跳。心想，坏事了，把人家沙发坐瘪下去，弹不起来，要赔的。我那时真有点陈奂生心态呢。

会议开得很成功，代表们对我们会务组的热情服务评价很高。会议编了通讯录，让我一下子拥有了很多新朋友，从商业部的官员，到各学校的会议代表。

也是在这一年冬天，学校调整了领导班子。原商经系的党总支书记刘传桂，被提升为副校长。他是我大学时代文艺理论老师，后来调到商专工作。担任副校长之后不久，有一次到东北去参加一个会议，要从南京机场飞长春。天冷了，他带的行李很多，连军大衣都带上了。可是学校只有一辆小车，跟其他领导出差了。刘校长刚上任，又是我的老师，作为办公室工作人员，我总不能让他第一次出差就去挤公共汽车呀。可是学校又没车。我想到了扬州的其他几所兄弟院校，于是就一家一家地打电话，那时候各学校的车子都很少，但终于借到了一辆车，送刘校长去了南京。因为这件事，我一直得到袁主任的表扬，说我头脑灵活，会办事。

三

1985 年，清查“文革”中的“三种人”，各单位都成立了清查办公室。省商校在“文革”中是重灾区，其“商革铁”红卫兵战斗队，在扬州赫赫有名。当时学校机关人手少，我被临时抽调到清查办公室工作。清查办还有一位老同志朱贵斌，他瘦小个子，人极谦和。这段时间，为了调查商校“文革”情况，我跟他大江南北，长城内外，跑了很多地方。这样的机会，对我来说可遇而不可求。我出生于苏北里下河水乡，那里交通不便，信息闭塞，二十二岁才有了第一次坐汽车的体验，现在能有这种“行万里路”的经历，那是人生之幸啊！

最难忘的是陕西、新疆之行。那是 1985 年 9 月，学校刚开学，我和老朱便一起出差。从南京坐火车，先到西安，办完事再继续西行到新疆。那时候，火车上人多啊，连座椅下面都躺着人。但我恰是无比兴奋。在火车上，我除了极少的睡觉时间之外，一直趴在车窗上看风景。当时我二十九岁，一路上就默念着“三十功名尘与土，八千里路云和月”，祖国的大好河山真是雄奇壮美！到达乌鲁木齐，正是 9 月上旬。骄阳如火，热浪滚滚。却不料，一夜之间，风云突变，气温骤降，大雪纷飞，又让我领略了“胡天八月即飞雪”的奇异风景。

还有一次和司前一起到淮阴出差，那时候沭阳还属于淮阴，顺便陪司前回一趟老家——沭阳县华冲乡杨柳庄。此时正是麦收季节，“田家少闲月，五月人倍忙”。用当地的话说，“人全部下湖了”。当地的人说“下湖”，便是下地干活的意思。由此可以想见，沭阳这片土地，古代曾经是一片湖水，后来变成了农田，此所谓沧海桑田。

司前的父亲，是一个乡的副乡长。尽管是农忙季节，但是司前父亲还是赶回来，陪我们喝了一顿小酒。下酒菜是极有沭阳特色的地方菜，有小干鱼炒大椒、苤兰子菜、西红柿炒鸡蛋、红烧肉等。喝的也是当地酒——蔷薇大曲。司前的爸爸虽然是我们的长辈，又是乡长，但没有一点架子，跟我们如同兄弟。对于我的到来，司前全家人都很热情，令我十分感动。一激动，就把酒喝高了。

这次司前回家还有一个重要任务——相亲。人家给他介绍了一个沭阳姑娘，卫校毕业，就在他们家乡华冲卫生院工作。司前说："老哥，我没玩过这事，你帮我去长长眼，把把关。"于是第二天早上，我们便来到了华冲卫生院，见到了这女孩。高高的个子，憨憨的笑容，结实的身材，一口沭阳话，说得比司前好听得多。我一眼就相中了，跟司前说："不丑，着实不丑。这么大个子，一看就是个做家务的料子。"司前狡黠地一笑。其实我知道，他们这事已经成定局，只是司前找个借口想去见见她，又不好意思把我撇开。这女孩，就是现在经常被司前称为"我家老奶奶"的郁玉红，扬州大学医务室的一名护士。

四

我读大学较迟，大学毕业的时候已经二十八岁，也有了女朋友，于是我们便想结婚了。我把结婚的想法告诉了当时的校长陈同高，他说："嗯，二十八岁是该结婚了。新房在哪呢？"我说："不用新房，两个人把被子并起来睡就行了。"他被我的话逗笑了："那也得有个床呀。"于是他指示学校后勤："小华要结婚了，连床也没有，学校帮他打个床吧。"这件事让我温暖一生，想起来就感动。

我父母都在老家种田，还有妹妹、弟弟正在读书，家里实在拿不出钱来为我办婚事，就只能因陋就简，邀请了部分同学、同事、学生搞了一场茶话会。商专校办的同事们给我买了一盏台灯，是新房中最漂亮的装饰品；我大学的辅导员周志进老师给我送来了一个煤球炉和一只水壶，这就使我们的小家庭有了烟火味；留在扬州的同学凑份子给我买了四张折叠椅，这是最豪华的家具；鲁迅中学工会主席殷长江为我们主持婚礼，我的古代文学老师、著名书法家李昌集先生为我现场挥毫；商专团委书记马援成了我们婚礼的现场摄影师。就这样，我们的小家庭成立了。

1986 年，我们的女儿出生了。鲁迅中学 9.8 平方米的房子实在住不下，于是我就把家搬到商专 13 号小楼，一南一北两个房间，已经觉得很宽敞。楼上还住着朱太康家，他是我的老乡，也是老大哥。还有唐福志、徐宝林两家，他们都是原商校留校的教师，后来调到商技校工作，但宿舍还在商专。几家人家在一个筒子楼，厨房都在过道里，做饭的时候，各家的饭菜香味融合在一起，吃饭时也相互串到各家去尝尝“隔火饭香”。那种邻里之间的融洽氛围今天已很难再有，故而格外让人怀念。唐福志和徐宝林都是烹饪教师，我这段时间跟他们学了不少厨艺，如“一鱼三吃”、做狮子头、做鱼圆等等。

小楼上的四家人家，除了徐宝林家生的儿子以外，其他三家都是女儿。我们的女儿最小，但这三个女孩处得很好，两个大孩子都特别爱护小妹妹。大人们就更加相互关心了，记得我家女儿出生后从医院回家，第一次洗澡就是朱太康夫人帮助洗的，她是邗江医院的护士，在家里就成了我们邻居们的保健医生。

1991 年，学校在城北马太西巷建了一批教工宿舍，我有幸分到了一个小套。第一次有了成套的房子，真开心。尽管装修得很简单，但住进去却很温馨。因为是一楼，还有院子，院子里可以种菜、栽花。几个邻居又都是同事加朋友。司前家生了个女儿，因为我比司前大几岁，按他们老家沭阳的习惯，司前让她女儿喊我“大爷”（伯伯）。于是“华大爷”就在同事中渐渐喊开了，而且越喊知名度越高，以至很多人见到我，都不叫我的名字，就直接叫我“华大爷”。同时几个邻居也就一起成了“大爷”——范大爷、司大爷、居大爷。后来我调到扬大校办工作，老商专的同事见到我，老远就冲着我叫“华大爷”。校领导一听，冲着我瞪眼：“大爷？你什么时候成了黑道上的人了！”弄得我直想笑。

小院子里的生活很快乐，几家人处得如同一家子，各自门前种的菜都可以互通有无，几家小孩如同兄弟姐妹，我家养了一只小狗，在几家之间串来串去。当然，最值得回忆的还是几个“大爷”隔三岔五弄点小菜一起喝酒的情景。那份回味，直到如今依然香醇！

五

在校办工作了一年多，领导说要把我放到基层去锻炼。于是，1985 年 10 月，我被派到计划财务系担任辅导员。计划财务系是商专最大的系科，有计划统计与财务会计两个专业，当时在籍班级有统计 03、统计 04、统计 05、统计 06、统计 07；财会 06、财会 07、财会 08、财会 09、财会 10、财会 11、财会 12、财会 13、财会 14 等，学生有五六百人。

商专的学生，虽然是专科层次，但很多学生高考都是超过了本科线的，就是一心想读经济类专业才来了商专，所以学生总体素质很好。我除了担任毕业班的辅导员，同时还兼任统计 03 班的班主任。

统计 03 班入学两年多，之前已换过三任班主任，我是第四任。这个班上的同学人才很多，文艺的、体育的、练武的、写书法的都有。由于能人多，就形成“各显其能”的局面，一般人看起来不太好管。我接手的那一天，通知同学们下午两点开会，居然有同学公然提出要推迟到下午两点半，理由是“我们要睡午觉”。

班上有些同学对本班纪律松弛也很着急，经常有同学给我出主意，谈班级管理的方法。经过一阵调研之后，我坚持正面引导为主，发挥学生骨干作用，同时发挥自己的专业特长，给学生搞讲座，搞各种活动。记得有一次在操场上举行篝火晚会，晚会上学生们表演了各种节目。我讲了个关于方言的笑话，也算是凑个趣。没想到，很多同学喜欢，直到现在，还有学生在回味这个节目呢。

我与 86 届学生相处不到一年，但却结下了深情厚谊。这届学生毕业时给我写的留言，我至今珍藏着，有些话很感人。

送走了 86 届毕业生，我又担任了统计 05 班和财会 13 班两个班的班主任。这两个班的班风都很纯和，尤其是财会 13 班，同学们的集体主义观念特别强，直到现在依然如此。

1987 年国庆节之后，有一次学校召开学工干部会议，校领导对烹饪系的学生工作不满意。烹饪系是 1983 年才成立的一个新系科，也是中国第一个烹饪高等教育专业，没有现成办学经验，一切都在摸索中。由于专业特点，学生工作难度也较大。这次学工干部会议上，我对烹饪系学生工作提出了一些不成熟的看法，没想到引起了校领导的重视，三天后就将我从计财系调到烹饪系任团总支书记。

到烹饪系工作之后，我采取与学生打成一片的方式开展工作，向系里要了工作服和厨刀，常常与学生一起在实验室上课，一起到菜场开展为民服务活动。这段时间不仅使我逐渐掌握了烹饪系学生工作的规律，而且还使我的厨艺又一次明显提高。

烹饪系学生群体性格很有其专业特点——重江湖义气，记得我担任烹05班班主任时，班上几个同学打赌剃光头，一夜之间，全班冒出了七个光头，而且是班长带的头，可见学生个性之鲜明。

后来我又担任了烹饪系的党总支副书记，1992年还率领一批师生到连云港东风制药厂，帮助该厂建立了一个宾馆——东风大厦，我在此担任了半年常务副总经理。

1992年5月，原国家教委批准同意设立扬州大学，下设师范学院等七个学院，原江苏商业专科学校改成扬州大学商业学院，但隶属关系仍在江苏省商业厅。

1993年2月，江苏省商业厅调整扬州大学商业学院领导班子，杨敬亭任党委书记，杨家栋任院长。有一天我下班回家，杨书记推着自行车与我一路同行，他告知我，党委决定调我到院办担任副主任。对此变动，我一点思想准备也没有。其实那时候的人事变动就是这样，领导研究过了之后你服从就是了。不像现在，一个副科级干部变动，都会有打招呼的电话满天飞。那时候的领导天天骑自行车跟我们一起上下班，没有一点干部架子。非正式大会上，领导讲话一般也不用稿子，往往是即席演讲。领导办公室也很简陋，副校长都是两人一个办公室，所以那时候领导和教职员工的关系非常融洽。

在院办，我的直接领导是韩正基，他是在我之前调到院办当主任的，过去在计财系他就是我的直接领导，再度合作，分外亲切。韩正基性格沉稳，思想开明，放手让部下开展工作。所以这段时间工作虽然很辛苦，但是很开心，工作也顺手，几个伙伴又都是老朋友，如范桂荣、司前等。

院长是杨家栋教授，他既是一位专家，又是全国优秀教师，又是大才子，很令人敬佩。他思想解放，敢想敢干，那段时间，学校步入了快速发展期。

最难忘的是，有一次我收到一个赴广东培训的信件。我抱着试试看的心态向杨院长汇报，没想到他很爽快地说："应该去，到改革开放的前沿，去好好感受一下。"于是我便有了第一次，而且到目前为止仍然是唯一的一次珠三角之旅。

此次培训对我确实起到了开拓视野、解放思想的作用。

1996年，韩正基同志任学院副书记，我继任校长办公室主任。

1997年扬州大学推进实质性合并，决定将原来师范学院、农学院、水利学院、工学院、商业学院等所有的财经类专业合并，组建扬州大学经济管理学院，我被任命为经济管理学院的办公室主任，参与筹建工作。经济管理学院的办公室设在荷花池校区，从此我告别工作了十三年的盐阜东路一号，融入了扬州大学的大家庭。

六

商专易名了，人也离开了便益门，但是心依然牵挂着商专，情还系在便益门，于是我还经常回去看看。

回去的事由，其中有一条，理发。

我刚工作时，商专的理发店在校门口的东侧，一间很小很低矮的房子，里面有两张理发椅。理发师傅姓蔡，正当中年。老蔡的儿子尚在学徒阶段，印象中他们一家都会理发，特别是到了过年的时候，生意忙起来，全家都上阵。老蔡家理发手艺在扬州古城区东北角很有名气，几条街巷的居民都喜欢到他家来理发、做头。后来我得知，老蔡师傅是有来头的，他年轻的时候曾经在上海学徒，手艺中有海派的风格。商校成立后，经人介绍，他来到商校理发，为师生员工服务，兼做附近居民的业务，故而生意兴隆。

大概是20世纪80年代末，商专建学生宿舍大楼，老蔡家理发店得到了扩大，由原来大门东边移到了大门西边。场所宽敞了，设施也得到了改善，老蔡的儿子结婚了，媳妇也成了理发店的员工。

此时的蔡师傅理发店除了理发生意之外，又多了一道风景——打麻将。老商专的一批同事们退休了，几个朋友成了“麻友”。他们中有九十多岁的商校老校长，以及老商专的一些退休教职工。

我家早已搬至城西，有时候头发长了，就想就近解决一下，跑到一家美容美发店，服务员又是迎接，又是让座倒茶，煞是热情，但就是理发师傅的手艺不中我意，于是，我还是坚持到商专理发。

因为偶尔来，所以，理发的过程中与蔡师傅的家常话也多起来，话题大多为商校、商专的往事。蔡师傅夫妇老了，老蔡的心脏已装了起搏器，但仍在坚持做手艺。小蔡也已经五十出头了，现在是家中的顶梁柱，但已满头华发。理发店设施显然陈旧，客源也越来越少。

前两年，扬州大学便益门校区（老商专）与扬州市政府置换了，校园里已没有了师生，这块地正等待拍卖。随着商专一些老人相继离世，理发店里打麻将的人也越来越少，最近一次我去理发，感到小理发店已很清冷，老商专的校园一片荒芜，门可罗雀。只有原美翰中学留下的那座教堂已装饰一新，礼拜天从教堂里传出一阵阵祷告声和唱诗班的歌声。

2017 年新年伊始，我顶着寒风在商专大门口伫立良久，不禁想到了刘禹锡的那首《乌衣巷》，稍作改写，以寄心情：

便益门边野草花，大草巷口夕阳斜。

曾经旧梦流连处，明日不知属谁家？

四季吟

故乡之春

故乡——苏北里下河的春天是村姑们从田埂边的积雪中寻觅而来的。

当寒冷的北风还在呼啸，漫天的飞雪刚刚飘停，冬眠的麦苗还在做着甜美的成长之梦，家乡的田埂上便有三三两两、成群结队的村姑们手执刀铲，臂挎竹篮，将一路的欢声笑语播撒在早春的风中。鲜红的头巾和各式的花布衣衫，在初春的阳光和青青麦苗的映衬下，显得格外惹眼。一会儿，她们便散落在田埂边或一片向阳的坡地上，轻轻地拨开积雪，此时，便有刚刚打着花骨朵的荠菜露出来，便有叶片嫩绿的马兰头露出来。她们小心翼翼地采撷着，那神情，一如在闺房中绣花般地专注呢！

太阳西斜了，午时的暖意已渐渐消退。村姑们立起身，拍拍身上的尘土，柔软的臂弯上挎着一篮鲜亮的春色，各自回家了。于是，当炊烟袅袅升起的时候，整个村子里都被荠菜、马兰头的香味浸润着、弥漫着。村外结着薄冰的池水，竟也随着这诱人的香气荡漾开来。

社鼓的喧闹，引来了回归的燕子。它们像老熟人一样成双成对飞进了各自房东的堂前，口中衔着刚刚解冻的春泥，进进出出忙个不停，精心构筑着属于它们自己的爱巢。新巢筑成了，便三五成群地栖息在路边的电线上、树枝头，叽叽喳喳的，宛如一串春天的音符。这串音符的背景是湛蓝湛蓝的天空，天空下面，村童们将风筝放得高高的，线儿牵在手中，心儿却飘向了云天。

清明时节家家雨。是的，清明的雨无疑是春天最好的化妆师。春雨中，梨花白了，桃花红了，杨柳青了。然而，故乡最浓的春色并不在梨花桃花的花瓣上，也不在青青的杨柳枝条上，而在那一望无际的油菜田里。这时，水乡的垛田便成了一道最迷人的风景线，那一片神奇的土地，被千沟万壑分割得星罗棋布，平日看上去宛如一艘艘停泊在港的大小船只，此时菜花一开，每块垛子便如一枚枚金元宝镶嵌在银浪翻飞的湖荡中。成群的、数不清的蜜蜂在你的身边飞来飞去，嗡嗡地，时而撞在你的脸上，时而粘在你的身上。空气中满是菜花的香气，深深地吸一口，人便会醉了去的。

年轻的妈妈们在“金元宝”上打理着收获的希望。偶有稚气未脱的孩童，从已经拔节的麦地里钻出，隔河呼唤着：“妈妈——我要吃奶了哩！”妈妈笑盈盈地对孩子说：“乖乖儿，游过来，游过来妈给你奶吃。”于是天真的孩子便真的将衣服一甩，跃入乍暖还寒的水中，泅过小河，爬上岸，一头扑进妈妈的怀里。这不，没经过任何训练，水乡的孩子便在这一川春水中识得了水性。

妈妈笑了，孩子也笑了。笑靥映衬在金色的菜花中，笑声洋溢在和煦的春风里……

夏日凌霄

夏日，是浓荫的季节。

绿草葳蕤，树冠如盖。春天的主角——花，已淡出大自然的舞台，而让位给婀娜的杨柳与蔽日的梧桐。虽然高大的广玉兰此时也会用它那硕大无朋的花瓣，给燥热的空气送来几缕清香，但广玉兰毕竟太高傲了，高傲得令人难以企及。石榴是很会凑热闹的，无论阳光多么炽热，它总是以火一般的热情绽露着它那张幼稚的脸庞，靠近它，你会倍感夏的炎热。荷花，当然是百花仙子中的“艳后”，她那出淤泥而不染的品格以及亭亭玉立的绰约风姿，一直被人们用最美的语言赞颂着。遗憾的是，她的花期太短，她的娇容只向人们嫣然一笑，便匆匆地隐身于万顷碧波中去孕育她可爱的莲子了。此时，只有一种花——凌霄，是夏日里一道最为亮丽的风景。

哦，凌霄，第一次识得你的时候，我便羡慕你有着这样一个超凡脱俗的名字。那时你刚刚从冬眠中醒来，春风梳理着你的枝条，刚为你的头上沾上了几片鹅黄的嫩叶，我便急切地等待着你开花的模样。清明节过去了，你柔枝长条，青翠欲滴；端阳节过去了，你含苞欲放，绛色点点。终于等到了盛夏，在经过了一阵雷雨的洗礼之后，你悄然开放了。一束一束红色“小喇叭”和着黄鹂的婉转与鸣蝉的欢唱，给夏日送来一曲清凉的天籁之音。

校园的教学楼前，有一株凌霄，它附着在一片山石之上，开花的季节，正是学子们毕业的时光，每年都有一群又一群的学生在凌霄花前留影。镜头摄下的又岂止是学子们青春的倩影，更蕴含着凌霄的品格所赋予他们对未来生活的憧憬与期望。

关于凌霄，有一则文学故事。说是宋代杭州西湖藏春坞门前植古松两株，各有凌霄一枝攀缘其上，有诗僧名清顺者，惯在松下午睡。其时，苏轼正任杭州太守，某日摒去骑从，单身来访，恰好松风簌簌，凌霄花朵纷然而下，清顺便指着落花对东坡先生索句。东坡略加思索，成《减字木兰花》词一首：“双龙对起，白甲苍髯烟雨里。疏影微香，下有幽人昼梦长。湖风清软，双鹊飞来争噪晚。翠飐红轻，时下凌霄百尺英。”

有人曾讥讽过凌霄，说它生来就善于攀附。最为人们所熟知的是著名诗人舒婷在《致橡树》中所写的“我如果爱你——绝不像攀援的凌霄花，借你的高枝炫耀自己”。但清代著名文士李渔却有一段赞美凌霄的话，他说：“藤花之可敬者，莫若凌霄，望之如天际真人。欲得此花，必先蓄奇石古木以待。”他对凌霄的依附不作贬语，反而表达了敬意。

是的，凌霄是聪明的，只要给它一个支点，它还给别人的是满眼风光。于是，断壁残垣，因为它而拥有了无限的生机；枯树老干，因为它而富有了青春的生命。

凌霄，虽生于僻壤之间，却有着高远的志向；虽无壮实的枝干，却有着一颗永远向上的进取之心！它深知自身的条件不能比肩于春天的百花，也不如多彩的秋菊和傲霜的蜡梅，于是，才选择了盛夏——这一红稀香少的季节，来展示它独特的魅力。在烈日炙烤下，柳条低垂着，小草呻吟着，唯有它——凌霄，以顽强的意志和不屈的精神与烈日抗衡，只要一丝轻风，便展现出它轻盈的舞姿。所以，夏日有了它，才显出暴躁后的温柔；三伏有了它，才平添了几分温馨与清凉。

悄悄地，夏日过去了，凌霄也藏起了最后一丝微笑，默默地卸下了浓妆，人们收拾起它的落红残翠，将它放进了药篓里。于是，凌霄生命的意义又得到了另一种升华，这就是化作一味良药，帮助人们驱除病魔、益寿延年。

哦，凌霄，你是花神的天使，夏日里的精灵！

钓台秋风

美丽的新安江一泻千里，流入桐庐而名富春江。识得富春江之秀丽，是早年读南朝吴均的那篇信札式小品《与朱元思书》。吴均称赞富春江“水皆缥碧，千丈见底。游鱼细石，直视无碍”。其实富春江景色之美又岂止在江水！举其秀者而言：春可游于芦茨之湾，夏可泳于龙门之瀑，秋可登于严陵之台，冬可潜于瑶琳之穴。

而我，正是在一个山寒水瘦的深秋时节，登上了仰慕已久的严子陵钓台。

严子陵，名严光。东汉初年名士。早年曾与光武帝刘秀作同学游，且交情笃厚。据说，当初刘秀打天下时，严光曾为之谋。然而，当刘秀做了皇帝，再请严光入朝为官时，严光却坚辞不就，执意隐居。于是便来到了富春江畔的七里泷中，以“浩歌向兰渚，把钓待秋风”式的执着与浪漫终了一生。

今我来时，秋正高，气正爽。山，已消退了春日的娇嫩与夏日的繁茂，满眼烟霭凝沉，举目层林尽染；水，也没有了春日的澎湃与夏日的欢腾，而显得清冽微寒，静谧安详。

我在空山人语响的登山小道上拾阶而上，时而穿行在古人之间（钓台管理处将游过此处的部分历史名人塑成了群雕），仰望他们的风采，与这些千古名师一同陶醉于青松翠竹的风韵之中；时而在字字珠玉的碑廊上流连忘返，每每为那些称颂严光的诗文佳句和龙蛇飞舞的酣畅笔墨而赞叹叫绝。在所有诗文中，我觉得最有意味的是李白的那一首《酬崔侍御》：

严陵不从万乘游，归卧空山钓碧流。

自是客星辞帝座，元非太白醉扬州。

李白赞赏严光，蔑视权贵、无意功名。他自己一生则是马不停蹄，人不息脚。往往“朝发白帝，暮到江陵”，且是一路走来一路歌。而严光则悄然无声地躲进了山环水绕、人迹罕至的七里泷。披一袭羊裘，执一杆长丝。其实，无论李白之“动”，还是严光之“静”，只是古代士子归隐行为的两种不同的表达方式而已。前者纵情诗酒，浪迹天涯，追求的是安放孤傲灵魂的巨大空间；后者隐匿山林，不求闻达，追求的是一种独善其身的隐逸情怀。而后者恰恰是更为艰难的选择。因为，一旦作出这样的选择，便意味着人生要经历更多的艰辛，生命要付出更为沉重的代价。如果没有一种绝对超然于物质之上和淡泊于名利之外的高蹈情怀，则是很难成其正果的。想到此，我又情不自禁地回望了一眼那镌刻着数百块石碑的长廊。

终于上了百丈崖，这是处在半山腰中的一块平地。在悬崖断壁之缘，有亭翼然，中立一碑，曰："汉严子陵钓台。"站在百丈崖上放眼望去，江流平缓，碧澄如练。江渚上，芦花如雪，猎猎于深秋的风中，宛如垂钓老人的一把苍髯。近处的山崖边，各种不知名的果实随枝而挂，有的彤红，有的橙黄，有的还绿莹莹的犹如翡翠明珠般玲珑。这些山蔌野果，在空寂的山中生生灭灭，无声无息。我想，它们不正是先生的精神所化么？

秋日的钓台幽静而富有，确是比平时更宜人居的。遗憾的是，我等未能修炼到严光的那份道行，想居也居不下来。或者，即使暂时居下来，也长久不了。于是，只好反复默念着范仲淹赞美严光的那四句诗："云山苍苍，江水泱泱。先生之风，山高水长。"而后，一脚高一脚低地下山去也。

亭林风雪

那年初，我被那场几十年一遇的大雪困在昆山。风雪中，我踏访了亭林公园。

亭林公园位于昆山市区的玉峰山麓，即使在低矮的江南丘陵中，玉峰也不算高大，才八十多米。但在长江三角洲的平原上，它孤峰耸立，一山独秀，自然拥有了几分嵯峨之气，更兼风雪纷飞、天地混沌，显得格外壮观，远远望去，竟有昆仑之势。本来十分婉约的江南小城，而得"昆山"之名，便别有了一番意味。

雪中的亭林一片银白，路边的树木上积满了雪。"忽如一夜春风来，千树万树梨花开。"真的佩服唐代诗人岑参丰富而浪漫的想象，竟能吟咏出如此绝妙的佳句。可是由于积雪过多，有些树枝已不堪重压，戛然而折。我在凌厉的暴风雪中踟蹰而行，冰冷的积雪渗透了鞋袜，我恍如走进了一段冷峻的历史。在这一瞬间，自己仿佛和这座园林产生了某种庄严的联系。风雪漫天，万籁俱寂，此刻，平日的浮躁顿时消逝殆尽，与洁白的雪花一起化作了凝重的思索，头脑中不断跳跃的是那句脍炙人口的名言“天下兴亡，匹夫有责”。古往今来，在皇皇中国历史中，关于爱国主题的名人名言可谓洋洋大观，其中当然不乏大师名流们运思精巧的杰作，但没有哪一句能比这句话更加深刻地揳入我们普通人的心灵。而喊出这句使人振聋发聩的口号者，正是与脚下这座公园名称有关的一个著名历史人物——顾炎武。

顾炎武，字宁人，后世学人尊称为亭林先生，昆山千灯镇人。先生及长之时，清王朝已完全控制了中国北方，南明小朝廷偏安于南京一隅，在作临终前的苟延残喘。此时的中国政治气候正如眼前天气一样的风雨如晦。中国南方的一些有识之士，在为反清复明的梦想作最后的抗争，顾炎武便是其中一位杰出的代表人物，他参加了复社，并在第一线参与了抗清的武装斗争。在这场抗清斗争中，有些人正如眼前这场大雪中的树枝一样，在清王朝强大的军事和政治压力下屈服了、折腰了。而顾炎武却始终孤松挺立，倔干强枝地屹立在晚明的政治风雪中。他的生母何氏被清兵砍去右臂，两个弟弟惨遭杀害，好友吴其沆也惨遭不测。昆山陷落后，顾炎武奉嗣母王氏避兵于常熟，王氏临终时给顾炎武留下遗言：“我虽妇人，身受国恩，与国俱亡，义也。汝无为异国臣子，无负世世国恩，无忘先祖遗训，则吾可以瞑于地下！”国破家亡之后，顾炎武牢记嗣母遗训，坚持参加反清复明斗争，始终高昂着那颗不屈的头颅，并恪守着自己的政治信念：“我愿平东海，身沉心不改。大海无平期，我心无绝时。”武装斗争失败之后，他四处流寓，漂泊颠沛，用著书立说的方式“明学术、正人心、拨乱世，以兴太平”，成就了著名的《日知录》。书中内容宏富，贯通古今，更开创了新的学术门类，这就是汉语音韵学。由于他的学术成就斐然，被后人誉为清初继往开来的一代思想家、“开国儒师”、清学“开山始祖”。

不经意间，我已来到顾炎武纪念馆门前，抬头见一座花岗岩雕像傲然而立，他就是顾炎武亭林先生。只见他头戴冠冕，手把书卷，青衣长衫，飘然而动，炯炯目光中，透露出一副孤傲不驯、气宇轩昂的超然品格。抑或是为先生的精神所化，公园中别处的树木多有折枝者，唯有先生雕像周围的青松在风雪中株株挺立，竟无一折断。雕像前的梅圃中蜡梅傲雪绽放，阵阵幽香，沁人心脾，竟使得眼前扑面的雪花也显得温馨可人。哦，江南！你本是一幅极富柔性美的水乡图画，你的细雨炊烟、桂棹晚钟，曾激发了多少文人雅士的才思遐想，有多少华章文采从这里流进了中国文学的浩瀚卷帙。但此时，我眼前的顾炎武先生所想到的绝不是“疏影横斜水清浅，暗香浮动月黄昏”之类的清词丽句，而是被时事社稷、国运民生、匡时救世的紧迫感填满了胸襟，愤世嫉俗的忧虑写尽了他的容颜。

我久久凝望着这位品高德范的杰出前贤，感悟着中国古代知识分子的道义与良知，以及他们那种积极入世、高标独立的人格力量。是啊，正是这种人格力量在铁血残阳中鞭霆掣电、拨山贯日，支撑起明末清初一批雄姿英发的伟丈夫，他们在山河破碎、民族危亡的时刻，表现出的是一副顶天立地、不屈不挠的壮士精神与激烈情怀……

风雪中传来悠扬悦耳的《牡丹亭》：“原来姹紫嫣红开遍。”哦，昆曲纪念馆到了。而此时，我心中回荡的却是孔尚任《桃花扇》中那段沉郁顿挫的《古轮台》：

走江边，满腔愤恨向谁言。老泪风吹面，孤城一片，望救目穿。使尽残兵血战，跳出重围，故国苦恋，谁知歌罢剩空筵。长江一线，吴头楚尾路三千。尽归别姓，雨翻云变。寒涛东卷，万事付空烟。精魂显，大招声逐海天远。

大美风景

——第四次新疆纪行

一

2016 年暑假，我第四次进新疆。

第一次是在 1985 年初秋，学校派我到新疆出差。那时还没有高速公路，飞机票价又很昂贵，我由南京坐上海至乌鲁木齐的列车。从长江三角洲出发，经华北平原、黄土高原、八百里秦川、河西走廊，出玉门关，穿过戈壁沙漠，直抵天山脚下。坐了这趟车，胜过读半部中国地理课本。第二次进新疆是 2001 年。陪同校领导去慰问杰出校友吴登云，有幸领略了奇异的南疆风情。第三次进新疆是 2006 年暑假，我调到艺术学院工作。为了组织教师们采风，从嘉峪关、敦煌，一直走到新疆喀纳斯。

这次进新疆，我是应某高校邀请，前往讲学。尽管我已到了不该轻易激动的年纪，但回想着十年前那次旅行，又想着马上能见到新疆的老朋友，还是有些抑制不住内心的激动，在禄口机场候机大厅便“未成曲调先有情”了：

忆昔风华正茂时，曾驰铁马入龟兹。
唱歌载舞过甘北，笑语喧哗向陇西。
趣味民情大巴扎，风光最美喀纳斯。
一挥弹指十年过，旧梦几回堪赋诗。

真是天遂人愿，经常晚点的飞机，这次竟然提前到达乌鲁木齐。我的老朋友，新疆应用职业技术学院的陈少军先生已来机场接我。少军为人热情，性格活泼。十年前他曾在扬州大学挂职，我带着艺术学院的同人们到新疆采风，少军和他的同事们热情地接待了我们。第二天早晨，我们要赶往喀纳斯。少军说送我们一程，这一程就送出了两百多公里，分别的场面让我至今想起来还很感动。阔别十年，今日一见，分外亲切。顶着如火的骄阳，我们一直向西、向西，往奎屯方向疾驰。

奎屯市位于天山北麓准噶尔盆地西南缘，东与塔城地区沙湾县接壤。经过沙湾时，少军说，沙湾是新疆大盘鸡的发源地。于是便来到了大盘鸡一条街。这条街有一公里长，都是大盘鸡店，店铺装潢朴实无华，里边一个店面，外面一个敞棚，更多的人喜欢在敞棚里用餐。我们点了一盘大盘鸡和一盘鱼。嚯，那个盘真叫大，那菜装得真叫满！赶了一天的路，此时也真的饿了，于是便大快朵颐。大盘鸡的原料是新疆本地的土鸡，个大肉嫩，烹调过程简便快捷，鸡块油亮剔透，汤汁黏稠，配之以红绿辣椒。其色、香、味、形、器，都充分体现了新疆大美特征。鸡块吃得差不多了，上来了一盆面，这是专门配大盘鸡的“皮带面”。之所以叫皮带面，是因为面条的宽度如男人腰间的皮带一般。如果大盘鸡盘子之大，已经令我惊讶，这皮带面之宽，简直令我咋舌，同时也为新疆人的饮食智慧而叫好。

新疆有一种文化叫军垦文化，远可以溯及汉代。1949 年，新疆解放之后，大批军人仍以部队建制的方式留在新疆，开垦荒地，将戈壁滩变成了绿洲。当年的垦荒生活极其艰苦，天寒地冻，食品短缺。所以，军垦生活中的餐饮，不可能如内地一样的精工细琢。由此便催生出大盘鸡、大盘鱼这样的富有军垦特色的菜肴。尤其是这皮带面，是以军垦战士身上的那条皮带来比喻的。大盘鸡，皮带面，形象生动地反映了军垦文化既艰辛又豪迈的特征。

吃了大盘鸡，沐浴着大漠的夕阳余晖，行走在当年的戈壁、今天的绿洲上。我仿佛也成了一名军垦战士，一股豪气沁入骨髓。晚上十点到达奎屯，此时的内地已是夜幕重重，但奎屯依然彩霞满天。

二

完成两天的讲课任务之后，新疆的朋友开着吉普车，带着我去旅行。从奎屯出发，上连霍高速，经赛里木湖、果子沟，一路风景如诗如画。下午，到达霍尔果斯口岸。这是中国最长的一条高速——连（连云港）霍（霍尔果斯）高速的西端，我激情赋诗一首——《连霍高速放歌》：

这条路
中国最长
一头通向大海
一头通向天上
天这头是新疆
海那头是故乡
我飞驰在连霍高速上
耳边却回响着驼铃叮当
古老的丝路
牵连着大汉
负载过盛唐
走过商旅的马队
走过求法的玄奘
刘细君衣袂飘飘
我犹能听到她那一曲
凄美的“思乡”……
如今我飞驰在这条路上
大道如砥
一路朝阳
皑皑雪山
闪耀银光
昔日戈壁
披上绿色盛装
蓝天白云
牵动着遥远的遐想

赛里木
上帝留下的美丽翡翠
果子沟
神仙隐居的诗画天堂
我愿化成一滴水
融进湖的怀抱
我愿变成一棵草
长在山的胸膛
啊，江山多娇
我情不自禁放声歌唱
“咱们新疆好地方
天山南北好牧场……”

就这么唱着歌儿，走进了伊犁州首府伊宁。伊犁，古称伊里，乾隆平定准噶尔之后，改为伊犁，取铸剑为犁之意。伊犁河是伊犁的母亲河，全长一千三百公里。18世纪之前为中国的内陆河，1884年，俄国强占我七万多平方公里的土地，使伊犁河只剩三分之一的长度在我国境内，三分之二割让给了俄国。伊犁河，你流淌着一段中国的屈辱史！这几天行走在边关，屡屡听闻某大国又在我南海兴风作浪，思古感今，慨然赋诗《丙申大暑新疆纪行》：

大暑横行四出关，又来西域走天山。
赛湖雪浪似琼岛，果子沟渠胜玉寰。
苏武牧羊示永节，细君出嫁为平安。
我来寒剑犁新铸，怒见狼烟掠海南。

霍宝柱，我的大学同学，是一位资深援疆干部，他已两度援疆。我们多次相约，这次终于在伊犁相见。他已深爱着这片土地，他的微信中大多是新疆风景，给我们介绍伊犁，也如数家珍。虽然是短暂的见面，但在这万里之外的边陲之城，在伊犁河畔，以同窗之谊，把酒临风，畅叙友情，乃是人生幸事、快事也。

从伊宁到德克斯，一路高山连绵，更兼大雨滂沱，吉普车行进在山间泥泞而颠簸的公路上，有走进远古洪荒之感。到达德克斯县城，却又雨过天晴，气候凉爽宜人。

德克斯县城四面环山，中间平坦。南宋时，道教全真七子之一的丘处机，应成吉思汗之邀前往西域，向大汗指教治国富民的方略和长生不老之道。发现此处风水宝地，便规划建设一个八卦城，但却没能如愿。直到民国年间，丘处机的后人、新疆名士丘宗浚，终于在此建立一座完整的八卦城。德克斯的自然条件十分优越，它地处西部腹地，却有着冬暖夏凉的气候，且无蚊蝇之扰。这里是古乌孙国，第一位赴西域和亲的汉家公主——扬州姑娘刘细君就嫁于此地。

古代和亲，是统治者的一种政治智慧。和亲公主担负起了民族友好的使命，不但能够“从胡俗”，将自己毕生致力于匈奴与汉朝的安定团结，而且还教导其子女也要为汉匈关系的稳定作出贡献。但是这种和亲政策，对派出的和亲公主的人生却是严峻考验。刘细君生长在文明程度较高的中原，又是汉宗室之女，自幼就受到良好的教育和文化熏陶。远嫁乌孙，并非自愿。与汉相比，乌孙是个相当落后的民族。她远别家人，来到乌孙，除了其他各种困难和痛苦，还必须以坚强的意志和毅力去接受乌孙民族的习俗。细君嫁给昆莫猎骄靡，昆莫死后，其孙军须靡又娶细君为妻。细君不肯从命，上书汉朝天子，希望能得到亲人的支持。汉天子的回答是：“从其国俗。”为了汉帝征服匈奴的大业，刘细君只得再次成为军须靡的妻子。后世流传的她的《悲愁歌》“吾家嫁我兮天一方，远托异国兮乌孙王。穹庐为室兮旃为墙，以肉为食兮酪为浆。居常土思兮心内伤，愿为黄鹄兮归故乡”。便反映了她当时的心情。

一个弱女子，在兵荒马乱的时代，能够从容赴国，为社稷担当，从而促成了古乌孙国与大汉的友好，并协调消除了匈奴与大汉的战争隐患，这对国家来说，是多么巨大的贡献。但是对于她个人来说，其忍受的痛苦是难以言说的：环境的差异、饮食不习惯、语言不通、思亲不见，尤其是令汉人无法理解的婚俗，这些都要以坚强的意志去承受、忍耐。嫁于乌孙五年之后，刘细君便香消玉殒，魂留西天……

刘细君与我相隔两千年。但是我的思绪却穿越时空，面对着刘细君的画像，作为来自公主家乡的我，有一种特别的亲切感，我仿佛在与她交谈。我告诉她广陵潮涌曲江涛，我告诉她运河波光明月皎，我告诉她瘦西湖畔箫声醉，我告诉她万里长江架天桥……

三

如果把新疆比作一位大美人，那么，草原便是她飘然的衣袂。这次新疆之旅，我们共游览了三个草原：喀拉峻大草原、那拉提大草原和巴音布鲁克大草原。

喀拉峻大草原位于新疆伊犁河谷的特克斯县境内，是西天山向伊犁河谷的过渡地带。“喀拉峻”在哈萨克语中是“深色、浓郁、辽阔”的意思，“喀拉峻大草原”意为苍苍莽莽的草原。作为旅游项目，这是新开辟的一个景点。景区辽阔，生态完好，既有雪山、草原，也有森林、峡谷。喀拉峻大草原属典型的高山草甸天然大草原，这里降水丰富、气候凉爽、土质肥厚，生长有上百种优质牧草，每年有 30 多万头大小牲畜来这里度夏。20 世纪 80 年代初，联合国粮农组织的专家和官员到这里考察，经评定，认为这里是世界上少有的第一流天然草场。牧草的覆盖率占草原的 90%~100%，草层高度达 65-100 厘米，产草量和载畜量在伊犁地区均名列前茅。哈萨克人对这片草原还有“汗加伊寮”的说法。“汗”是国王、郡王的意思，“加伊寮”是指夏牧场，有“御用”草原之意。

到喀拉峻草原，才算是真正的旅游。这里天高地阔，游人稀少，绿草如绒，与天相接；这里没有高楼，没有工厂，没有商铺，没有喧嚣；无数种不知名的小花在阳光下安静绽放，在轻风中快乐起舞；闲散的牛羊撒落在草甸、河谷之间，偶尔从毡房中飞出哈萨克人缥缈的歌声，令人如痴如醉。此时，仰望蓝天，俯瞰大地，才会感到天地人之间的关系原来是可以如此的亲近与和谐。远处，一匹棕色的老马在悠闲地吃草，身旁一匹小马驹静静地依偎在妈妈的身边，似乎在听妈妈讲那遥远的故事。忽而，小家伙开始撒腿狂奔，鬃毛闪着金色的亮光，像闪电划过草原。我们也如牛羊一般地信马由缰，也如小草野花般地自由自在。累了就躺在这一望无际的大地毯上，惬意地享受着阳光与清风的亲抚。

毡房的女主人满面春风地招呼着我们，我们在毡房盘腿而坐，一会儿，一串串香味诱人的烤羊肉，一壶热腾腾的奶茶，还有极富哈族特色的各种茶食、点心便陈设在我们面前。我们在毡房里尽情地品尝着美味，羊群在毡房外贪婪地嚼着又肥又嫩的青草。都说人是高级动物，其实人有时候越是接近动物的本性，才越能体现人的可爱与童真。在这个没有利害关系的大草原上，人的放松感和快乐感与动物是同样的，至少我此时的感觉是这样。

时已傍晚，草原上笼罩着金色的寂静，远处山峦披上晚霞的彩衣。天边牛乳般洁白的云朵，也变得火焰一般鲜红。草浪平息了，牧归的牛羊从远方草原走来；只有那些骆驼群还在柳林附近的湖边游荡着，整个大草原一片宁静安详。我们也该暂时收拾起那颗散漫的心，再赴新旅程。我有五言诗《游特克斯喀拉峻景区》记录此行：

铁骑行万里，逡巡喀拉峻。
碧绿原上草，琼脂雪边云。
长路砺苦志，湖水洗清魂。
雄鹰搏霄汉，飞鸟入林深。
古木参日月，新芳自清芬。
毡房情温暖，奶茶亦醉人。
去去犹回首，更期新一村。

四

在夜幕遮蔽中，我们到达那拉提，好客的朋友陪我们欣赏了具有浓郁民族风情的篝火晚会。繁星满天，篝火熊熊，来自四面八方的游客欢聚一堂，尽情享受这草原的夜色之美。歌声在夜空飘荡，舞步和着友情的节拍，又是一个美好而难忘的草原之夜。

那拉提大草原是新疆最有代表性的景点之一。它名列世界四大草原，属于亚高山草甸植物区，自古以来就是著名的牧场。整个草原就是一幅色彩斑斓的天然图画，碧绿的草原、黄褐色的牛、白色的羊群……阳光如同一支神奇的画笔，不断改变着巨幅油画的色彩和线条。远处雪山耸立，莽莽苍苍，翠绿的塔松、高昂的白桦和苍古的杨树、榆树，好似一群刚柔相济的伟丈夫，它们在阳光下的剪影，灿烂温柔地向草原倾泻着。那拉提，一个由草原、森林、河谷、山体组成的自然风景区，置身于它的怀抱中，一眼可望尽春光冰雪，一日可走进春夏秋冬，热有温泉，凉有雪溪，绿有草原，荒有大漠。

一辆吉普车将我一直载到雪线高处。此处万籁俱寂，但闻流水潺潺。千年积雪，伸手可及。我正在一片宁静中观赏风景，突然，一群小马童向我飞驰而来，他们胯下的骏马和少年一样威风，这就是伊犁马。关于新疆的马有许多美丽的传说和历史故事，其中尤以“天马”的故事最引人入胜。“天马”就是乌孙马，现在的伊犁马是“天马”的后代。《汉书　西域传》说，乌孙“国多马，富人至四五千匹”。公元前119年，张骞第二次出使西域后返回长安，乌孙王派了数十名使者，携良马数十匹与张骞同归汉朝。十多年后，乌孙王要求同汉朝联姻，给汉王朝的聘礼就是数千匹乌孙马。此后乌孙马大量进入中原地区，对巩固汉朝的疆域，加强军事力量，以及发展生产和交通运输，都具有重要意义。汉武帝因得乌孙马，曾高兴地挥毫题字：“天马行空。”后来，汉武帝又得到比乌孙马更加强壮的大宛马，于是又将“天马”的美称授予大宛马，而将乌孙马改称为“西极马”，并作《西极天马歌》，传为千古佳话。

五

巴音布鲁克草原的九曲十八弯，犹如一把巨大的竖琴，在弹奏着《天鹅湖》动人的旋律。清晨，当远处的蒙古包升起袅袅炊烟时，大大小小的天鹅，有的开始休憩，有的开始觅食，有些勤奋的天鹅，展翅掠出湖面，飞过马背、羊群和蒙古包，在远方的山谷里盘旋。太阳升起，雪山的倒影渐渐清晰起来，野鸭、百灵、云雀等水鸟在湖面上掀起了热闹的“鸟语大合唱”，休息的天鹅数量越来越多。天鹅睡觉的姿势也卓尔不凡，它们将颈插于翅下，或卧于地面，或单腿立于草丛，或漂浮于水面。傍晚是天鹅觅食的高峰期。这时，天鹅都会在湖里跳起精美绝伦的“水中芭蕾”。它们时而倒立，身体几乎垂直地伸入水面；时而捕捉漂浮的草茎，脖颈来回转动；时而蹲入草丛，搜寻细嫩的小草叶。天鹅颀长的脖颈使它拥有优雅的体态，觅食时，它的脖颈可任意弯曲扭动，划出一道道柔滑的弧线。

巴音布鲁克草原的最佳观景时间是傍晚时分。西垂的夕阳余晖，映照在九曲十八弯上，那神秘的光影，将无际的草原辉映得如梦如幻。对着太阳看，水天一色，暮霭苍茫；背着太阳看，碧草蓝天，雄鹰翱翔。此时，脑海里储存的那些古诗词一下子涌到嘴边，“天苍苍，野茫茫，风吹草低见牛羊”，“前不见古人，后不见来者。念天地之悠悠，独怆然而涕下！”……

九曲十八弯的开都河，在中国四大名著之一的《西游记》中，还有一个脍炙人口的名字——通天河，传说唐僧取经的“晒经岛”就在和静县境内。巴音布鲁克草原，不仅水草丰美，百鸟齐集，而且有一段史诗般的传奇。清乾隆三十六年（1771），土尔扈特、和硕特等蒙古部落，在“东归英雄”渥巴锡的率领下，从俄国伏尔加河流域举义东归。清政府对归来的蒙古民众进行安抚优待，并特赐水草肥美之地供他们游牧，这片草地正是现在的巴音布鲁克。

六

天山路，一个极富诗意并能给人以无限想象的名字。“明月出天山，苍茫云海间”“忽上天山路，依然想物华”“轮台东门送君去，去时雪满天山路”……历代诗人的歌吟，让天山路充满神奇。这次赴新疆之前，一位“新疆通”建议我去走一走天山公路。游过了那拉提大草原之后，我们正是沿着天山公路返回奎屯，而这才是此次旅途中最令人震撼的一道风景线！

天山公路又名独库公路，从北疆独山子到南疆库车，因为这条公路要穿越巍峨天山，又称天山公路。用雄奇、险峻、壮丽、秀美以及各种赞美形容之词，都不足以描述天山公路的壮观与神奇。它是缠绕天山的一条美丽裙带，使凝固的天山充满了动感；它是沟通天山南北的一条神奇彩虹，风霜雨雪的变幻，更令天山魅力无穷。

独库公路是20世纪60年代在“巩固边防，加强战备，搞活天山，独立作战”的思想指导下开始修建的，整个工程前后历时近四十年之久。全程翻越四个海拔3000米以上、常年积雪的达坂（冰雪簇拥的高山），跨越五条险恶的河流，凿通三条高山隧道。是一条名副其实的天路、险路、英雄路。在长达四十年与严酷恶劣环境斗争的施工战役中，筑路部队克服了常人难以想象的艰难困苦，以“碧血洒天山，为国振军威”的精神，铸就了壮烈的“天山精神”。筑路部队先后共有168位官兵献出了年轻而宝贵的生命。以三座达坂名字命名的三条隧道

“哈希勒根隧道”（意为此路不通），海拔 3400 米，是我国海拔最高的公路隧道；“玉希莫勒盖隧道”（意为黄羊岭）；“和铁力买提隧道”（意为不可逾越），长 1897 米，是我国当时最长的公路隧道。通过这三条隧道的名字，可以想象，使这样的天堑变通途，是需要何等的勇气，又要付出多么巨大的代价！从而，也就注定了这是一个前无古人的伟大工程。

行进在天山公路上，你一会儿会升到天上，白云在你身边萦绕；一会儿又跌入谷底，清泉在你脚下流淌。一会儿林木繁茂，松涛阵阵；一会儿草甸平旷，牛羊成群。一会儿绿茵如毡，水草丰盛；一会儿山石突兀，寸草不生；一会儿人烟稠密，人欢马叫；一会儿荒凉寂寞，飞鸟不鸣。为了再现修筑此路的艰辛，文艺工作者将其中的一些生活片断拍成了电影，《天上深处的大兵》《天山行》和《守望天山》就是这些钢铁军人生活的真实写照。1983 年 10 月，天山南麓的乔尔玛，一座高二十米的纪念碑耸然而立，上面镌刻着“修筑天山独库公路牺牲的烈士们永垂不朽”。英雄的忠魂长眠在天山，他们留给我们一条美丽的天山公路，留给新疆人民永远的福祉，也给我们留下了永恒的敬仰与怀念！

新疆十天的旅程在不经意间就结束了，然而对于新疆的大美风景而言，我才领略了她的冰山一角。感谢大美新疆又给了我一次心灵震撼，更感谢新疆朋友们的深情厚谊。新疆，你这片让人看不厌、爱不够的神奇土地，我一定还会与你相约天山！

汕头笔记

一

十月中旬，中原秋深。

“扬州七子”与汕头市书法联展正式启航。2016 年 10 月 20 日下午 4 时，飞机在秋雨霏霏中起飞。升到万米高空时，只见云海苍苍，霞光万丈，金色的阳光透过舷窗，射进机舱，此刻便完全没有了凉秋的感觉，仿佛也不是身在万米高空，而是航行在波涛万顷的大海上，大自然的造化真是气象万千。我手执一本《杜甫诗选》，读到“出门流水住，回首白云多”，似觉与老杜同行。确实，就行旅而言，此时我的心情和一千多年之前的杜甫真是同样的，所不同者，古人的旅行不像我们今日如此行色匆匆。他们骑着小毛驴，背着一囊诗书，想到哪儿走到哪儿，走到哪儿都是家，日出而行，日落而栖。所以，古人有那份从容的心态，从容的行旅，才有了从容的思维，加之他们的才情，便给我们留下了那么多千古不朽的诗文。反观我们今日之生活，旅行的速度比古人快了，看的风景也比古人多了，然而，往往是匆匆一瞥，便遗于身后，有的或许永远也不再想起。所以，尽管我们过的是所谓现代化生活，可是我们心灵的自由度与思想的高度与古代圣贤相比，相差又何止十万八千里!

就这么一边翻书，一边漫思，很快就到了汕头机场，此时已是夜色茫茫，万家灯火。

走出机场，一阵热风迎面吹来，才两个小时，我们便由深秋又回到了夏季。汕头青年书法家协会主席吴逸文先生已在机场迎接，一见面便如海风般的热情，他费劲地说着普通话，我们费劲地听着，虽是初次见面，却已情如故旧。

接我们的车，绕了几道弯儿，上了机场高速，“扬州七子”之一的徐正标着急地辨认方向，这可能与他原来所学专业有关，他是学气象的，看天气首先要辨别风向的。其实，一个人不仅仅是对大自然的东西南北方向要时刻把握清楚，对人生的走向也应该时刻把握清楚的。什么时候该往哪儿走，该干什么事，都很清醒的人，就会生活得有方向、有目标，人生就会少走弯路，或许就能成就大事业。现在懂了，正标之所以能成为书法名家，与他自已有明确的人生追求有关，更与他能够适时调整生活状态有关。生活中的小细节，往往能折射出人生的大道理。

汕头，本是近代史上由一个小渔村崛起的都市，但其历史文脉却很悠久，是有名的潮汕文化中心，也是岭南文化的代表之一，我向往已久矣，今天终于身临其境。

原先，我一路上想象，我们一下飞机，便是来到一个大排档，那里有各种各样的海鲜在等着我们呢。可是眼前的场面大出我的意料，汕头的朋友请我们去吃了一顿非常有特色的火锅——全牛宴。我们仿佛不是来到了海边的汕头，而是来到了内蒙古、新疆、西藏。后来才知道，全牛宴是汕头非常有名的一道宴席，很多人乘着飞机从老远的地方赶到这儿来吃呢。潮汕文化，你真的好深奥，我才走近你，你就给了我一个大大的问号！

入住汕头迎宾馆，既安，在朋友圈发五言诗一首，算是给今日之人生打上一个标点。

秋雨辞邗上，乘风到揭西。
吴天霜染叶，岭海绿垂枝。
挥别长江水，驱驰瀚海堤。
人生鸿爪意，来去总如诗。

揭西，曾是汕头所属县，今属揭阳市。

二

10月21日上午，汕头狂风大作，据说这是台风“海马”要登陆了。但是主人还是安排了我们上午的日程，去参观了侨批博物馆。

此前，主人用“潮汕普通话”对我们说“侨批”两个字，说了好几遍，我也没能理解。到博物馆一看才知道，“侨批”，就是一种特殊的书信，它饱含着潮汕人早期艰苦卓绝的奋斗史。汕头开埠之后，敢于闯荡的潮汕人纷纷下南洋打工谋生。然而，身在南洋，心系故土，他们风餐露宿，省吃俭用，将一点点积攒起来的钱寄给家中的亲人，同时会有一封书信，写着打工仔在外的生存状态和对亲人的思念，这种侨民专门用于汇钱的书信，当地方言叫作“侨批”。我认真看着一份份侨批，眼前浮现着当年侨民们在南洋打拼的生活情景。他们境遇虽然十分艰难，但人生观、价值观却始终以家为核心，很多侨批中的内容，读来令人动容。侨批，这样特殊的历史文物，它所折射出的，是中国传统文化中一个重要的精神气质，那就是建立在血缘关系上的家国情怀。这种情怀，之于家庭是孝悌，而到了民族危亡时刻，就升华成伟大的爱国之情。事实上，在中国人民争取民族解放与独立的过程中，特别是在抗日战争时期，我国很多的抗战物资，就是南洋侨胞们自费筹集，并通过各种渠道源源不断地运往祖国的，这些物资对抗战取得胜利起到了十分重要的作用。

侨批，一种既普通又特殊的家信，在这里变成了感人至深的历史文化教材。我不禁联想到杜甫笔下的“烽火连三月，家书抵万金”。那一封封侨批，语言是那么的质朴，语气是那么的恭谦，尤其是书法还那么的精美。当时到南洋打工的人们，大多没有太高的文化水平，这些侨批大都是托人写成的，于是就有了专门写家书的一种职业，这在展览馆的一尊艺术雕塑中，能够充分体现出来：一个教书先生模样的人，手握着笔杆，在聆听着一位打着赤膊的年轻人的叙说……

寄送侨批的人也有一个专门的名称，叫作“水客”。水客，既要为人捎信，还要为人带钱，那么这个人，就应该是信誉度很高的人。可敬的古人啊，能如此恪守信用，于万水千山之外，在侨民与家乡亲人之间搭起了一座情感的桥梁。反观今日之世风，我愈发感慨。

走出展馆，我在泪眼迷离中成诗一首：

潮客家风好，纷纷见侨批。
亲情字里见，孝心书信知。
南洋打拼客，锱铢汗血持。

万千多辗转，终到饶平西。

老幼迎水客，揾泪绽笑仪。

我来观此物，泪眼久迷离。

中午时分，台风“海马”势头渐猛，用飞沙走石、狂风暴雨等词语，均不足以形容台风之威。知道沿海地区多台风，没想到竟然来得这么快，这么烈！而且，我第一次来汕头，竟然遇上了，内心既有喜悦又有忧愁，风雨大作时，我们只好躲在宾馆里听急雨打窗的声音，心里想着，明天的汕头会是什么样子呢？

于是，又想起了过往旅行中的一些巧遇。

我曾在大暑天出差新疆时际遇过暴雪，曾在访问台湾时遭遇过地震；首次来汕头，又遭受到海上台风。想着想着，竟自撰一联：

南国遇风，北疆遇雪，在台湾遇地震，都是人生巧遇；

西湖观水，东岳观山，到青藏观高原，皆为造物奇观。

三

呼啸了一天的台风，到傍晚时分终于渐渐消退，晚上的汕头出人意料地风平浪静。我们踩着满街被台风吹折的碎树枝，如约来到汕头市著名书法家谢佳华先生的花园喝茶。这是一个非常精致的小园林，仰望绿荫蔽天，俯视曲径通幽，古色古香的建筑，幽静深邃的灯光，恍入桃源之境。

主人殷勤地招待我们喝茶。

汕头的茶文化独具特色。所谓闽南工夫茶，主要指的就是以潮汕地区为中心的一种茶道。工夫茶起源于宋代，苏辙曾有诗曰：“闽中茶品天下高，倾身事茶不知劳。”这种茶道的茶具只有一个泡茶碗和三个小茶盅，然而这三个茶盅虽小，却象征着天、地、人的大境界。汕头处于产茶的南方，茶叶的品质自然很讲究，而泡茶的过程更讲究。工夫茶，顾名思义，喝的就是个工夫，而工夫，在许多语境中，则是时间的一种代指。显然，工夫茶属于一种典型的休闲文化，其冲沏有一套程式，如烧盅热罐、淋盅刮沫、高冲低筛等环节和技术。还有“关公巡城”“韩信点兵”等人文典故。

喝工夫茶，不能如我们平时喝茶一样大口大口地饮，它讲究的是品。工夫茶很神奇，平时我们口渴了，要喝很多的水，可是喝工夫茶，只要一两小盅就可以立马解渴。

在台风过后的这个夜晚，大家围坐在一起，一边喝着工夫茶，一边天南海北地聊着，很有竹林七贤的遗风余韵。而我却对这个小园子倍感兴趣，在院中走了几步，便有了诗兴：

竹影棠荫小院深，狂风疏雨尚留痕。

平明扫叶怜幽草，一抚空弦思故人。

10月22日，被台风肆虐过的汕头，全民动员，清理街道，不到半天工夫，城市便道路通畅，运行如常。

上午，风和日丽，碧空如洗。“丝路墨缘”——汕头扬州两地书法联展如期开幕，开幕场面隆重而热烈，吸引了不少市民前来参观欣赏。

下午举行笔会，汕头书法家领军人物谢佳华和扬州七子中的徐正标率先开笔，两人都擅长行草。他们凝神静气，挥洒自如。正标书：“清霜染枫叶，淡月隐芦花”，大气雄浑。谢佳华录清人诗句，骨力雄强。随后，两地书家纷纷挥毫，或魏楷，或篆隶，“你方唱罢我登场”，笔歌墨舞，氛围融洽，两地书家交流也进入高潮。

淮扬多才俊，岭海有文章。扬州文化源远流长，潮汕文化独具魅力，江海相济，遥相呼应，两地的朋友因书法而结缘，共同为弘扬传统文化而努力。

四

来到汕头，我心头就一直牵挂两个历史人物，一个是韩愈，一个是陆秀夫。

先说韩愈。

韩愈生活在中唐时期，唐宪宗李纯信仙好佛，想求长生不老之药，下诏征求方士，又遣宦官使至凤翔迎接佛骨，时任刑部侍郎的韩愈上疏，恳切诤谏。李纯勃然大怒，欲对韩愈处以极刑，幸亏裴度等奏言，韩愈才免一死，改贬为潮州刺史。

“一封朝奏九重天，夕贬潮阳路八千。”这是韩愈对被贬潮州时的痛苦记忆。广东是韩愈不堪回首的地方，他一生两次被贬都在这里。第一次是他三十五岁时，因关中大旱，上书言事，得罪了京兆尹李实，被贬连州，做阳山县令。两次贬谪，对于韩愈来说，是他个人的不幸，但对于当地人民却是幸事。特别是在被贬潮州的日子里，虽只有短短七个月时间，但这二百多天的时间里，韩愈却使潮州面貌焕然一新，且影响深远。唐代的岭南依然是蛮荒之地，人烟稀少，加之远离中原文明，文化教育程度很低，此前考中进士的只有三人。韩愈来到这里，立即兴教倡学，一时间读圣贤之书蔚然成风，此后百余年时间，潮州竟变成科举大州，以至于到了宋代，人们将这里称为“海滨邹鲁”。

韩愈在潮州为政清廉刚直，备受百姓拥护，他为当地百姓办了不少实事，如大兴水利、废除奴隶制等等。还有一段令人津津乐道的传奇，那就是韩愈驱除鳄鱼的故事。原来流经潮州的一条恶水河里面经常有鳄鱼出没，当地百姓辛辛苦苦饲养的牲畜常为其所掠，成为当地一害，百姓苦不堪言，试过很多办法都无济于事。韩愈想出一条除鳄之计。一日他召集附近的百姓到江边集合，当所有人都在好奇这个韩市长有何妙计之时，韩愈拿起事先准备好的一篇《鳄鱼文》高声朗读，大意是：你这条鳄鱼在这里为非作歹多日，伤及百姓，罪大恶极，现限你三日赶紧离开，如若不然，后果不堪设想。随即将事先准备好的猪投入江中作为饯行礼品。韩愈此举招致百姓议论，多受怀疑。可没想到，三日之后这条鳄鱼果真离开了潮州。当然，据说韩愈动了点手脚，他往水里投的猪全身涂满了硫黄，而这正是鳄鱼的克星。于是一时间，几乎所有潮州人都成为韩愈的粉丝，百姓为了纪念此事，还专门修了一座“祭鳄台”。不久，韩愈就被调往袁州，临行之时，潮州百姓闻讯而行，扶老携幼，前来道别，足见对韩愈感情之深。此后，当地人为了纪念这位为潮汕经济社会文化都作出了巨大贡献的人，在韩愈去世之后为其修建了韩文公祠，至今矗立在潮州市内，境内韩愈治理过的一条江也叫作韩江。

一个人改变了一群人，潮汕人怎能不热爱他！清代康熙年间，两广总督吴兴祚拜谒韩文公祠时，感慨赋诗：

文章随代起，烟瘴几时开。

不有韩夫子，人心尚草莱。

再说陆秀夫。

陆秀夫，字君实，一字宴翁，楚州盐城长建里（今江苏省建湖县建阳镇）人，官至南宋左丞相，抗元名臣，与文天祥、张世杰并称为“宋末三杰”。陆秀夫还在扬州工作过，那是他中了进士之后，在扬州镇守淮南的李庭芝听说了陆秀夫，就将他罗致自己的幕府中。

南宋末年，元兵进犯中原，临安陷落，皇室仓皇南逃。国难当头，陆秀夫毅然应召，他护帝辗转粤海，坚持抗元。至今，潮汕地区还流传着许多宋帝在此流亡的故事。潮州有一道菜，是用地瓜叶碎末与鸡汤制成的羹，传说此菜救活了快要饿死的皇帝，故称“护国菜”。

祥兴二年（1279）二月初六，元军水师大败宋军于崖门海上。陆秀夫在后有追兵、前有大海的情况下，先仗剑驱妻儿入海，后背负幼帝投海而死，南宋王朝从此覆没。

据传，陆秀夫投海后，其尸体漂近海边，被人捞起，葬于二城村（今台山市都斛镇义城村）。明朝初年，有人曾在该处为陆秀夫建起了庄严的坟墓，并设有守墓人家。二城村就是原来的守墓人家发展而来的。到了清代，二城村中权贵区长德，贪图陆秀夫墓地风水好，为建屋而毁墓。

二城村中的陆秀夫墓被毁，但在远离崖门海口几十公里的联安马山腰，却还有一座较为完好的陆秀夫墓，石碑刻着：“宋左柱国左丞相讳秀夫谥忠贞陆府君墓”，这是清朝中期，陆秀夫的后裔子孙争取恢复二城村的旧墓不可得，决定另寻一处风水宝地筑墓。风水名师追龙寻穴，一直追到台山三合镇联安与开平东山镇交界的马山，见该山酷似奔马，且山灵水秀，气势恢宏，于是选择在马山上的“马舌”重新修建陆秀夫墓。由于这座坟墓还较完好，历代常有人前来凭吊。清末民初台山诗人余友夔，曾写一首《马山陆丞相墓》诗：

群山奔赴两崖苍，上有遗坟是国殇。

何必马山争烈骨，早随鱼腹殉孱王。

江山戎马收南渡，人物衣冠付北邙。

无补安危拼一死，英雄志事最堪伤。

陆丞相殉国四年后，元朝枢密院副使兼潮州路总管丁聚，仰慕陆秀夫高风亮节，为使陆公魂有所依，遂于今汕头南澳青径口为陆太夫人营墓，并题碑“宋忠臣左丞相陆公墓”。这就是历史上称为“异代尊”的史话。此墓也称“魂依墓”。1995 年，在潮汕的陆氏后裔又将此墓扩建为陵园。

在距陆丞相殉国二百多年后的明正德十四年（1519），潮州的地方长官又在潮州的东郊，拨官田百亩，正式建成有石人、石马、石牌坊，并具一定规模的“衣冠墓”。可惜在 20 世纪 50 年代大规模平整土地中，墓园曾被夷为平地，碑石散失。

近年陆公墓碑又被发现，潮汕陆氏宗亲联谊会各乡代表经过商议，于 2003 年将东郊的陆秀夫墓碑迁至英山村枫塘山，重建陆公墓并扩为陵园。

一代忠良陆秀夫的英魂，在南海之滨漂泊了数百年之后，终于有了一处安然的归宿。

遗憾的是，我们这次汕头之旅，由于行程紧张，竟无缘去拜谒一下韩愈与陆秀夫这两位先贤，只能用景仰的目光，遥望他们在海风中飘然的身影了。

五

南澳岛是汕头的一颗明珠，它位于汕头以南的闽、粤、台三省交界海面，东南距台湾高雄仅 160 海里，西南距香港 180 海里，濒临西太平洋国际主航线，古往今来，南澳一直是东南沿海一带通商的必经泊点和中转站。南澳岛，既是风水宝地，更是战略要地。过去它是南海中的一个岛屿，今天，一座雄伟美丽的南澳大桥，将汕头与南澳岛连成一体。驱车在万米长桥上，蓝天万里无云，大海一碧万顷，人的心胸也变得宽广起来，似有仙女飞天之飘逸与夸父逐日之壮威。如此境界岂能不生诗兴：

十里长桥飞碧空，南天海隅见霓虹。

轻车踏浪风驰过，更向深澳笑鱼龙。

南澳岛的深澳镇，本是世外桃源，但大桥通了，也就变得热闹起来，现在已成旅游热点。然而，镇上依然保持着寻常巷陌，朴实民风。一位当地的老者领着我们穿行在一座座古宅大院之间。虽然已是深秋时节，但丙申春节期间，每家每户书写的对联还历历在目。我偶然发现，在这些对联中，很多人家都写着“两晋家声远，三槐世泽长”，考其历史，不仅深澳镇，甚至整个岭南地区，其先民，很多是秦汉之后从中原移民而来。而移居在这个岛上的王姓人家，看来祖先为山西王氏。

山西王氏，又称上杭王氏，系属太原郡望族。“两晋”，指西晋有王祥、王览、王浑、王湛、王承、王坦之、王愉、王浚、王戎等俊彦；东晋有王导、王敦、王羲之、王献之等名流，是为王氏家族的鼎盛时期，故世有“两晋家声”“两晋遗风”之颂。“三槐世泽”，指王氏后人、宋代兵部侍郎王枯曾手植三棵槐树于庭前，取法西周，号“三槐堂”，并预言“吾之后世，必有位居三公者”。其后，果有其子王旦，仕至宰相，位进太保，且其孙王雍、王仲、王素分别任兵部、户部、工部尚书。深澳镇上王氏家族，想必是其后裔了。

深澳镇上还有一处康氏祠堂，虽然已显破败，但旧貌依稀。南海康氏也属望族，其近代知名人物当是康有为。深澳康氏也在大南海区域，与康有为之宗风想必相去不远。今天陪同我们参观的老者，乃是深澳康氏后嗣，既热情好客，又广闻博记。其女儿康少珊与吴逸文主席为同窗学友，先陪我们品尝渔家海鲜，又与我们乘舟海上，沐浴海风。海岛居民的自然淳朴之情，洋溢在我们身边。

南澳岛海天江山，风景如画。但岛上给我留下最深印象的人文景观是总兵府。总兵府又称总镇府，是一处著名的历史文化遗址，始建于明朝万历四年（1576），后因地震圮坏，今人按明清风格重新设计复建。明清两朝，有173位正、副总兵于此赴任。民族英雄刘永福也曾任南澳总兵官。郑成功曾在岛上举义旗，留下招兵树。南澳总兵府自康熙二十四年（1685）起，负责闽粤二省及台湾、澎湖海防军务，成为台湾是中国领土不可分割一部分的重要历史见证。当年汪道涵先生上岛考察时欣然题字“闽粤总镇府”。

游于南澳岛上，正值霜降之日。遥念故乡，秋意正浓。羁旅之情，莼鲈之思，起于心头，乃赋五言，以寄心情：

今日逢霜降，远行在汕头。
葱葱榕树茂，淡淡海风悠。
归雁衡峰止，旅人岭表游。
登高一望北，思念似深秋。

六

“潮汕”一词，是潮州与汕头两个地名的缩写。考其“潮汕”之称，最早当见于1904年梅州松口人张煜南等组建的“潮汕铁路有限公司”。

1907年5月22日，丁未黄冈起义爆发，这是孙中山先生亲自领导的推翻清封建王朝的武装起义，乃日后诸多民主武装革命的先声。但《南洋总汇报》却大肆指责孙中山勾结“潮汕会党”，策动黄冈起义。“潮汕”之名由此见诸报端，并广为人知。

其实，“潮”和“汕”在历史的各个阶段都有各自独特的地位，但潮、汕二州同在岭东平原上，两地具有共同的文明发生发展史、共同的语系、共同的民俗文化等，也共同推动着潮汕地区的发展与繁荣。于是，人们开始习惯以潮汕称之。

潮汕文化，是以秦始皇统一中国后设置的揭阳成为前身、隋王朝设置的潮州为中心，发展演进而来的中国区域文化。溯其源头，潮汕文化是吸取古代南粤土著文化、中原文化、海外文化中的优秀元素，不断融合、发展而成。是包括海内外约3000万潮汕人共同创造、传承和发展的群体文化。潮汕文化与“客家文化”“广府文化”构成了当今岭南三大地域文化。

历史上的潮州地区，北面是五岭高山，南面是辽阔海洋。这是一个相对封闭的区域，中原人迁于此地，能够躲避战火和社会动乱，中原文化于是也在此落地生根。地域的相对封闭性，更利于原生态文化的保存与传承，所以潮汕区域文化，地方虽小，但文化信息量却很大，成为全国最有特色的区域文化之一。

潮汕地区的善堂堪称中国民间慈善事业的典范。潮汕菜享誉全国，是国内最显贵族气的菜系之一。由此，我猜测，潮汕的全牛宴，或为中原农耕文化在潮汕餐饮文化中的余音绝响。潮剧是中国十大地方剧种之一，而迄今已有400多年历史的《重刊五色潮泉插科增入诗词北曲勾栏荔镜记戏文全集》（俗称《荔镜记》），可谓是用潮汕话编写的岭南第一文学巨著。北有秧歌，南有英歌，粗犷豪迈的英歌舞是南方艺林的一朵奇葩。“潮汕厝，皇宫起”，独具特色的潮汕民居别有一番古典雅致。潮语是潮汕文化的根基，也是联结潮汕人民亲情的纽带。

潮汕文化在长期的形成和发展过程中，吸取了中原文化中的许多优秀成分，如儒家伦理和中原的语言、文学、戏剧、音乐中的不少内容。随着自唐宋至明清海上丝绸之路的开通，特别是樟林港的形成和 1860 年汕头港的开埠，潮汕人不断向海外移居，同时由于潮汕与海外各地经济贸易的发展，以及中外交往的增加，海外文化，包括西方文化和东南亚文化等不断传入潮汕，潮汕文化也吸取了海外文化中的优秀成分。如 19 世纪原汕头小公园一带和潮州府城内太平街等地的骑楼建筑文化，就是吸收西方建筑艺术而建造的。

潮汕文化具有海纳百川的特色。

潮汕文化的内容十分丰富，它至少包括下列文化形态：潮汕方言、潮汕民间文学、潮剧、潮汕音乐、潮汕工艺美术、潮汕民居建筑、潮汕民俗、潮汕名贤、潮汕农艺、潮汕商业文化、潮汕饮食文化、潮汕宗教文化、潮汕侨批文化、潮汕慈善文化和潮汕地区旅游文化等。

潮汕文化，不仅自成一派，而且蔚为大观。

汕头之行，更是我的一次增知益智之旅。

后　记

我从小爱好文学，但那时候爱得很艰难，处在穷乡僻壤的水乡农村，后来又经历“文革”浩劫，很少有可读之书。最早接触文学，只是抄录一些古典诗词与名人名言。比如“宝剑锋从磨砺出，梅花香自苦寒来”“书山有路勤为径，学海无涯苦作舟”“沉舟侧畔千帆过，病树前头万木春”“人生自古谁无死，留取丹心照汗青”等等，都是那时候记得的。

终于考进了大学中文系，本以为可以登上文学的殿堂。但人事难料，我毕业后却走上了高校行政管理工作岗位，美好梦想终被烦琐的事务击碎。然而，我读书的爱好依然，“好读书，不求甚解”，是我读书方式的最准确表述。我自十八岁开始写日记，至今未辍，于是便经常将自己读书时的所感所思和日常生活中的所见所闻，录于我的日记中。

“问渠那得清如许，为有源头活水来。”我读大学在扬州，又留在扬州工作，扬州这座城市深厚的历史文化给了我不竭的思维源泉。我爱这座城市的一砖一瓦，一草一木。于是我在工作之余关注扬州文化，研究扬州文化，传播扬州文化。我常陪同客人游览扬州风景名胜，并总是自告奋勇地当导游。

三年前，我离开了行政岗位，专事于扬州文化的研究与传播。2015 年是扬州建城 2500 周年，我做了数十场关于扬州文化的专题讲座，同时将自己的读书笔记进行整理，疏编成文，或见于报刊，或流传于网络。一些朋友鼓励我结集出版，特别是我的发小、长江学者华学诚教授，不仅为本书写了一篇饱含深情的序言，而且全程策划本书的出版，扬州大学人文社科出版基金也给予了资助。还得专门感谢席云舒先生和浦渊女士，他们伉俪以极专业的水平编辑了散乱的初稿，并核对了全部文献、落实了出版单位。扬州青年才俊孙凯歌先生，也多次帮助校稿，在此一并致谢！

本书定名为《烟花三月下扬州》，表达的是我对这座城市的深爱，其中内容大多为我对扬州文化的解读与认知，有些资料则来源于网络。限于个人水平，我深知书中谬误之处不一而足，但如果能对您认识扬州、了解扬州起一点作用，我便为此感到欣慰了。

华干林
2017 年春分于扬州快活林书房